家住长江边

熊召政 著

長江出版傳媒 | 湖北教育出版社

谨以此书

献给生我养我的母亲；

献给成长于斯，行吟于斯，自少及老始终眷恋的荆楚大地！

序

既生荆楚，

幸何如哉！

众善之地，

是我故乡。

2006年，我接受湖北省人民政府交办的任务，担任上海世博会湖北馆的总策划，当数易其稿的展陈方案审定通过后，我写下了以上的四句话。

在担任总策划的近两年时间里，我翻阅了大量的记录或介绍湖北的资料：既有历史的，也有当下的；既有文化的，也有科技的；既有城市的，也有乡村的；既有山川的，也有人物的。学习楚史，了解省情，立足当下，放眼古今。担任总策划这一工作，有了一次全面学习与理解荆楚人文精神、民情风物的机会。我为自己是一个湖北人而骄傲。所谓“众善之地”，并非人文之独指，而是含蕴了山水物候、草木谷植等自然资源。

从小读了不少描写故乡的诗。王维的《杂诗三首·其二》：“君自故乡来，应知故乡事。来日绮窗前，寒梅著花未？”思念故乡从窗前的梅花开始，万千心事犹如凌寒的梅枝；贺知章的《回乡偶书》："少小离家老大回，乡音无改鬓毛衰。儿童相见不相识，笑问客从何处来。"归乡的游子遇到尴尬，惆怅中更是流溢着愉悦；宋之问《渡汉江》："岭外音书绝，经冬复历春。近乡情更怯，不敢问来人。"归乡渡过汉江，忽然又生了怯怯的情绪……

游子心中的故乡，总是那么迷人。深沉的眷念，孤独的怀想，真个是"才下眉头，却上心头"。

但是，我对家乡的感情，也经历了一波三折。少年时，我最大的渴望就是离开家乡，走向陌生的远方。我的老家是鄂东黄冈市的英山县，县城叫城关镇，也叫温泉镇，我的童年与少年，就是在不足五千人口的温泉镇度过的。初中毕业后，我作为城镇知识青年下放到了农村，每天劳作之余，坐在河边，眺望着层层叠叠的远山，心中念想，何时能走出这大山的包围，去到令人神往的新天地呢？那时的我，心目中的新天地就是武汉、上海、北京这样的大城市。我想任何一个少年，都会有一颗躁动的心，都充满了对未来和远方的向往与憧憬。正是这种不安分，促使我更加发愤学习，付出常人难以想象的努力。终于有一天我离开了故乡，成为省作家协会的驻会作家。当我背着小小的行囊，乘坐长途客车去往省城武汉时，我还在心中暗暗地告诫自己：在山泉水清，出山泉水浊。到了城市，一定不要忘记生我养我的大别山中的那一座小镇。

但是，不知不觉，我的初心变了。在改革大潮席卷中国的时候，日新月异的城市生活仿佛是万花筒，它让我目眩神迷。感官的享受与物欲的膨胀一点一点地消融了我的纯真，减弱了我的抵抗力。

虽然，故乡仍然像一束光，在我的意识中闪闪发亮，并让我产生归乡的冲动，但真的回到故乡，无论是睡觉的床，还是吃饭的碗，是泥泞的山路，还是昏黄的路灯，都让我产生了隔世之感。时代的潮流仿佛冲刷不到这里。而渴望新生活的我，在心里拉开了与故乡的距离。

尽管在很长的一段时间里，我在精神层面不再亲近故乡，但我仍能守住底线。我知道，嘲笑故乡是一种不道德的行为。

四十岁之前，我基本在省城生活。“读万卷书”是我的目标，“行万里路”则因种种客观原因而无法实现。快接近天命之年的时候，我才开始人生的壮游。我几乎走遍了中国所有的名山大川，也到过世界上五十多个国家。在省城时，鄂东英山是我的家乡；到了华夏各地，荆楚大地便是我的家乡；走到欧洲、美洲、非洲以及大洋洲时，中国便成了我的家乡。

随着家乡概念的扩大，家乡的内涵也更加丰富。走过一个又一个城市，涉过一条又一条河流，翻过一座又一座高山，我从来没有“笑傲江湖”，却经常享受着“天涯孤旅”。记得有一年的盛夏溽暑，我在瑞士的阿尔卑斯山少女峰上欣赏雪景时，忽然莫名其妙地想起了我年轻时在故乡写的一首诗：“风起竹邀花扫石，寒来云为客添衣。山人活得无拘碍，尽日危峰一局棋。”同是八月“吴牛喘月”的日子，一在故乡，一在异乡，一享清凉，一觉寒冷。时空的转换添我惆怅，皮肤的感觉最为真实。就在那一刹那，我对熟稔的故乡有了新的认识，曾经被我冷落甚至遗忘的故乡景物，又重新生动起来，妩媚起来。当然，这故乡既是鄂东，又是荆楚，更是中华。

年轻时，我很喜欢李白的那句“我本楚狂人”，并以楚狂人自居，窃以为中国文人的传统非狂即狷。狂是李白，狷是屈原。两人都是我心仪的诗人楷模。涉世日深之后，除开他们，我又喜欢上了苏东坡，甚至觉得苏更为亲切。这三个人，屈原是地地道道的楚狂人，而李太白与苏东坡，都是在湖北待了一些年头的客籍诗人，却都为湖北留下了不朽的名篇。李白在安陆十年，苏东坡在黄州四年，都在荆楚大地上留下了他们的杰作与绝唱。每每想起他们，我便汗颜。李白在黄鹤楼上看到的孤帆远影，他之后，还有人看到了吗？苏东坡在黄州赤壁醉后吟诵“大江东去，浪淘尽，千古风流人物”，可是，不管大江涌浪淘走了多少英雄人物，他自己却永不被淘汰。也许，他们是遵循了最大的一位楚狂人屈原创立的传统：“路漫漫其修远兮，吾将上下而求索。”那么我呢？我也在这个传统中，我要求索什么呢？求仰望星空，求家国情怀，求对生命的知与悟，求对故乡的爱与恋。

20 世纪 80 年代，我便开始为湖北写文章，四十多年来，陆陆续续写下了一百多篇。凡是为荆楚大地而写的篇什，大都收录在这本书中。感谢湖北教育出版社，将这本《家住长江边》列为重点书目。领导之果断，编辑之认真，都令我感动。

今年，我年入古稀，由于有了湖北教育出版社的支持，我才有了一本献给故乡的散文集。故乡与异乡，是任何一位游子都不能回避的问题。我的态度是：一个又一个的异乡，我都把它认作故乡，但我从不会把故乡认作异乡。

2023 年 3 月 6 日（惊蛰）

写于北京华北宾馆

目录

第一辑 我自故乡来

第二辑　猿啸中的乡愁

第三辑　武汉王者归来

第四辑 湖北赋与记

第五辑 荆楚文化演讲录

第一辑

我自故乡来

每一个春天都是改革元年

又到了金秋十月，看到院子里的鸟不落树上，结满了玛瑙一样的小红果，忽然便生了乡情，眼前浮现出一叠叠岚气氤氲的云山。

我的故乡英山，是湖北东部黄冈的一个县。气势雄浑的大别山主峰天堂寨在其境内，这里不但是中国古代四大发明之一的活字印刷术发明人毕昇的故里，也是湖北为数不多的红军县之一。土地革命时期，这个不足十七万人的小县，有名有姓的红军烈士就有七千多人。黄埔军校一至四期，英山籍的学员有四十八人，以县为单位来计算，这个数字为全国之最。这些学员大部分都参加了北伐战争、南昌起义以及大别山区的秋收暴动，并大都牺牲在各个不同的战场上。我的家族中，有一个黄埔三期的学生熊受暄，他 1931 年牺牲于河南白雀园，职务是红四军第十二师政治部主任。

在我的童年，滋养我心灵的是两种颜色：红色与绿色。红色指的是红军烈士鲜血浸染的土地，绿色指的是泉水澄澈、山花纷披、林木葱茏的家园。去年，当湖北省委提出战略规划要重建“红色大别山，绿色大别山，生态大别山”时，我的心中充满温暖，也生出感慨。

美国的罗威廉与日本的森正夫两位学者，都曾数次深入大别山鄂东地区实地调查。他们认为这个地区存在一个独特的文化现象，即不但产生大将军，也产生大学者。文与武，是人中的两极，应该是风马牛不相及的两类人，为什么他们都在同一片土地上诞生呢？这一现象放在全世界所有国家与地区来考量，也是绝无仅有的。

我三岁时，母亲教会我唱的一首歌是《八月桂花遍地开》，这是二十世纪三十年代初在大别山苏区流行的红色歌曲，没想到成为我生命中的第一首儿歌。稍长，外祖父教我写毛笔字，最初写下的四个字是“耕读传家”。那个时候我才五岁，并不知道这四个字不仅仅是农耕时代最正确的选择，也是我的家乡代代延续的传统。多少年之后，当我成为家乡乃至鄂东地区无数文人中的一个，当我明白手中这支笔的分量并能够用它来回报家乡服务时代的时候，我才意识到，我生命中文化的历程，在三岁时就已开始了。记得 1980 年，我因政治抒情诗《请举起森林一般的手，制止！》而获得全国首届中青年优秀新诗奖时，时任湖北省委书记的老一辈无产阶级革命家陈丕显同志接见我，曾语重心长地对我说：“你的老家英山，我去过，是革命老区，山水又很秀丽，你老家七千多名烈士换回你一支笔杆子，你要珍惜啊！”

丕显书记说这话的时候，中国的改革才刚刚起步。如今三十多年过去了。走过珠三角、长三角、环渤海等发达地区，心中真有了“洞中方七日，世上已千年”的感觉。即便到了大西北、大西南等偏远山区，也能让人感到眼底山河已非旧日城郭的景象。这些年我到过很多历史发生的现场，也亲临不少正在创造史诗的工地。我由衷地感到，中国人载欣载奔，面对诸多的社会问题仍不离不弃，拧成一股绳谋求发展，这种巨大的凝聚力，决定了中国改革的洪流还会澎湃向前。

在这种形势下来看我的家乡，不免有些惆怅，甚至有些失望。御改革之长风尽得其利者，一是有人才优势，二是有交通优势，三是有资源优势。这三者我的家乡都没有。不仅仅是英山，全国各地的偏远乡村都是人才的真空地带。一切的路都通向城市，一切的人才都向城市集中，这是世界性的不可逆转的规律。再说交通与资源，这两种优势英山也没有。所以在三十年改革开放中，这个山区小县似乎被时代所忽略。前年，武汉至英山的高速公路终于建成通车，往日到省城需要半天的车程，现在一个多小时就够了。交通的改变，这一方被清代大戏剧家李渔赞赏的“处处水从千涧落，家家人在数峰间”的中国最美乡村，才一下子突显出它的价值。中国经济发展的高速列车持续奔驰了二十多年后，一些有识之士就指出破坏生态、恶化环境的资源型经济发展模式不应该提倡。针对这样一个严峻的现实，党中央提出科学发展观，这既是对过往经济增长模式的一个纠正，也是以一个负责任的态度，为中国的当下以及后代子孙留下一个可持续发展的空间。正是因为增长方式的改变，有着丰富的人文与旅游资源的英山，才一下子获得了经济与社会协调发展的战略机遇。

今年春节，一个四十岁的年轻人调入英山担任县委书记。他来拜访我，谈了他关于发展英山的打算，并讲到改革的滞后导致英山现在还戴着贫困县的帽子，言语间对我故乡落后的现状有些焦虑。我对他说：“改革并不是齐步走，因地而异、因时而异、因人而异是正常的。但对于一个有志于为老百姓谋求福祉的人来说，每一个春天都是改革元年的开始。”讲这句话的用意，原是我为了勉励他，转而一想，这又何尝不是激励我自己！我们总是在讲养心，我认为养心的最高境界就是将生命归零的能力。昨日的生命，不管是成功还是失败，是顺境还是逆境，都不要带进新的一天。我们的未来每一天都应该是崭新的。对于在改革开放的路上走了三十多个春夏秋冬的中国来说，每一个春天都应该是改革元年。

2012 年 10 月 21 日于闲庐

吴家山避暑手记

一　唯高山可以挹清芬

转环千仞，山色由绿及苍。司机关了空调，摇下车窗，顿时感到三月的风擦肤而过，好凉爽怡人呀！此时正值七月，一群低飞的燕子，在饱含负离子的森林空气中穿行，把我引进吴家山这一清凉世界。

近年来，居住城市的人们，越来越为温室效应所苦。素有火炉之称的武汉，一临夏季，更是煎肝炙肺地暑气横生。小巷中人，莫不都变成喘月的吴牛。人是大智大慧的高级动物，然而人毕竟也是可怜的，承受冷或热的能力都极其有限。温室效应之中，谁不想学那杳去无痕的黄鹤，扑翅儿飞往清凉世界呢？

车子从武汉出发，东行二百七十公里，即进入层峦叠翠、茂林修竹的吴家山境界。

吴家山，原名蜈蚣山，当是某一座山峰的称谓。由蜈蚣之山变为吴家之山，列入户籍，冠以人姓，说明此处已不是唯有羚羊出没的荒凉的一块。山谷中那被飞禽的点足勾画的云丝中，虽是路渺人稀，然而你去辨认某一处土岗的荒冢残碑，便知数百年前这里已有了一些举德馨之祀的人家。当然，现在的吴家山，也不是某座山的特指，而是大别山主峰东侧的、海拔高度在七百至一千七百米的、面积约五十平方公里的茂郁山林的总称。主管这一片未经污染的林泉风月的乃是吴家山国营林场。

我是在去年夏天一次偶然的机会来到吴家山的。当我置身于它的一条幽壑里，躺卧在野黄花丛中听忽远忽近的清冷的泉声时，或是攀登它的一座秀峰，跻身于参天乔木中——我把这些乔木称为野性的自由的肌肉并因之陶醉于自然天籁的魅力时，我惊喜地发现，我正独自徜徉在一个尚未被城市人所知晓的精美绝伦的避暑风景区内。

那一次我在吴家山只住了短暂的几天，但那几天所得的欢娱整整一年不能忘怀。今年溽暑时节，朋友为我在庐山订好了房间。我婉言谢辞。为的是要重返吴家山，除了享受清凉，更重要的，是让自己的一颗心，再次清晰而生动地谛听大自然的天籁。绿色永远是生机勃勃的诗歌，吴家山的松律竹韵，令人常读常新。

伟大的科学家爱因斯坦说：一个修养有素的人总是渴望逃避个人生活而进入客观知觉和思维的世界；这种愿望好比城市里的人渴望逃避喧嚣拥挤的环境，而到高山去享受幽静的生活。在那里，透过清寂而纯洁的空气，可以自由地眺望，陶醉于那似乎是为永恒而设计的宁静景色。

不用说，爱因斯坦这段话是如何使我心灵震颤。豆花雨歇，松月宜人。唯高山可以挹清芬。在那里你呼吸到清寂而纯洁的空气，才能逃避日常生活中令人厌恶的粗俗，摆脱反复无常的欲望的桎梏。近年来，不少西方哲人和艺术家，都提出要回归自然。他们的想法与爱因斯坦如出一辙。太阳、风雨、草木、禽兽，都不以谎骗和谬见与人相近，它们互衬美丽，昭示生命的乐趣。这乐趣并不在人类的智能风景画内。君问穷通理，山歌入浦深。那山歌系谁人所唱，曲深几许，又何须用 BASIC 语言来测称呢？

怀着这样的心情，这次溽暑我再次来到吴家山，过了二十天饶有野趣的幽居生活。在那座住了寥寥数百山民的一大片遗世秀峰中，我暂作遁隐，可是又感到心中的激情从来没有这么裸露过。我登山，我涉水，我思考，我激动。大自然恢复了我生命的本来状态。一些在别人看来很枯索的事被我嚼出了甜味。我常常坐在树根上，对着美丽的风景写我的感受。这是自作多情，有时我这么揶揄自己。可是我仍这么做。自然并不是为我诞生的，自然却因它的需要而诞生了我。

二　面对生烟岭

一滴江南雨，绿了一颗心。

这是我前年写出的一首诗中的最后两句。在吴家山，这两句平淡的诗常常被我记起。这里的一声松啸或一缕暮烟，就能绿透我的一颗心。那天早晨，我顺着一条林间小路散步。走到一座峰头的迎客松下，向北而立，迎面一堵碧峰，不，确切地说，是一面巨大的翠屏吸引了我的全部视线。此时，我右边的天空刚升起一轮红于唇膏的初阳，而左边天空还挂着一团白如凝脂的晓月。阴阳双璧，举手可摘。它们都浮沉在面前这一面翠屏的腰际。因日之红，翠中似乎添加了许多摇摇欲坠的秋橘；

因月之白，翠中又确乎有点点乳鸽升漾。散魂而荡目兮，日月为之环佩；骋怀而怡情兮，翠屏为我而妩媚。我问正好走过此处的一位脸色黝黑的护林人，这翠屏叫什么名字，答曰生烟岭。

生烟岭年年月月生的就是这日之烟、月之烟、玉石之青烟、丽木之翠烟么？我遐想才起，猛然又听得环佩叮咚。蓦然寻觅，只见日已升而月已沉。叮咚之声已不是发自阴阳的载体了。绿屏下有潮湿的白雾升起。贴地为雾，浮空为烟。雾幻烟迷处，叮咚之声乃是泉水，在生烟岭下，苍绿之中。料想浴日的羲和一定刚刚在此濯足，捣药的玉兔也一定汲了一瓶带回蟾宫品饮。多好的矿泉啊！晶亮亮的玉液，沁香沁香的琼浆，乃是一山翠叶滑落的珠露。

而生烟岭还在变化。浓郁的绿色似烟鬟，似雾鬓。时而苍苍，时而晶亮。深不可测的仲春颜色，何处能见一点纤尘！更奇怪的是，这么一个万籁复苏的早晨，竟然这般寂静，静得耳膜发胀。我想，牛羊的踏蹄，众鸟的鸣啭，簌簌的落花，早坠的青实，所有谷雨茶一样的清香，必定都消融在醉我化我的无边绿色中。矗立眼前的该是一块巨大的绿海绵。不但吮吸声音，伸手按去，它还会冒出一股一股的绿液来。

山绿水绿，空气更是绿的。刚刚站到这里，我就不自觉地做起深呼吸来。在物质文明高度发达的都市，烟尘四合，你怎能避免每天不吸进一些污浊之气？在这里终于能一吐为快了。

如此胜景之中，几次深呼吸后，你就能荡尽胸中的污垢，重蓄一段舒筋活脉的浩然之气。

我痴迷在那里，如一株灌木，成为生烟岭前卑微的景观。直到野天鹅样的旭日拨绿浪剌剌而来，强烈的光芒炫迷我的眼睛，我才挪步归去。

三　可溪

仁者乐山，智者乐水。我非仁非智，却是既钟情于葱绿之山又向往于葱绿之水的。过不多久，身上总散发出柴烟气息的山里人便知道了我的爱好。一天，有位朋友说："今天，我领你去看可溪。"

我们出发了。一路上，见过好几条泉水。或簪云攒雪，临壁挂流；或松影浮沉，密林潜踪；或半溪风烟，蹁跹于汲水小姑娘的歌声里；或落花漂流，脖子上系着铜铃的老牛正悠然啜饮流水。北宋大画家范宽的《溪山行旅图》，其意境妙不可言，比之眼前景物又得稍逊一筹了。

走到一处弯道，腋下有凉气生。山道凹进，抵住一峰，刀削一般陡。峰下是一片冷杉树林。林中森森然。透过脆薄的阳光，还能看到地气浮升。错杂的枝叶中，地气幻化为虹，飘飘欲断，欲断未断。与青藤比婀娜，韵致中见淡泊。这奇景留我游足。脚站处，青苔踩出了水印。不过两三分钟，手肘上积有细碎的水珠，山翠湿人衣了。阳光，水雾，带绿的新鲜氧气，三者俱佳。该是很好的森林浴了。

朋友见我眉飞色舞，便告知，这片冷杉长得如此丰茂，是因为可溪滋养了它。可溪到了。我们穿过杉树林，路尽水现。两面石壁如门洞开，中间泻出一泉，仍是在石上流过。俯身揽水，一阵惬意的凉感由手及心。水击石有声，寻声溯望，幽深莫测，越往上泉越窄。石壁千寻，溜冰场一般平滑。也有几处稍缓，青藤援其上，摇曳着苍凉古意。

我问朋友，此泉的名字可有来历。朋友回答不出。这名字有很浓的文人味。可这里寻不着墨客骚人来访的踪迹。凿石勒碑的心理，一般文人都有。却喜这两堵石壁上尚无文字的污染。

站在可溪水中，我俨然成了上古时人。泠泠水声让我体会到人的庄严以及人的渺小。或者说在地老天荒的自然景物中，人竟成了多余的动物。一时间，我的脑子中生出许多怪念头，甚至骇然悚然，面对这一份险峻和阴森。奇怪的是，如此冷泉中，还优哉游哉地爬着几只瘦如蜘蛛的山螃蟹。这可怜的节肢动物正在与山蚂蚁进行竞走比赛呢。一溪清纯的玻璃汁中，还能见到一队墨黑墨黑的蝌蚪来来去去。这些蛙婴能长大么？有时，除了风声、泉声、松声、草声，偶尔能听到什么地方敲响一两声蛙鼓。

可溪太瘦亦太冷，似不求闻达的世外高人。然而冷拙中，实实又藏了一个雅字。其雅在仙气鬼气之间，骇然惊俗，别开意境。可溪可溪，可兮可兮。我顺口这么吟道。可溪并不理会我这纤细的感情。它在我脚下冲跌而去，以其金属般的水声激越于众山，虽然节令正值酷暑，我却如同置身在晚秋里。

四　楠竹林中静坐

客邸后门外，有一片清幽的楠竹林。盛夏踞坐其中，清风绕身，甚为舒坦。天晴的日子，上午或下午，我常常搬一张藤椅，携一本书，一杯茶，坐到楠竹林中去。一林翠樾，影摇千尺。板桥意境中，实在是个读书的好去处。这次上山，我只带了两本科技哲学著作。一是《熵，一种新的世界观》，一是《从混沌到有序》。我打个不恰当的比方，前书作者是热力学领域的庄子，用严肃的忧伤说理于人；后书作者则是热力学领域的孔子，字里行间透露出的改造自然的激情不可遏止。读此类深邃的书，要有一个孤寂的环境。楠竹林当然是很理想的了。不过，在此读书，我也经常意马心猿。脆脆的阳光下，我的耳朵常常幻听，一支迷离的小夜曲，一曲低回的洞箫。有一次，我还分明听到马蒂侬的《山顶》，这位法国音乐家以他登上阿尔卑斯山的感受写成的交响曲，竟然越过迢遥的时空来撞击我的心灵。我眼中的铅字飞舞了起来，变成黄莺、百灵，鸣啭而去，把我的视线牵到很远，很远。

从林禽的羽毛上我看到了风的色彩。清风以纤纤之手，弹竹枝为弦。风在山中是一种暗示，也是一种永恒的激发力量。宋玉把风分为等级，什么大王之风，什么庶人之风，看他把它亵渎得多么厉害。风是自然的灵感，它的喜怒哀乐乃是自然心情的表现。它不媚俗于人，歌哭于天地都是随心所欲。坐在楠竹林中的我，试图成为风的知音。

楠竹林生在山坡上。古人云："画竹不作坡，非吾土也。"这是深知竹的秉性了。楠竹林下是谷物茂盛的垅田。再往远看，有两三户炊烟人家。青烟之外又是层峦叠嶂。纵目浏览，只见隐隐出现的云丝如隐隐出现的禅意。怡然自得的狗儿在草径上穿过。一只松鼠正在松枝上优雅地跳跃，一只山鸡扑腾腾从草窠飞起，花翎子在阳光下划过优美的弧线……面对这些闲适的山中图画，相信任何一个感情匮乏的人，都会产生深浅不一的冲动。而我更是感到身心浸润在巨大的宁静里。

这时候，我觉得，人的悟性更高于人的智慧。中国哲人似乎特别喜爱在这种氛围中思考深奥莫测的问题。答案与其说是思考出来的，还不如说是悟出来的。"相看两不厌，只有敬亭山。"这是李白的悟境。而我的悟境则是在这片楠竹林中，富有弹性的思维，产生的不是忧伤而是欢乐。生命如触目的山色，它老，它不老，都无所谓。它是一种状态，需要的是充实。箫声又起了，清癯的竹音，那是灵魂的音乐。

五　快乐来自森林

呼吸着一口口纯净的黎明的空气，确实是沁人心脾。太阳在别处是炎热，在这里是温暖。置身城市嘈杂的人群，我常常感到孤独。在这里，不管是走在山路上还是坐在某一块石头上，以幽人的坐姿冥想或眺望，我都觉得充实。环绕我的都是燃烧的绿色、柔情的诗歌。一只蜗牛在阴凉的石壁上踽踽爬行，我观察它，不觉过了两个小时。一条四脚蛇从我的脚背蹿过，那一天夜里，我的脚背始终存在着痒痒的、略含一点惊惧的惬意的感觉。几乎每天黄昏，山中都要降下一阵快雨。蓊郁的森林酿出不尽的雨云。心栖天上，而快乐来自森林。林泉风月，受用无穷。我的一颗心完全松弛下来，于“悠然见南山”的意境中，多识草木鸟兽之名，我差不多快要成为博物学家了，然而还差得远呢，我只能以诗人的眼光来观察自然。

在吴家山消夏的二十天里，我几乎要坠进隐士生涯了。可是我又回到了闹市，我不得不听命于另一种生活的召唤。但这一段幽居的生活，毕竟使我浮躁的感情有所沉淀，有所荡涤。一有机会，在盛夏时，我还会走去那里的。一片峭丽浑厚的山林，林中郁绿的苔藓，永远供我徜徉。

1988 年 9 月 5 日

吴家山冬居手记

我曾写过一篇《吴家山避暑手记》，记述了我在吴家山美丽又清凉的夏日感受。我一直想再一次奢侈地独享那温厚的风景。把我的人生摊在一块长满地衣的岩石上，让灌木丛中吹出的风，把它吹干——吹干那些因歹人的中伤而生起的怒火或蜗居斗室而摊派到的潦倒的记忆。然后补充进自然赐予的甘露，它们将帮助我创造新的思维、新的生命。怀着这一目的，在近几年的旅游中，我到过一些名山胜水。遗憾的是，那些地方人声嘈杂，每次游罢，我难以掩饰自己的失望。就像一篇淳朴的故事被安排了一个恶劣的结局，以致我的亲近自然的激情受到了损害。到此我终于明白，自然——不依赖于我们人类而存在的一个伟大而永恒的谜，我需要单独地去接近它，理解它。在这个过程中，除了最亲近的家人和朋友，我不希望别人来参与。

于是，今年的冬天，接受友人的邀请，我又去吴家山小住了一些日子。长江中游地区的冬天，并不是一个迷人的季节，何况海拔高度一千米以上的吴家山。入秋以来，一直没有下过透雨，吴家山的林树、岩石、云片、村落，甚至早雾和炊烟，都难免显得干燥。但我仍觉得自己是生活在一幅变化无常却总是恬淡无为的风景画中。从一个景点到另一个景点，从一个瞬间到另一个瞬间，我成了一个走动的音符，随便在哪里，我都会歌唱。我整天像松鼠一样跳跃。有一次，我不顾劝阻，要去攀爬一丛危崖，当地的友人开玩笑说，这山中有一种山鬼，专门把人引诱到陌生的地方而不能回家，你可别让山鬼引走了。友人说这话的旨意是想吓唬我，却不知我倒诚心诚意地想让山鬼领走。迷失在深不可测的自然怀抱里，那是一件多么快乐的事啊！遗憾的是，我始终并没有碰到那样的山鬼，及至回到城市家中，为了让读者分享我在吴家山冬居的乐趣，我却不得不自己来扮演山鬼的角色。

悬冰谷

行驶在山间的简易公路上，九座面包车像海豚那样跳跃。担任向导的吴家山林场的刘场长说，这条公路是新近才修通的，专供拖运木材的卡车通行。城里的司机是绝不敢在这条路上行车的。事实上，城里人在这条路上坐车也是惊兮怖兮。这条路最平坦的地方，若放在庐山，也必定要竖起一个“！”的路标，醒目地写上“险路慢行”四个字。从场部出发约二十分钟车程，面包车驶临一堵巨大的悬崖。车道在悬崖的半腰通过，上下都是壁立千仞的花岗岩。车道不仅窄得仅容车身，且路旁也没有设立护栏。连自认为胆大的我，这时都骤然紧张起来。偏偏山里的司机胆子大得出奇，即使这样的路段，也不减慢车速，一啸而过。在我们的惊叫声刚刚发出时，车就停了。悬崖旁边，就是悬冰谷的入口处。

两面想竭力拼拢的山坡挤出了一条自上向下倾斜的幽邃颀长的山

谷。山坡上茂密的灌木丛，十之八九的枝桠已经脱叶。谷底一片嵯峨的乱石，一条细细的泉水在石隙间潺潺而下，它的漱石的声音，像纯情少女银铃般的笑。听到它，我的惊悸顿时换成了轻微而愉快的闲适。泉水中的天籁清新纯净，灌木林中的阳光闪闪发亮。这时，我忽然想起在冰天雪地的旷野上传播的佛寺的钟声。它们总是选择最辽阔的空间，最深沉的律动，来把蛰伏在人心中的时间撞成禅。从中国哲学的角度讲，禅就是一。我推而言之，自然也是一。一是最简单的，是一切复杂的基础，是美的内核。我继而要说，自然即禅。禅不是枯燥无味的轮回，是新鲜，是活泼，是烟雾茫茫的河边，是眼前的这一条狭长的、略含一点清愁的悬冰谷。

悬冰谷里没有路，刘场长领着我攀着荆丛而上。谷中的灌木多半长在石缝里，我们等于从一丛岩石攀缘到另一丛岩石。一会儿，我就大汗淋漓了。攀登悬崖，是西方人的一种健身运动。我也是乐此不疲。我的青少年时代，是在山里度过的，从小就接受登山的训练。自从住进城市，这项训练才终止，我的身体也就日见“发福”。若不是每天坚持散步和节食，恐怕早已进入大腹便便的行列了。此番登岩，攀爬那些生满地苔的很滑的石头，我一次也没有滑倒过，足见我的基本功还在，但同时也暴露了我体力不支的缺陷。从谷底向上攀爬约两百米，我不得不休息四次。城市生活偷走了我的肌肉，使我的力量的再生能力明显减弱。

尽管手臂上留下了几条刺棵子的划伤，我终于没有半途而废，庆幸跟着刘场长，登上了这一尊高耸的岩矶。

岩矶的对面，是一条瀑布，悬在背阳的阴坡上，高约六十米。一片耀眼的银光逼来，细看去，乃是坚冰的反光。冰紧贴岩壁凝成。由于岩壁的凸凹，冰层也有厚有薄。薄处犹如银环蛇的腹部，厚处的光芒略带青色。可见青不仅是春天温暖的色彩，也是冬之极致的色彩。除了大块的冰，岩壁上还有多处垂吊的小冰柱，远远看去，像是一些植物的干燥茎秆。

到此我才知道悬冰谷的由来。刘场长说：这条瀑布春夏秋三季雨量充沛。一入冬，阳坡上的红叶和金菊还在灿烂辉煌时，瀑布便开始结冰，到大雪节气前后，便完全变成一道冰帘。

在岩矶上站了几分钟，脸上的汗珠子很快凝成微小的冰粒。猛烈的寒气，像战场上突袭的奇兵，猛不丁地蹿到你跟前，用长城以北的那种凛冽，把你裹一个严严实实。这条本该安置在长白山中的山谷，如今既然坐落在吴家山中，它便把南方与北方兼于一身。这就是说，它既有北方山谷那种简朴、严肃和不屈不挠的精神，同时它又获取了南方山谷那种秀丽、浪漫和充满生命力的喧嚣。

就在我专注地凝视冰瀑时，我发现有许多的飞禽也在专注地凝视我。在荆丛中穿行，我见过红雀、翠鸟、浅黄胸羽的鹞和灰莺。还有一种鸟，被我的脚步声惊动，飞起时羽毛发出微弱的哨音。我以为是一只棕色鹈鹕，但很快又否定了。这种季节，这种水鸟是不会跑到这里来的。

这些鸟类发现我这个入侵者并没有伤害它们的意思，也就重新活跃起来，恢复了它们的舞蹈与歌唱的天性。岩矶的石缝里生长着一棵毛栗树，我靠着树干，一只灰莺停落在树上，很娴静地舒展歌喉。它真还有点旁若无人的样子呢。但我确信它并不是那种存心玩弄或伤害别人的尤物。那种尤物，只在我们人类中产生。其实人类又何止是产生尤物呢？暴君、毒枭、奸臣和威尼斯商人，不都孳生在人类中吗？人骄傲地宣称自己是万物之灵，我看也应该是万物之恶。鸟类比起谵妄的人类来，不知道纯朴了多少！我之亲近自然，就是想获得一个从文明人中孤独出来的机会。

灰莺还在唱着，同时我也听到了群鸟的起起伏伏的啁啾。它们有的在空中舞蹈，有的藏在树丛中，有的成群地落踞在一尊岩石上，啄食光的颗粒。我只是悬冰谷短暂的访客，这些鸟却是悬冰谷的土著。无论夏日的豪雨，还是冬日的冷风，在它们看来，都是悬冰谷不可或缺的气候。它们感觉到的不是恶劣，而是值得炫耀的家珍。

这种描绘也适用于悬冰谷的植物。在谷口，我见到一棵树，皮像青红栗一般光滑，干和叶都呈鹅黄色。这么冷的冬天，何况又处在风口，这棵树不但没有萎缩，反而吐出了嫩芽。它是我看到的在大雪节气前后发芽的第一棵树。我问刘场长树的名字，他说这棵树学名叫马铃光，当地老百姓喊它狗骨头树，是国家保护的稀有树种。

狗骨头喻坚硬。在这寒冷的风口上，不硬恐怕早就吹折了。和狗骨头树隔溪而立的岩石上，生长着一棵冬青，枝叶扶疏，葱绿得可爱。这两棵树气质迥异，而品格相同。生长在悬冰谷而不为冰所凋，挺立在风口而不为风所折。一黄一绿，一瘦一腴，守护着悬冰谷十分的风景，在这谷口，的确有着画龙点睛之妙。

太阳坡

霜花灿烂的冬日，吴家山的太阳尤其显得可爱。在一个湛蓝湛蓝的好天气，躺在一面太阳坡上，美美地晒上半天太阳，你的身体会因吸收充足的阳光而变得慵懒，但此时的心灵却变得活力充沛。

野老曝背，这是古代隐逸者所一再歌颂的闲情。“深远”二字，是老子一生藏身的地方。忙里偷闲，跑到野山上来晒太阳，可谓和老子的“深远”沾上了边儿。“深”乃阳光之深，“远”乃离烦忧之远。阳光、野山和我，此时恰好凑齐了天地人“三才”。在命中注定的这一个时空点上，真是难得的一遇。

吴家山一千二百米以上的高坡上，都是丛生的灌木。一千二百米之下，都是人工栽培的成片成片的杉树林。在这个下午，我躺着的这面太阳坡，杉树林三面环绕，唯有正前方，也是阳光照来的方向，是一片开阔的景致。层峦叠嶂，仿佛一尊尊小寐的头陀。

平躺着，双手枕在脑后，看眼前的“头陀”们与世无争的憨态，心中有一种特别的感受。自从释迦牟尼在菩提树下悟道成佛之后，和尚便成了一种抗击诱惑的职业。他们诵经礼佛，闭门禅思，为的是把活泼的生命转化成一把璀璨的舍利——从而在净土中永生。从与人类致命的弱点——贪欲作斗争的角度看，释家的行为，无疑是改造人性的明智抉择。但明智抉择并不等于是最佳抉择，佛家一概排斥生命的乐趣，这一点，又显得过于残忍。因此，我更喜欢古时候那些隐居深山的世外高人，同明月、松风、烟云、岩瀑等自然景物在一起的时候，他们“无我”，在人世厄运的涤荡中，他们是芸芸众生中不存在的人。但他们的“我”是存在的，在老松荫披的棋枰上，在烟月迷蒙的弦音里，我们可以找到它。

阳光在我头顶旋转，那么多的光子、电子在我耳畔鸣啼，我的一点灵犀，像一匹猎犬，在历史与现实交织的宁静中，寻找它的捕获物。我曾对朋友说，没体会过深山古寺的宁静，就不能说自己享受过真正的宁静。同样可以说，没有在太阳坡上晒过冬日的太阳，你就不能说自己闻到过太阳的香味。

吴家山的坡面都很陡，唯独这面太阳坡地势较缓。这里泥土松软，是一处药园。里面种满了天麻、桔梗、杜仲、苍术、黄连等各种药材。李时珍《本草纲目》记载，英山（吴家山所属的县）桔梗药效最好，中医开方不称桔梗而称英桔，是为佐证。现在，我躺着的这一块不大的草坪，同桔梗园隔一道篱笆。桔梗夏天开花。一种小巧却紫得发亮的花朵，把整个儿的夏天和秋天都当成它的花季。如今仍有不少的紫花留在桔梗枝上，虽然是枯萎的，仍不失为冬日山中一个妩媚的细节。

尽管是冬天，山中的颜色仍要比平原上丰富很多。杉树的苍青，枞树的郁绿，灌木的褐黄，三叶枫的赭红，还有山泉银白的流态。这些色彩调出的冬天，使人感觉不到进九后天气的肃杀。古人冬日不出游，谓之残山剩水，没什么看头。这表明他们不是真正地钟爱自然。唐代诗人王维，在腊月写给老朋友裴迪秀才的信中，勾勒出辋川山中奇异的冬日景色。须知辋川在关中，王维尚能在此找到深邃的美，可见其烟霞之情！英国诗人叶芝，有一首写给情人的诗。大意是别人爱你风华正茂的青春，我则还爱你白发苍苍的暮年，这与王维喜爱冬日辋川的感情，如出一辙。诗人是最为敏感的一群人，他们眼中的自然，一草一木，一峰一石，一年四季，莫不充满生机。

描述吴家山冬天的色彩时，我不能不顾及它的另一大特色——岩石。吴家山众多的岩石，裸露在地老天荒的时空里。当地人给一些岩石取了形象的名字，像蓑衣塔、金刚崖、雷劈石、醉罗汉等，无不各肖其形。它们都是花岗岩，有黑色、红色、米青色和白色多种。由于长期的风雨打磨，它们表面光滑得如同瓷器。在阳光下，闪着釉彩般的光芒。由于这些岩石，吴家山也就产生了优秀的石匠。他们仅凭几根小钢錾和一把大榔头，就把一间房子那么大的岩石切成一码码十六开本期刊这么小的整齐的石砖。我下榻的云峰山庄，便是用这些石块砌成的。山中的农居，墙体基本上也是用石砖砌成的。石与木，是我们星球最古老的建筑材料。现在，各种新型材料相继问世，但木与石仍占据着不可替代的地位。吴家山的农舍，同欧洲那些中世纪的古堡一样，都是石工的杰作。木与石之于山，亦如毛发与骨骼之于人，是生命整体中不可或缺的一部分。我们说回归自然，木屋与石屋，应该是人类最好的住处。此中既适宜作哲人的冥想之所，亦可作亲近自然的可靠凭借。

当然，到了冬天，待在再好的木屋与石屋中，也不如跑到太阳坡上来晒太阳。冬季农闲，是乡村建筑的旺季。石工们还在忙碌地工作。锤錾之声，从四山传来，是很好的催眠曲。我所躺之处，身下的草都是枯干的，草上又落飘一层松针，软绵绵的，比席梦思还要舒适。黄州的东坡赤壁上，有一个睡仙亭，亭中有一具长石，中间稍凹，传说杜牧任黄州太守时，每当月白风清，微醺之后，必定来这里卧上一卧，让长江的涛声入梦，孵出一窝活窜窜的诗情来。其后的苏东坡，也把他震碎世俗的鼾声，留在这块石上。在赤壁，这块石头最适宜高人的野卧。但比起吴家山的太阳坡来，那睡仙亭太过寒酸。我卧在太阳坡上，不必受床笫的局促。古人说，不觅仙方觅睡方，这是长寿法中以静制动的至理名言。但我更欣赏另一则故事。一个人在六月三伏天，光着肚皮躺在炙热的阳光底下。有人问他这是干什么，他说要把满肚子的学问晒一晒，不然窝在肚子里会发霉的。无疑，这是一个怀才不遇的“臭老九”。晒太阳是他对社会辛辣的讽刺。我虽也是“臭老九”，虽然也喜欢晒太阳，但我不是出于恶作剧的目的。

不知不觉，夕阳已经西下了。太阳坡上的温暖，慢慢稀薄起来。可是我的周身依旧燥热。我起身回去，感到肠胃在蠕动。我知道，它们正在努力地消化阳光。

1988 年 12 月 23 日

天堂河谷记

把名山比之于文字，黄山像一篇格言，华山像一篇诤言，张家界像一篇寓言。我刚游过的大别山主峰下的天堂河谷，则像一篇隽永的小品。

二十岁时，我就登上过大别山的主峰天堂寨。八月溽暑，山顶早晚得穿上棉大衣。后来，其东南坡下的海拔 1200 米的吴家山，我也数度前往避暑，并写了一篇《吴家山避暑手记》，介绍这清凉世界的美丽风景。不过，这里的风景不可与黄山、张家界等名山相比。它不像它们，可以凭借自身鬼斧神工的姿态去引起人们感官的激奋。这一片山区，没有那么多孤峭怒耸的峰头，它更像大海的波浪。每当我清晨起来，站在下榻的云峰山庄的阳台上，看万山重叠托起一轮红日时，那瞬间的光与影，线与点的变化，会使我心荡神驰。它让我想起高山深谷间的禅院，林木葱葱，白云深深，年复一年，禅钟穿过的，只能是清新与宁静。

如今，我已很少去吴家山了。一是因为忙，二是有更多的久已向往的名胜吸引着我。两年前，听人说，吴家山上，发现了一条河谷，这道溪水是从天堂寨上流下来的，故称之为天堂河谷。经数所大学相关专业的教授评估，一致认为这里是“华中第一谷”。老实说，初听到这个消息，我一笑了之。心既存疑，便没有前往一探虚实的兴趣。而今，在几位朋友的一再鼓动下，我还是被动地有了这一趟旅行。

车子沿着盘旋陡峭的简易公路上行二十公里，抵达吴家山森林公园大门，我们一行便弃车步行，沿着路右新修的石阶一步步向悬崖与浓绿下的山谷走去。尽管我并不情愿有这趟旅行，但一看到漫坡的檵树，这最能给人沧桑感的灌木，看到色彩斑斓的蝴蝶，这些飞翔的花朵，正在穿织着艳丽的春光时，我的心情仍然一爽。毕竟，这里是远离城市的深山，对于迫切度假的心灵来说，它适宜于这里的芬芳与野旷。

一个拐弯，又一个拐弯；一百级石阶，又一百级石阶。当愈鸣愈幽的鸟声，把我们的喘气声衬得愈来愈重时，我们已大汗淋漓地走过上千级下山的石阶，终于，我们听到了激越清亮的水声。当绕过最后一丛林幛，看到万丈翠崖之下一片又一片巨大的白石的河床上卧着一个篮球场般大小的、绿得化不开的深潭时，我已经酸胀的双腿，忽然间如沐清风。

站在潭边，掬一捧水洗了满脸的汗渍。坐在白石上，水汽氤氲，清风绕膝。举头看两岸高悬的峭壁，绿茸茸有如海绵，它过滤了所有的嚣杂，只留下泉声和鸟声。它似乎更钟爱于色彩，更是一个插花高手。那七彩的山花，有的地方，簪一朵两朵，有的地方，泼墨似的泼出一片金黄或纯白。这一刻，山风吹解带，山月照弹琴；下一刻，鸟度屏风去，山送白云来。面对这些，不知为何，我的脑子里竟闪现出激光、火焰、原生质这样一些毫不相干的词语，难道这美妙的风景是光电效应？抑或电脑合成？当一个原子被激发时，电子从一个轨道跃迁到另一个轨道，我就是那一颗电子。我幻想自己变成一千六百多年前的陶渊明，正置身于桃花源的入口处。

啊，我又想入非非了。这里怎么可能是桃花源呢？桃花源是陶渊明设计的人间乐园，那里没有战争、杀戮、阴险与奴役。物质化社会的一切弊病，都消失在它的“民至老死不相往来”的隔绝之中。这里却不同，一朵花把自己的芬芳传给另一朵花，一袭水波推动另一袭流向更为葱青的深处。我脚下的水潭，这青龙潭，倒映的也不是桃花源的袅袅炊烟，而是没有一点点人工痕迹的绝对正版的自然。

自然的魅力在于你不愿停下你的脚步，期盼得到更大的美的享受。我们从青龙潭边的栈道出发，顺着溪流，开始向上攀涉。

在以下走过的蜿蜒河谷中，你能见到最大的特色，大概就是瀑与潭了。短短五公里，却有将近四百米的落差，这就决定了水流的梯度。河床很窄，最宽处也不过三十米，而且几乎被乱石塞满，清清的泉水，只能从乱石的缝隙中穿过。这些乱石，大如巨象，小如蜂鸟，都是坚硬的花岗岩。尽管它们坚硬，却依然被细小的水流冲刷得了无棱角，这是流水在地质时间里创造的杰作。

这曲折蜿蜒的河床，可以称之为一座石头造型艺术馆，如狮如豹，如马如猴，百肖罗列，一尊尊都值得徘徊其下，品味再三。但是，我却只能粗略地浏览它们，动观流水静观山，这里动态的水流，虽百尺之地，亦清姿迥异，可餐的秀色，首先在这流水之中。

沿青龙潭上行，大约三百米，绕过一面斧削的峭壁，便见到了天堂河谷中最大的水潭，大概有足球场般大小。这水潭四周全是山岩，几无路可下。眼下时间是上午十一点，平原上的阳光已是非常炽烈。可是，当它穿过丛树花枝，从万丈秀岩之上投到这水潭中时，却苍白得如同月光。一池翠液，娴静如镜。投一颗石子进去，叮咚一声，须臾间看到它沉入潭底。大约有两丈深许，然潭底景物历历可见。多么纯净的水啊。不用任何净化检测设备，只须拿瓶子来灌，标以“天堂牌”矿泉水，拿到城里去卖，肯定是俏销品。然而这潭似乎是孤立的，只见溢过岩坎的清流向下游流去，却不见什么地方有水流来。待我们走过为旅游者架设的铁索桥，从潭对岸的崖边栈道绕过去时，才看到有三叠瀑布，从数十米高的岩骨上飞腾而下，飞花溅玉，穿云漱雪，以激越的清姿，跌进了一个半掩的山洞中。水在这山洞中打旋、嬉闹，然后才贴着岩脚，从洞中流入大水潭。这水的来路被苍崖遮得严实，在下游是没有办法看得见的。

这潭叫明镜潭。由此上行，河谷无路可通，我们只好翻过一面山坡，从一片盘曲虬劲的古藤林中穿行，下至山根，来到那三叠瀑布的上方。由此而上的一段河谷，地稍平缓，而两岸的山却是更陡峭了。沿着河畔的林间小路上行，亦如闲庭信步。而这是一段最为美妙的溪山行旅。无论你的视线在何处停落，都有清纯的风景：山花落水时，鱼婴惊梦；青鸟点足处，尺水兴波。求侣的野雉从头顶上飞过，携着它怀春的幽梦；未名的古树从石隙里长出，沉静如远古的头陀。一卷白云息于潭心，犹如红晕飞起在少女的脸上；一只松鼠卧在枝头，犹如芭蕉叶上写着的一首唐人绝句。瀑连瀑，潭连潭。瀑因潭而生动，潭因瀑而明媚。瀑有万斛珍珠尽情挥洒，潭有一池黛色陶醉游人……把无数个这样美丽生动的细节有机地统合，这天堂河谷，怎能不叫游人陶醉与倾倒!

不知不觉，我走完了这一段曲折而瑰丽的河谷。当我站在河谷中最后的一个潭——大瑶池的跟前时，只见前方赫然立着一堵犹如刀劈斧削过的大石壁，大概有数十丈高。流水从石壁上悄然而下，细碎的水流在阳光下闪耀着白炽的光芒。陪游的朋友告诉我，那苍褐色的大石壁上边，仍然是河谷，而且比下面这一段更为美丽，只是尚未开发，无路可通。我突然觉得，这堵石壁应该是一扇天堂之门。相信不久的将来，我们在这座瑶池里洗掉人间的浊气之后，会走过这道门，进入到真正的天堂。

从天堂河谷归来，兴不能减，遂赋绝句四首，以记其行：

平生难解烟霞癖，宁卖天堂不卖山。
今日此游留浩叹，天堂原自在人间。

万曲溪声深复浅，行人一折一重天。
问谁能是天堂客，石满藤花绿满潭。

野花烧夏风还冷，深涧巢春气尚寒。
翠羽踏虹孤石上，何如白发对红颜。

坐拥清泉须浊酒，还听飞瀑说逍遥。
行囊尽载云烟去，何必乾坤一担挑。

1989 年 4 月 13 日

鸡鸣山中泡温泉

这是一间日本风格的浴室，落地窗外是不耐严寒的枯黄的剑竹。竹之外，是长满枞树的山坡。绿树林里偶尔的村居，此时闪了几点朦胧的灯光。浴室水汽迷蒙，周遭一片静谧，独自泡在温泉中的我，正在品享着难得的闲适与惬意。

此时，是甲申年（2004 年）的除夕。此地，是在我的故乡县城旁的鸡鸣山中。

家乡的温泉，古已有之。翻开乾隆版的《英山县志》，就可以看到县城四周，有东、西、南、北四个温泉的记载。其“艺文志”里，还有不少咏温泉的诗作。我小时候，这四个温泉都还在。家乡人称温泉为汤河。东汤河离县城较远，西、南、北三条汤河绕城而流。一到冬天，就可以看到热气蒸腾出的一片白雾，在县城那些老宅子青色的瓦脊上氤氲着。汤河边总是有不少浣衣的妇人，她们挥动芒槌，在捣衣石上敲打出好听的声音，她们把自己的孩子们脱得光光的，放在汤河里泡着，虽是雪天亦不觉得寒冷。

多少年过去了，年过半百的我，仍记得孩童时在汤河里嬉戏的场景。

遗憾的是，随着人口的膨胀以及过度的开发，故乡的县城早已失去几十年前那种宁静的诗意。白墙青瓦的传统民居没有了，鹅卵石的街道没有了，完整的城墙以及城外清清的流水与银白的沙滩都没有了。横七竖八杂乱无章且又千篇一律的水泥建筑把和谐的空间尽数地破坏。因为扩建县城，南汤河已消失在楼房底下。北、西两个温泉虽然还存在，但它们溢出地表后缓缓流成的汤河也消失了。在冬天里，我们再也见不到白蒙蒙的水汽以及精赤条条在汤河里嬉戏的孩子。

我每每伤感，为什么我们的生活离诗意越来越远？人与自然的相亲相爱为什么只能成为一种渴望？我始终认为，温泉是大自然给予人类的一种恩赐，人类利用并开发它，其目的应该是提升它本身蕴含的功能以及无法替代的诗意，而决不是舍弃它的美感而堕入庸俗的功利。在漫天风雪中，在三九严寒里，温泉是从地心里喷涌出来的春天，我们品享它，如同踏雪寻梅，是在开掘我们自身人生的美丽。

现在，我泡在其中的这间浴室，是距县城北温泉两公里左右的温泉山庄。它建在一个山腹之中，这山，便是县城倚靠的鸡鸣山脉。这个山庄建成约有十年了，当年传说是日本人投资的，其实是借人衣钵，它真正的投资者是省里的一家外贸公司。业主花巨资铺设管道把温泉引进山庄，应该是一个不错的主意。可是，建成后营业以来，生意却一直没有旺过。就说这个除夕吧，整个山庄，只住了我以及我的一个朋友，还有我们的妻子。在城市里的人们到处寻找休闲胜地的今天，这儿的冷清，实在是匪夷所思。

浴室里的温泉，溢出管口的温度是 65 度，我们拧开凉水阀，将温泉调兑为 42 度。尽管这样，不到十分钟，我们已大汗淋漓。朋友不耐高温，先到外间淋洗去了。我独自泡在池子里，躺一会儿，又起来坐一会儿。此时，千家万户的人们，都在欣赏中央电视台的春节联欢晚会，看歌星与笑星们的精彩表演。而我则选择了这间浴室，泡在温泉里，度过猴年的最后两小时。

时间一点一点地过去，窗外开始飘雪了，周遭太静、太静。我忽然感到，萧旷是格外的悠闲，寂寞是难得的清福。在即将到来的鸡年里，我躺在鸡鸣山中的温泉里，在瑞雪中送旧迎新，这难道不是一个好的兆意吗？

2005 年 2 月 8 日

桃花溪印象

每次出外旅行，我总是怀有一种期待。

从下榻的桃花山庄出发，车道蜿蜒向上，行进在海拔七百米以上的山中。路两边浓密的林荫挤窄了我的视线，除了偶尔见到的蔷薇色岩石和一闪即逝的林禽，我看不到广阔的田地和远处的群山。但我依然产生了载欣载奔的解放感。铺在路面的阳光，柔软而温润，加之掠过肌肤的凉风，让人如同身置仲春。斯时正值七月末的伏天，长江中下游的长沙、南昌、南京等大都市，都处在三十八摄氏度的高温之中。我所居住的武汉，气温更是高达四十摄氏度。暑气如炽，吴牛喘月。我离开白云黄鹤之地，驱车两百公里来到这鄂皖交界的大别山腹地，英山县内的桃花冲，唯一的期待就是寻找清凉界。

这期待没有落空。当我在江淮分水岭小岐岭的南侧，在一处名叫象鼻挽水的地方，攀缘岩骨而下，走过十五里的桃花溪时，除了惬意的清凉，我更是获得了通常在这一季节难以品享的山水的欢娱。

该怎样形容这一条溪水呢？

它藏在小岐岭下的一片古树苍郁的峡谷之中，从象鼻挽水到下游的黑龙潭，全程十五里，这只是桃花溪的中段。它的上游尚无路可通，下游经过农田与村舍，注入一座人工湖中。唯其这中游的十五里，曲曲折折，在陡峭的岩石与茂密的林木间穿行。徜徉其间，在不断加深的“空翠湿人衣”的境界中，在光与影错综交映的流水中，我又一次感受到山水的真谛：用单纯表现无限，用曲折表现丰富。

所谓象鼻挽水，乃是一座横向的山峰，将本该直泻而下的流水生生地截住，逼得它向东转弯，跌进深壑里的青枫林中。在那里，它紧挨着“象鼻”，再由东向北来一个一百八十度转弯，复又恢复西向的流脉。沿着鼻脊下行百余米，忽然听到巨大的水声，抬头看去，不觉已站在一挂高约数丈的飞瀑之下。

瀑之下，是潭。瀑之白，如碎雪，如樱花瓣；潭之青，如幽梦，如玻璃汁。潭之外，是歇着三两只斑斓彩蝶的巨石。石之侧，没膝的泉水汩汩而过，水底的荇草、圆石、幼鲵与山蟹，或蛰或动，历历可见。又一次的溪山之旅，便从这里开始了。我们跨石步，过木桥，时而岸左，时而岸右。摇曳的阳光照在头顶，如少女温柔的眼神；悠然的水声响在耳畔，如瓦屋中远古的歌谣。间或翠鸟点水，如稍纵即逝的灵感；偶尔水雾升起，如山村三月的炊烟。突然，一根千年的老藤，如虬龙自峭岩游来，同行的孩子攀上它荡起秋千，看上去倒像是顽皮的猕猴。少女一声惊叫，是什么东西砸在她的遮阳帽上，原来是松鼠跃过，野生的猕猴桃从枝头惊落。

岩石、林木与泉流，构成桃花溪美丽风景的三大元素。这些岩石，大如椽屋小如拳栗者，皆可欣赏。至于林木，生长在深山中的这些松桧枫榉等，无不把醇厚的绿色张扬到极致。城里的公园，那些树木尽管得到精心的呵护，可是它们的叶片总是难得有发亮的时候。而桃花溪两岸的林叶，一片片，都像是翡翠制成的晶片，一阵风来，无数的露珠自叶片上，同喧喧的鸟声一同落下，行人的衣襟，便有了拂之不去的梦痕。静观岩石与林木，会令人生出无尽遐想，但真正让我流连忘返不忍离去的，则是这一脉奔腾不息的水波。毋庸讳言，近几十年来，人类的生活发生了巨大的、令人难过的变化。发展经济获取财富似乎成了人们奋斗的唯一目的。这一点，在发展中国家表现得尤为突出。在利益的驱使下，我们赖以生存的自然环境日趋恶化，秀美的山川变得面目全非，草原荒漠，水流浑浊。我外出旅行，每每看到这种景象，总难免心下黯然。水是自由的元素，溪流是大山醒着的神话。可是，在我走过的一些山中，由于森林的过度砍伐，本当充沛的水流日渐纤瘦，甚至枯竭。此情之下，面对桃花溪湍急壮大的水流，我怎能不心情振奋，一次又一次俯下身去，双手掬水，作酣畅的牛饮。

我生存的这片土地上，今后相当长的年代里，如果说有什么东西弥足珍贵，我可以肯定地说，是水，是丰富的、洁净的水源。桃花冲这一片深山，纵然再穷困、再偏僻，可是有了一条桃花溪，它便成了无与伦比的风水宝地。何况桃花溪畔，还有如此美丽的风景！

攀岩涉涧，不知不觉走完了十五里的溪山。拐过一丛危岩，我猛然听到一阵激越雄壮的水声。向导告诉我，前面是一挂比入口处更为瑰丽的瀑布，桃花溪从那里轰然跌落，把雪白的涛声，飞溅成晶莹的诗句。

2013 年 5 月

山中记趣

数年前，我约几位朋友到大别山中的桃花冲小住。一则避暑，二则享受山光水色，于阴阴夏木中，就着村酿山茗，作竟夕之清淡。

朋友中有教授，有商人，皆身居闹市，奔走红尘。虽事业有成，却身心俱疲。言语之间，无不欣赏剡溪访友的雅兴与率真。听说有此等山中之游，无不欣然应诺，驱车前往。

及至来到山中，果然水木清华，花鸟如梦。友人于樵风中放歌，于清溪中濯足，品南山峰顶的云，饮粗瓷碗中的酒，乐莫大焉。薄暮时分，忽有人惊奇，说道："咦，进山半日，怎地没有电话？"众人这才察觉，一起掏出手机来看，原来没有信号。顿时有人沮丧，咕哝道："通信断了，公司若有急事，找不到我怎么办？"经他这一提醒，在场的三位商界的老板，顿时把刚刚得到的闲适废纸一样地扔掉了，重新把烦躁揣进了怀中。教授朋友受了感染，佯笑着说："我倒没有什么大不了的公务，只是手机不通，和家里人联系不上，倒叫他们着急呢。"我说："你们不是要得浮生半日之闲吗？既来了，就把那些俗事儿放下，享几天清福岂不更好？"一位老板头摇得货郎鼓似的，摆着手说："这肯定不行，玩归玩，可不能误了正事儿。”当晚，三位老板于空蒙的月色中驱车出山，回省城去了。

朋友们走后，我对留下的友人说：“袁中郎说过，通邑大都行人如蚁，尽是争名逐利之人。看看咱们哥们儿，也雅不到哪里去。”

讥过了，扪心一想，又自后悔。我辈虽然追慕古人，想当那种贯看秋月春风、贯听暮鼓晨钟的山人或散仙，但毕竟我们不可能穿越时空，回到青山隐隐绿水迢迢的古代。弹《广陵散》的嵇康，既非老板，又非教授，不担心一曲未终，有什么电话打来催他当机立断；至于饮中八仙且醉且吟在长安城外的灞桥烟雨中，何其逍遥啊，皇帝纵然有紧急事体召见他们，也不可能用手机，只能派出一匹快马奔出皇宫。

今人与古人的根本不同，就在于交通与电信。陆游自剑门入蜀，是“细雨骑驴过剑门”，前年我去那儿，却是从高速路上驱车而至。到了关口雄阁，看到阁门两旁悬挂着流沙河先生的对联，书法与联语俱佳，当即就掏出手机，拨通流沙河先生的电话，向他表达了我的称赞。若没有手机，这种情接千里的浪漫，根本就不可能实现。

古人寄情山水，心无旁骛，那是农耕文化中士大夫精神生活的特点。到了今天，只要有一部手机相伴，工作与旅游两不误，岂不更好？应该说，手机的发明与使用，让这地球上每一个偏僻的角落，都可以成为人类的办公室。只要我们愿意，在塔克拉玛干沙漠深处、在喜马拉雅雪山之巅，都可以办公。当然，这种无远弗届的便捷，也会给我们带来一些苦恼。譬如说，唐朝的那八位酒仙聚在一处轰饮，如果有手机，大家喝到兴头上，各自腰间一片乱叫，岂不大煞风景？

多年前的那一次桃花冲之行，因手机的无法使用而留下了遗憾。去年，当地的朋友又来邀我重游，并郑重说明，那一片苍茫的云山里，再不是电讯的死角，去年已建好了信号差转站。不过，捷足先登的，不是移动，而是联通。听罢，我对朋友笑道：“看来，为了再次去欣赏那万山深处的绝佳风景，我得买一部联通的手机了。”

2007年6月5日

听　松

今天，我又想去泰山极顶，去华山、恒山、庐山，或者去武夷山、井冈山、大别山，去中国的任何一座千仞岗上，振我的衣，摄我的神，听一次混混沌沌、莽莽苍苍的松涛。

我的故乡是一座松涛之城。我呱呱坠地，故乡便把松涛作为第一首儿歌，也是一首永远的儿歌送给我。从那时起，我就感到世界是那么喧闹，那么生机勃勃，穷极变幻。四月的雨天里，尽管阴霾怒张，那不肯被黑暗吞没的万丈新翠，把春天赋予的全部生命力都注入柔韧的枝条，迸发出拂天扫地的怒吼。在寒气凝冻的腊月，草木尽枯，瑟缩如僵虫。唯有青松独领风骚，在凛冽的风中摇荡碧色，旋起一轮轮穷天极地的呐喊。

在这样的氛围里，我长大了。我看惯了林松曳动的光影：束束凝碧，一派空灵。初似霓裳，继如乱发。且舞且摇，光色渐乱渐暗。终于，深浅有致的累累青柯好像有了淡墨泼进，变成一色的乌黛。一林松骚动了起来，接着，一山松、千山松、万壑松都动了起来。松涛响了。

带着松涛给予的启示，我离开了故乡——群山环绕的那座小城，走上了生命长途。我走过许多城市，许多乡村。在北国的长城上，我听过大雪；在南国的大海上，我听过风暴。它们虽然都很壮观，表现了乾坤伟力，但仍不及响在千峰万壑上的那千顷万顷松涛，那气吞山河的震荡，多么地摄人心魄！

遗憾的是，离开故乡久了，离开大山久了，住在城市的高楼里，眼中的世界色彩缤纷，竟使我渐渐淡忘了童年的耳中的世界。心灵没有受到伟力的撞击，血管里的血也就不再汹涌。

不久前的一夜，故乡的一个朋友给我打来电话，他似乎有消息告诉我，可是我一句也听不清。我问他话筒里传来的是什么声音，他说是松涛。

一根银线，为我送来了久违的故乡的松涛。我重又获得了生机勃勃的耳中的世界，这简直是一个奇迹。

我放下听筒，可我仍在听着，听着，听远方的松涛：

初时，舒缓如空蒙月夜的琴声，如纷纷扬扬的击瓦的雪声。接着，如哔哔剥剥的火声。沸沸汤汤的水声又继之。旋即错杂成踢踢踏踏的大马群的蹄声，马上又演变成轰轰隆隆的荒野炮声。最后，响起石破天惊的雷声。自霜皮虬枝的松干，自松干中弯弯曲曲的年轮；自拨云掸日的长柯，自长柯上戟张的针叶。那可怕的雷声，在幽邃的天穹下炸响了。仿佛五百年内惊雷，都聚到这一块儿同时爆炸。

我没有见过龙，但从那松涛里我分明听到了龙叫。山川震怒，让我听到中国魂的狂吼。松既有情，发出摇荡乾坤的正气；人非草木，在此振聋发聩的境界中，怎么可能心如古井、微波不兴呢？

放下话筒，我仍在听松。我的心，始而醉，继而痴，尔后又惶然悚然，愧然痛然。我以为人过中年，从此只谈风月为好。岂知今夜的松涛，再一次冲刷了我的肺腑，心中的尘垢被它荡涤一尽。松涛啊松涛，多谢你吹碎一个诗人病态的淡泊，再开他热血男儿的襟抱。

从此，我不仅仅听松，感受剧烈的震荡。我更想变成一棵松，植在中国的任何一座山上，挺起我的腰，伸开我的臂，加入伟大的呐喊。

1995 年 11 月 16 日

翠河谷

在中国的西部，特别是青藏高原，哪怕置身在海拔四千米的高山上，也找不到山的感觉。这乃是因为彼处之高在于地势而非峰头，纵然也有峰头突兀，却没有耸的地理特征。南方却不一样，虽然海拔只有三五百米，但是悬崖峭壁，沟壑逶迤。置身其中，便有了崇山峻岭的感觉。眼下，我走在大别山主峰东南麓的龙潭河谷中，这种感觉又生了出来。

二十世纪八十年代，英山县为开发水电资源，利用这条落差较大的龙潭河谷建设小型水电站。正是因为小水电站的建成，这条美丽的河谷才被人发现。本世纪以来，富裕起来的国人旅游兴趣大增，为满足游客的需求，各地大建景区。龙潭河谷所在地建成了 4A 级的大别山主峰森林公园，龙潭河谷便成了核心景区。

单从景区的角度看，龙潭河谷极有韵致。它不同于九寨沟、张家界，不去游一游，总觉得有挂牵，也不同于那些盛名赫赫的景点，慕名而去扫兴而归。它属于那种不游也可，游了绝不后悔的地方。四公里的河谷中，潭瀑相连，花树交映；磴道如藤，藤弋苍崖。由于我童年与少年都是在大别山中度过，对于山的偏爱由此养成。我的山区旅游经验是，峰头可观可赏，而山谷则可游可亲。常言道，人心之变不可究诘，但峰谷之变则可揣度。云岚起时，诸峰宛若仙国；烟雨过后，峡谷便幻化为童话世界。游龙潭河谷，若在暮春的雨后，你就会看到静止的画面顷刻间都变成活泼的动漫。

数年前游龙潭河谷，曾写过一篇游记，兹后又陪友人来过几次。虽然常游并不常新，但没有一次感到失望。这情形犹如酒徒之于美酒，蝌蚪之于泉水。

今年的闰四月，因为采风，我再次来到龙潭河谷所在的大别山主峰。接待我的人说，龙潭河谷的上游尚未开发，但更美，更值得一看。闻听此言，按捺不住的我，立刻就换上了旅游鞋。

在枝柯荫覆的崎岖山路上走了四五里地，巨大的水声把我们引到了一条山溪边，溪口上架着一座木桥。这桥，仿佛是从黄公望的《富春山居图》中搬过来的。那么古老，那么简陋，而又那么富于诗意。桥那边，是一个只有七八户人家的小山村。在这个小山村里，除了两只挂在树梢上的锅状的电视接收天线，再见不到任何一点点儿现代化的痕迹。黄色的且满布水渍的土墙，黑色的泥瓦顶，小的雕着花格的杉木窗子，背面有着粗重木栓的被柴烟熏成褐色的木门，以及门前稻场上散乱放着的石碾、石磙、石磨……就在那一刹那，我仿佛一脚踏进了唐朝，仿佛那柴门里走出了孟浩然，他用纯正的湖北乡音向我吟诵："开轩面场圃，把酒话桑麻。"

这小山村的旁边，即是龙潭河谷的上游。我们穿过密林，透过林隙可以看到在乱石中奔流的激湍清泉。及至来到溪边，但见藤萝蔽日，水雾盈袖。一路逶迤，尽是白花花的瀑布，绿油油的小潭，青苍苍的林木，灰拂拂的断崖。且行且止，不由得赞叹古人临观此类景色时用词的精妙，如“缥碧”，如“空翠湿人衣”，等等。

由于无路可攀，行不过二三里，只得在一挂二十余米高的瀑布前打住行程。斯时，头上的洞天略略开阔，斜射下来的阳光与浮漾上升的水汽参参差差，在嬉闹着、游戏着。忽然，朋友惊呼：“虹，虹，彩虹！”正在拍照的我定睛一看，只见一条长约数丈的彩虹在飞瀑前缭绕。一阵微风，虹飘过来，触了触我的胸膛，又从我的肩头飘过去，钻进密林中杳然不见了。与虹相触，甚或相拥，这是可望而不可即，可思而不可得的高妙的诗意，我竟在无意中获得，这是自然的恩赐。

相比于龙潭河谷，这一段河谷更幽、更逸。朋友赞道：“有首著名的歌曲叫《红河谷》，这里直接叫翠河谷好了。翠不仅是它的颜色，亦是精神，更是风范。”这脱口而出的话，倒是道出了河谷的妙谛。

回到小村庄，闻讯赶来的村长热情邀请我们到他的家中做客，他用自制的高山野茶招待我们。从言谈中，我们知道，大别山东南麓这片十平方公里的峰谷中，有一个叫大河冲的行政村，共有二百多名村民，七十一户人家，散落在九个小村庄里。大河冲村山高地僻，直到去年才通公路，村子里的年轻人几乎全部走光了。为了追求便捷的生活，也有不少村民搬到山下小镇居住。现在，留在这里与群山相伴的，只有几十个老人，偶尔也有几个被进城打工的小夫妻留下的孩子。

听罢村长的介绍，我的欣赏人间美景的愉悦心境略受了一些影响。城里的游人面对大自然奇异的山水，可以用数百种不同的方式表达他们的惊奇。但是，与绝妙山水比邻而居的土著，他们对风景的感受截然不同。极大地享受着现代文明的城里人，他们钟情于自然；而渴望得到文明福祉的山里人，却愿意拥抱城市的喧嚣。从城市营造的那一刻起，科学与自然、风景与文明就一直进行着博弈。城里人从汽车的夹缝里钻出来，便觉得回到了真正的欢乐中，甚至感叹这里的一只小山羊的生活质量都比他们高。但是，山里人却固执地认为，物质生活的丰富，现代社会的便利，比什么都重要。他们眼中的天堂，不是什么翠河谷，当然，更不是大河冲，而是北京的王府井、上海的陆家嘴，等等。

存在决定意识，从生存学的角度来讲，翠河谷或许是一篇寓言。有的人希望生活在寓言中，但更多的人，却更需要物质的享受、生活的便捷。

2012 年 6 月 16 日于闲庐

娄子石寻杜鹃记

娄子石是大别山东南众多山峰中的一座，地处英山县草盘、石镇、雷店三镇的交界处。其山之东、西二峰，海拔一千二百余米，东峰略高，因状如背篓，故称篓子石。后因书写习惯，去掉“竹”头，便成娄子石了。

在当下时代环境中，这座山峰可称为名副其实的世外桃源。这乃是因为无论是从哪个方向上山均无公路可通。除西面有一条机耕路可通至峰头下三公里处，从余下的三面登顶仍然得走崎岖陡峭的羊肠小道。

大约两三年前我就听说，娄子石的杜鹃值得一看。一向有着烟霞之癖的我，视山水的行旅为人生一大乐事。乍一听说上娄子石不但有赏花之乐，更有登山之趣，何乐而不为？于是耐心等待杜鹃花季的到来。但是，因为俗务，一临四月，竟不得半日之闲。花期错过便是一年，转眼又过了谷雨，烟雨中的鹧鸪又在无边的翠色中笃实地提醒游人了。于是我开始打听娄子石的花事，并一再提醒自己，无论如何，今年再也不能错过杜鹃的芳讯。

在中国的花事版图上，生长于南方的杜鹃花可谓一个庞大的家族。无论是分布的区域还是品种，都有领先优势。在长江中部的崇山中，真正称得上蔚为大观的，则非杜鹃花莫属了。稍一摭拾，便能读到不少描写杜鹃花的文章。但相对于牡丹的国色天香，杜鹃则只能算是荒岭烟霞。它没有姚黄魏紫那样不胜娇羞的姿态，也不具备“一丛深色花，十户中人赋”那样的身价，但这并不妨碍它成为广大赏花人的心头好。牡丹只能被称作花丛，而杜鹃一俟开放，便是气势磅礴的花海了。

四月下旬的一个周末，听说娄子石的杜鹃已经绽放，我便从省城驱车前往。但头天夜里突然变天，不但豪雨如注，而且刮起了北风。心中便犹豫去不去。最终还是寻幽探胜的心情占据了上风。等到两个多小时车程来到山下，但见云雾迷漫，峰头消隐。我虽然从西边离主峰最近的一条路攀上了山顶，但视线超不过五十米，云海淹没了一切。这一次登山，除了真正地体验到风雨如晦的滋味，却没有欣赏到如火如荼的杜鹃，不是没有看到绽放的花蕾，而是偶尔的三两枝，瑟缩在寒风里，没有我想象中的掀天揭地的气势。

又一个周末，发酵了数日的眷花之情再一次高涨了起来。依旧起个大早，依旧长途奔袭势如破竹来到了山下，所不同的是，这次不走近道，而是绕到娄子石的东面，从一个名叫大沟的村子里启程登山。之所以舍近求远，是因为听说娄子石的东、南两面山坡上的杜鹃花多于西面。看花心切的我，便选择了艰难的旅程。

云淡风轻，蓝天如洗，在雾霾肆虐的北国，很难想象这大别山中，还有唐朝的天空、宋朝的流水。村长给我当向导，当我们在村角的山间小路上仰望娄子石高入云端的峰头时，心里头难免发怵。由此登上峰顶，大约有十里山路，那是怎样的山路啊，密林中的小路在嶙峋的岩石上蜿蜒，很多路段不是行走而是攀岩。最要紧的是，目光所及，除了偶尔几枝从树丛中探出的红杜鹃，依然见不到花海。村长看出了我的焦虑，告诉我说这里的海拔只有五百多米，往上攀爬几里路，到了海拔八百米，杜鹃花海才会出现。

山无俗态，水无媚音，一段愉快的溪山行旅开始了。但最初走的两里多路，一直处在李白所描述的“山从人面起，云傍马头生”的陡峭中，我的体力仿佛一下子消耗殆尽，每走一步都感到艰难。好在我自幼在山区长大，知道只要熬过这最初的痛苦，疲劳劲一过，往后的行旅就会轻松下来。

攀爬复攀爬，正在上气不接下气之时，突然听到前面传来一声惊呼：“啊，黄杜鹃！”我紧走几步，看到同行的人正在黄杜鹃下拍照。

那是怎样的一株黄杜鹃啊，不知凭借了多大的勇气，它才从一丛灌木中脱颖而出，瘦筋筋的枝条将几十朵黄色的花朵横斜着举过我们的头顶。密林覆盖了小路，丝丝缕缕的阳光穿过绿色的穹窿照到黄杜鹃的花枝上，一尘不染的花瓣散发着迷人的光芒。就近观察，感到这黄杜鹃的花朵仿佛比红杜鹃要大一些。一花五瓣，犹如五片薄而透明的鹅黄色的晶箔，它单纯而又饱满，让你想到一位娴雅的女子，她有村姑的体魄，又有着大家闺秀的矜持。

一盏灯就能烧毁黑暗，一树花也立即清除了我的疲劳。瞬间，一股生气从我的脚底上升，充盈着我的身体。黄杜鹃是一位指路的仙女，在她的引领下，我们开始进入杜鹃花的海洋。

在海拔七百米左右，我们就渐入佳境。一林复一林的花香，一簇复一簇的花朵，在原始的杂木林里伸展，在石壁的裂缝中劲爆。尤其让我惊讶的是，这里的杜鹃，不是一味地用轰轰烈烈的红来震撼你的心灵，而是用五彩的缤纷来陶醉你的视线。紫的、黄的、白的、黑白相间的、玫瑰红的、桃红的……单单一品杜鹃，就能给我们提供色彩的盛宴。这种纯粹来自自然的感官的刺激与享受，已有很长时间没有得到了。

攀登与观察，喘息与兴奋，骤然而至的梦寐，积蓄既久的热情，让我这一次春日的赏花之旅变得如此的丰富和亢奋，在这没有一户农家的方圆二十平方公里的深山里，我们既在猎艳，也在猎奇。

近些年来，以杜鹃花为核心的旅游景区不断涌现，我也去过一些，但是，没有哪一个景区像娄子石这样成为五彩杜鹃的海洋，简直可以用自然奇观来形容。这里的与众多灌木相生共荣的千万株杜鹃，因为要存活，它们必须顽强地向上生长，以秀出林丛的能力来吸收温暖的阳光。所以，比之别处，这里的花株显得高大，各色杜鹃中，以紫杜鹃的花树最为高大。它的树冠之茁壮，花枝之伸展，犹如南方的荔枝树，每一棵花树的高度都超过了三米。如果要评娄子石的杜鹃花王，十名之内恐怕都是紫杜鹃了。询问村长，他说娄子石的杜鹃，最先开放的是红杜鹃，其次是紫杜鹃，再接下来是黄杜鹃、白杜鹃。为什么颜色深者反而最先绽放呢？这只能请植物学家来回答了。

十里的山路，夫人陪伴我走了差不多三个小时，年届花甲的我走上峰头时，已是夕阳西下了。值得一提的是，我的三岁的小孙子比我们先到达峰头。在东娄子石宽盈丈的峰巅上，小孙子张开双手欢迎我。我说他辛苦了，他说：“我不辛苦，他们辛苦。”他说的他们是随我一起登山的几位年轻人。是他们将我的小孙子抱上东娄子峰的。我感谢他们让我的小孙子有了亲近自然的第一个高度。小孙子的兴奋并不亚于他的爷爷奶奶，他看着一层一层的远山以及几十棵紫杜鹃给峰巅镶起的花边，居然用一种大人的口吻感叹道：“这里真美啊！”

毛泽东写过“苍山如海，残阳如血”的诗句。尽管此刻我正站在夕阳中，我还是觉得眼前的景色用“苍山如海，杜鹃如血”来形容更为妥帖。土地革命时代，这里曾经是红军的摇篮。这山上的野果与清泉曾帮助他们度过最为艰难的岁月。遥想当年，红军们在这山中应该不止一次欣赏到杜鹃的五彩花海，但他们也肯定没有我此时此刻的赏花心情。铁马金戈的岁月不可能产生唐诗一样优雅的日子。娄子石至今没有开发，对于地方的经济可能是一种缺失，但对于资源的保护无疑是巨大的福音。如果将娄子石的五彩杜鹃花海建成一个景区，我坚信它会吸引远近的游人而成为又一个旅游的热点。但若不开发，我们生活中原本存在的诗情画意就不会变成某一个利益集团圈售的商品。清风明月不用一钱买，这是何等自然的生活。可如今反而成了一个遥不可及的梦想。我庆幸我的故乡，还有一方纯净的山水；我也庆幸我的小孙子，不用花钱，就能兴冲冲地走进能够培养他美好心智的童话世界。

2013 年 5 月 15 日雨中

访牛背脊骨山战场遗址

大约半个多月前，看妹妹一家人游故乡的牛背脊骨山赏杜鹃发来的照片，那红的、紫的、黄的、白的，甚至还有黑的杜鹃，一簇一簇，一树一树，在人迹罕至之地，那么蓬勃，那么灿烂，不免心向往之。照片虽是瞬间的捕捉，但我从花树的静止中看到花朵的摇曳，感受到摇曳中的诗意。于是动了怀乡之思，便想着利用“五一”小长假，到牛背脊骨山看一回杜鹃。

每次从武汉回乡，从江汉平原一入大别山境，便觉心旷神怡。故乡的山水，在仲春与仲秋两个季节最是好看。特别是春雨霏霏之际，看氤氲的雾气缭绕着群山，鸡犬桑麻，竹树篱落，以及鹧鸪啼叫着的茶园，山花簇拥着的村居，莫不在春水滋润着的蛰气中飘逸、变幻，如吴冠中的水墨，在静恬中展现艺术之美。

武汉到英山有高速公路可达，从杨柳湾站口下道转入乡村公路，一段美丽的溪山行旅就在飘飘忽忽的雨雾中骤然展开。大道直如发，是哲理；山路曲如藤，是风景。从土门河到胡家湾近二十里盘旋而上的山路，真个是似幻还真，仿佛让我回到了童年。路边虽不见扶犁耕作的农人，但挽着竹箩采茶的村姑却是随处可见，犁锄时代已成历史，但茶之故乡永续生机。

旅行车在一处山坳中的小楼前停下来，大门上悬了一块匾，题有“红军之家”。这是一处乡村客栈，主人姓胡，当过胡家湾村的党支部书记。陪同人员告诉我，胡书记现在专门建设牛背脊骨山公园。我不免纳闷，这人烟稀少的深山也能建公园？胡书记介绍说，牛背脊骨山是一座红军山，1934 年，红二十五军撤离大别山踏上长征路前夕，曾在牛背脊骨山上打了特别残酷的一仗。国民党军队两个师对红二十五军三千余名将士展开合围，试图消灭这支红色武装。红军留下一个团的三百余名战士扼守牛背脊骨山，掩护主力部队撤退，激战三天三夜，除了要面对数十倍的敌军轮番进攻，还有飞机轰炸。最终，在山上坚守的 288 名红军战士全部战死，当地乡亲将他们的遗骨就地掩埋。胡书记从小就听过这些红军的故事，深感责任重大，他趁着乡村振兴的春风，修通了上山的公路，并修建了无名烈士墓。如今，国家长征公园已将这里连同陶家河的红二十五军军部及各个分支机构的驻地列入了保护及建设范围。

听了这个故事，我登临牛背脊骨山的意愿更加强烈了。胡书记领着我们登山。牛背脊骨山海拔超过了一千米，山顶即是绵延的山脊。我们沿着山脊，从牛尾走到牛头，两侧尽是杜鹃树，右侧有一条蜿蜒的壕沟，胡书记说这就是红军打阻击战挖出的战壕，如今已是省级文保单位。

雨雾纠纠，飘风乱旋，山顶的温度已不足 10 度。而四月中旬，这里阳光灿烂，温度一直保持在 20 度左右，所以，杜鹃花就在那时候已蓬蓬勃勃地绽开了。妹妹一家人就是在旺季时来这里的。如今，花期已近尾声，花海消失，只剩下花丛了。不过，我还是看到了紫杜鹃与黄杜鹃，这些稀少的品种，总是开在比较偏远的地方。

胡书记特意告诉我，沿着几里路远的战壕旁开放的杜鹃花，是一色的深红，犹如战士的热血。他说，不知道是不是红军有灵，用他们的鲜血泼染杜鹃花，给世人一个昭示。

杜鹃花，被我们家乡人叫作映山红。大别山流传着一首歌叫《映山红》，其中有两句歌词："若要盼得哟红军来，岭上开遍哟映山红。"每次听到这首歌，我的眼睛就会湿润。在家乡人的心中，映山红不仅仅是一种山花，更是所有人心心相系的红军花。

时间的流水会荡涤历史的恩怨，但民间的记忆永远在述说着世上的真情。这一天雨中的溪山之旅，访古之情，让我再一次感受到我的故乡既在春天里，也在青史中。

归来，我在车上吟了一首七律：

溪山访古子规啼，岚雾茶烟路欲迷。
喋血英雄牛背脊，舍生绝壁虎参差。
杜鹃浓淡书青史，野树高低列战旗。
且踞危崖还一酹，阴霾过处起虹霓。

诗名就叫《访牛背脊骨山战场遗址》。

2022 年 5 月 2 日于闲庐

踏遍青山人未老

一

处处水从千涧落，家家人在数峰间。

这是少年时读到的清代戏剧家李渔所写的《英山道上》的诗句。英山是我的故乡，它地处鄂皖交界的大别山腹地。位于英山、罗田、金寨三县交界的大别山主峰天堂寨，秀耸天际，总揽群峰。它不但是长江、淮河两大水系之大别，亦是荆楚文化与吴越文化之分界。我十七岁时第一次登上那烟霞纠结、岩石荦确的峰头，放眼望去，不但看到了李渔诗中所赞赏的千涧飞腾、万山簇拥的自然大观，也看到了众鸟浮漾、翠雨横空的奇异诗境。欣欣然、陶陶然的我，情不自禁写下这样的诗句：

我欲摩天五尺寒，羲和漂泊隔云烟。

寒星腋下生青眼，望绝中原百万山。

以我十七岁的肉眼，当然看不到百里乃至千里之外的城郭山河。但是，用天边的疏星做我的眼睛，辽阔的中原便尽收眼底了。

我一向认为，人活在世上，要有大胸襟、大眼界。有了这两点，才有可能产生大格局、大气象。而故乡的大别山，则给了我这种可能。在幽深的峡谷里我们可以练气蒸霞，在崔嵬的峰巅上我们可以引颈四顾；在白云之上安顿我们的飘逸，在清泉之中洗濯我们的情怀。有一年，我到了大别山南麓的红安县七里坪，在那条曾诞生过共和国的主席、总理、数百名将军、部长与省长的窄窄的山街上，我且行且止，徘徊良久，挥毫写出如下的诗句：

我爱红安五月花，杜鹃如血血如霞。

为何二百屠龙将，尽出寻常百姓家。

而另一次，耽于禅思的我，在大别山东麓的一个名叫桃花冲的山谷里，我躺在溪流中一块平坦光滑的巨石上，耳听樵风松韵，又吟出另外四句：

风起竹邀花扫石，寒来云为客添衣。

禅家活得无拘碍，尽日南山一局棋。

同样一座大别山，它既能养育铁血男儿、救世英雄，又能培植禅心道骨、尘外神仙。侠气与文藻相得益彰，入世与出世并行不悖。这就是大别山，人的故事即峰峦的故事，当下的平易即后世的神话。

二

我见青山多妩媚，
料青山见我应如是。

南宋词人辛弃疾行旅江南写下的词句，最为恰当地表现了人与自然的相亲相悦。每次我回到故乡，面对绵延起伏的峰峦沟壑，心中便生出无尽的眷念。中国地大物博，名山众多。在山的圣殿里，它们都卓然独立。我们可以偏爱某一座山，但不能因此而轻侮别的山脉。二十多年来，我的足迹踏过了太多的名山。而且，数十座名山都留下了我的礼赞。但是，每当我回到大别山的时候，耳畔总会想起毛主席雄奇豪迈的诗句：

踏遍青山人未老，
风景这边独好。

我爱我的故乡。我有太多的理由，证明大别山“风景这边独好”。它既是山水的，也是人文的；既是雄浑的，也是清丽的；既是水彩，也是淡墨；既是交响乐，也是小夜曲。试想一下，如果有这样一座山，它那盘旋曲折的山道上既驰过元戎的战马，也走过大儒的芒鞋；它的蓊郁的山谷与青青的田畴上，既诞生了诸如大乔小乔这样的绝代佳人，也养育出道信弘忍这样的禅宗领袖，我们还有什么理由不承认它的独特性呢？

用堪舆家的话说：千尺为形，百尺为势。大别山的形与势总是展现出天造地设的妥帖。它没有像张家界那样彰显鬼斧神工的艺术，也不是像九寨沟那样精心构造童话的世界。它向我们展示的更多的是生动活泼且又温婉如牧歌的人间景象。小时候，仲夏的夜晚，老人摇着蒲扇向我讲述人与自然的关系："山厚地厚人忠厚，山劣水浅人轻浮。"在心智未开的童年，我并不能理解这两句话的意义。但是，当我脸上的酒窝变成了皱纹，满头的青丝变成了华发，并经历了二十世纪六十年代的"大饥饿"、七十年代的"大动荡"与八十年代的"大变革"之后，当我有资格说"涉世日深，阅人无数"这八个字之后，我才真正理解了那两句话的意义。人永远在模仿自然。大自然有鲜花，人有笑语；大自然有雷霆，人有咆哮；大自然有风霜雨雪，人有喜怒哀乐。大别山是地球上最为高寿的山脉之一，它的美早已从外形走向了内心。对于鹤发童颜的老人来说，美不在容颜而在于气质，而气质则是学养与阅历的结晶。这两者，大别山都不缺。山的厚重养育了它的子民的厚重。在它的千峰万壑中，在它河流蜿蜒的地方，千百年来，走出了多少政治家、军事家、哲学家、科学家、医学家、文学家、艺术家、经济学家啊！人才辈出是大别山历史的常态。一方水土养一方人，每一个朝代，大别山都会为中华民族养育出一批批推动历史前进的精英。

大别山有时候很浓烈，像四月如火如荼的杜鹃花；有时候很恬淡，如三月蒙蒙细雨中的茶烟。有时候它很灿烂，如重阳节后饮过霜花的簇簇红叶；有时候它很萧瑟，像深雪中匍匐在瓦脊上的炊烟。大别山同南方不一样，它有鲜明的四季；大别山同北方也不一样，除了同样领略西伯利亚送来的寒潮之外，它又享受着乘暖风而来的南太平洋升腾的云气。

古人讲，三十岁学世间法，六十岁学山间法。这是说，一个人到了三十岁，就应该离开家乡，走到更广阔的天地，投入沸腾的生活建功立业。到了六十岁，他应该回到山中，在童年的家园中颐养天年。今天这个时代，生活形态已发生了天翻地覆的变化。一切的路通向城市，回到故乡的人越来越少了。但不管怎样，心中的故乡应该永远存在。我爱天下所有的名山，但是，我更爱我的故乡大别山。生活在山的家族中，我感到充实。所以我喜欢毛主席的诗句：踏遍青山人未老。

2014 年 4 月 6 日

乡愁里的花

宋之问的《渡汉江》中所言“近乡情更怯，不敢问来人”，这种复杂的心态，今天的人已经很少有了。交通的发达，“千里江陵一日还”不再是诗人的夸张，而是人人可及的现实。纵为天涯游子，归乡也不是难事。但是，每逢春节、清明、端午、中秋、重阳等传统节日，故乡与亲人，依然会撩拨我们的心灵。“每逢佳节倍思亲”，这佳节，首重春节，其次就是清明了。而亲人，首重年华向暮的长辈，次则长眠泉下的列祖。因为牵挂，我们便思念故乡；因为故乡，我们每年总有那么几次会生起浓浓的乡愁。

近年来，经常会有一些新词突然闯进我们的生活，折磨我们的智商。而这些新词因它们是时代的产物而让我们无法忽略，无法躲避；与此同时，还有一些诸如国学、大师、活佛、巨匠等非常庄重而神圣的旧词，被我们肆无忌惮地滥用，以至变得狗血。这种尴尬，让我们既“为赋新词强说愁”，又“看尽溪山不见峰”。

此情之下，每个人心中的乡愁，便成了一丝温暖、一份蕴藉、一种抵抗流俗的武器。我曾认为，只有离乡背井的游子才会有乡愁，后来明白，一辈子从未离开故乡的人，若生起乡愁来，会比游子来得更加猛烈，更加难以遏止。

去年暮春四月，我曾特地抽两天时间回故乡赏了一回天马寨的杜鹃花，并即兴写了一篇短文，记录如下：

天马寨与娄子石山脉相连，乃前山后山之分。

卯时登山，晴色忽逝，片云倏然而来，细雨若烟，擎伞行山，不觉山色湿人衣。曲折山道，与李白诗“山从人面起，云傍马头生”庶几近之。然赏花心切，攀缘不知艰难。

入山乍见，远山若黛，近峰耸翠，偶尔一朵花逍遥于涧边，若独影摇红。然四百米之下，花期已萎，五百米之上，花事正旺。萎者如胭脂溅泪，旺者如赤龙吐焰。登山二时后驻此龙脊，始觉画屏环列，虹廊深邃。万千花枝，纷来眼底；五彩杜鹃，屡入诗怀。若黄若紫，若红若白，色绚而妩媚，色绛而缤纷。一簇横空，如飘霓接袖；千凤争坡，如朝霞漫涌。花摇曳，人陶醉。流连复流连，唯愿花期长续；行行复行行，不觉雨去晴来。

披芬芳于此山，揽花期于谷雨。正所谓万山如海，乡愁如舟。沧海骋目，眼界外无穷碧落；扁舟载我，迷不知终其所止。

这篇不足四百字的短文，县文联的同志配上数十幅天马寨杜鹃花的照片在其微信公众号上发布后，不但获得很多人的点赞，还被更多的朋友转发。我想，这短文之所以受欢迎，乃是因为赏花人的乡愁得到了他们的认同。

所谓乡愁，并无太深的道理，凡往昔所历，今日不得见者而产生的惆怅，皆可以乡愁喻之。如儿时吃惯了奶奶手制的荠菜春卷，如今奶奶作古，每每看到荠菜春卷后，便会怀念她；如清明扫墓之后，母亲带着我去山中采兰，过一座小石桥时必会停下，在桥头的茶亭里歇息片刻，从善人施舍的茶缸里舀一碗温茶来喝。如今小石桥已拆，茶亭消失，经过此地看到的是一片居民小区；还有夜晚昏黄的街灯下，在学校上完晚自习的我，花两分钱从挑着柴火担子的小贩手上买一只小竹筒里的蒸糕。如今，制作蒸糕的小贩杳然不见，小镇上也再无昏黄的街灯了……凡此种种，让我们体会了白云苍狗般的无常、世事推移的无奈。此时我们看到满坡满坡的杜鹃花，便会感叹，世事变幻太多而花期年年无误，人生苦短韶华易逝而山花灿烂不变。尤其是当你经过咳唾成风波、恶俗成时尚的生活之后，看到这些杜鹃花如此绚丽如此逍遥，大有“悠悠天地悠悠我”的况味，直如忽见鲛宫之珠、丹凤之毛，莫不立刻神清气爽，感到生活还是这般美好。

时下凡事皆以创新量之，但这乡愁决不是创新的产物，乡愁与怀旧是紧密相连的。唐宋以来，文人的小品文盛行，记述市井故事，传递澡雪精神，或折节于大匠之门，或磨砺于政务之衙。泛读一千余年来的士林雅集，便会发现林林总总的文集中有着共同的特点，即怀旧与批判。随着科技的发展，人们的生活质量越来越高，越来越便捷，但它的副作用也不容小觑，精神的矮化、流俗化和心灵的钝化、空洞化的倾向越来越明显，这似乎是一个不可逆的过程，这过程既是福音，也是不幸；既是希望，也是乡愁；既是社会前进的推力，也是道统批判的理由。

文人的可悲之处在于杞人忧天，可爱之处也在于杞人忧天。当了一辈子书生的我，已习惯了这种生活。常怀忧患之心，精神的负担必然沉重，若没有排解的能力，总有一天会把自己压垮，但好在我有相濡以沫的亲人，有青山绿水的故乡，亲人是我的心灵依托，故乡是我的清静道场。有此两种，便得了清福；所谓乡愁，唯情而已！

今年清明，我又回到了老家。儿时住惯的乡居，如今成了风景区，名西河十八湾。触目入耳的山岚烟树、鸡犬桑麻、村落竹林、溪声鸟啼都没有改变，心下便诧异，我的童年少年竟然是在风景区里度过，怎么就浑然不觉呢？从山上祭扫父母的坟墓下来，我被人迎进路边一间陈旧的仓库里，在这里，我居然见到了十几位乡亲，他们是我在四十三年前下放到这里时结识的伙伴。当时村里组织一个文艺宣传队，我任队长，他们都是队员，年纪最大的二十多岁，最小的只有十二岁。那时还在“文革”中，其后经历了粉碎“四人帮”、改革开放等漫长的岁月，四十年间，我与他们大多未再见面，今番重逢，他们已从当年的红男绿女变成今日的白发翁媪。更让我惊奇的是他们没有在家含饴弄孙，而是原班人马组成了一个“十八湾艺术团”，什么都没有改变，唯一的改变，我不再是他们的队长了。在那简陋的仓库里，他们为我表演了四十二年前我编写的两个节目。这自然勾起了我对青春的回忆，心中那一份带有些微酸楚的喜悦充溢着心灵。我问如今已七十高龄的队长老友，可有新排演的节目，他说，他刚刚写了一个演唱节目《我要赞当今》。我问他为何要写这个节目，他告诉我，他当了一辈子农民，当今是最称心的时候，也最幸福。听他这么表白，我心中思忖，我那点“江山依旧、人事全非”的乡愁是不是庸人自扰呢？老友的大伯曾是当年的红军，而他却成为乡村艺人。这就是土地，这就是乡亲，当春风沉醉的时候，这片土地就会绽放如火如荼的杜鹃花；当时代改变了，质朴的乡亲们也很乐意承担生活给予他们的任何角色。

返回省城的路上，我的脑海中一直涌现着漫山遍野的杜鹃花，以及花丛中那些白发苍苍的乡村艺人。离开故土，车轮向晚，深深浅浅的鹧鸪声中，我的乡愁又起了。

2016 年 4 月 5 日写于金鸡湖畔

自然之美涵养我们的心灵

老百姓有一句谚语，叫“身在福中不知福”。老辈儿也经常用这句话来教育晚辈。但是，“我们的幸福在哪里”这样一个话题却一直困扰着我们。我六岁的时候，外祖父教我诗词、对对子，他出“青山”，我对“绿水”。我十岁的时候，他带我到县城外的乡下走亲戚，那是一个阳春三月，山野上开满了各种野花，乡下的春光太美，他让我写一首五绝，我脱口便说“花如初嫁女，树似有情郎”，外祖父大加赞赏。其实，我对初嫁女的美似懂非懂，只是跟着大人参加街坊的婚礼，看过几次新娘子而已，但我将这美好的新娘子的容颜记忆用来形容春天的花，用有情郎来比喻春天的繁茂的树，这既是出于天真，也是出于对自然的钟爱。爱美是人的天性，而自然中存在的生机之美、灵性之美、和谐之美，应该是美的极致。自然之美，古人称之为天籁。一个人如果每天都能品享自然的天籁，那么他就应该是生在福中的人了。南宋词人辛弃疾写过一首词，其中有这样两句——“我见青山多妩媚，料青山见我应如是”，这是人与自然的相亲相爱。可以说，我的童年与少年，便是在这种人与自然的相亲相爱中度过的。

我的故乡是大别山中一座小小的县城，在我出生的时候，全县人口不到二十万，而县城的人口不足一万。这座小县城之美，宛如皖南西递村、宏村等古老村落。首先，它有着一面靠山、三面环水的绝佳风水，有环城的石砌城墙，有东南西北四座城门，还有四座便门，城内也有东西南北四条正街、四条侧街。街道上铺满了鹅卵石，房子全部是砖木建筑。最高大的建筑是城内的文庙和城外的宝塔，以及东南西北四座城楼。住在这样的小县城里，跟着一位蓄着白胡子，用毛笔开药方的老中医、我的外祖父学习书法与旧体诗词，我的童年真的可以说是生活在童话里。

前年的秋天，我到了瑞典一个名叫西格图拉的小镇，在那里度过了一个下午。这个有着几百年历史的古镇，让我享受了非常惬意的浮生半日之闲。离开小镇，我写了一首诗记录我的感受：

西格图拉
有一个大的神秘
藏在你九月的
灿烂且又温婉的阳光里

梅兰伦湖中的野鸭子
成群地爬上岸来
找到千年前维京人的石雕
慵懒地蹲在了一起

那些参差的小木屋，那些塔楼

那些篱花，那些铺着鸟声的草地
就这么随随便便地
组成了一个天堂的样子

坐过一代又一代人的咖啡屋
浓浓的香味还在弥漫
那一扇扇虚掩着的铁皮门
似乎总在等待一次浪漫的相遇

蛇与十字架，维京人将它们
巧妙地组成了图腾
海盗与诗人，像两只飞鸟
在大地上投下岁月的影子

西格图拉啊，你是古老的
但你的古老不在于那些建筑
那些被夕阳涂红的白发
而在于小巷里那些不期而遇的微笑

西格图拉啊，你是宁静的
我相信，只要玛丽教堂的钟声敲响
那些心灵的污垢
就会像败叶一样簌簌坠落

西格图拉啊，你不是我的故乡
我是在东方水墨中旅行的游子
但是在今天，你给了我新的乡愁
明日归去，我会有新的相思

西格图拉让我难忘，在那里的小巷里散步的时候，我不止一次想起故乡。所以我说，西格图拉给了我新的乡愁。深受中国传统文化浸润的我，更喜欢东方水墨中的山水、花鸟、村庄与城郭。我对故乡县城最美好的记忆不是秋天，而是暮春，我喜欢春天的缠绵的雨。黎明的时候，雨淅淅沥沥地下着，一层乳白色的雾气匍匐在苍黑色的瓦脊上，屋顶上的烟筒升起缕缕炊烟，街上行人稀少，上学的孩子们穿着木屐，踩在鹅卵石的街面上散发出清脆的响声，偶尔也会传来叫卖兰草花的小姑娘甜甜的嗓音。这情景，让我想起陆游的诗句“小楼一夜听春雨，深巷明朝卖杏花”。

这样的季节，这样的雨巷，这样的画面，这样的人物，就是今天我们非常向往的生态，就是我们挥之不去的乡愁。通过唐诗宋词，我们可以品味中国大地山河、井灶人家的古典之美。不仅仅是丰年与太平岁月，即便是战乱，也能让人感受到自然之美没有遭到破坏，如“感时花溅泪，恨别鸟惊心”“朝登剑阁云随马，夜渡巴江雨洗兵”等。我一直在想，我的故乡小镇如果不被破坏，就是一个五星级的度假区了。回想这几十年来，为了追逐财富、追求 GDP 的膨胀，我们自觉不自觉地都当过扼杀天籁、破坏生态的罪人。现在，当生态灾难已变成重大的社会问题与生存危机的时候，我们才警觉起来，才开始反思我们的发展道路。

有人说，从农耕文明向工业文明过渡的阶段，生态的破坏是无法回避的问题。从过往的经验来看，这个诊断有一定道理，但若深究，这个诊断还是有问题的。中国有“前车之鉴”“前事不忘，后事之师”这样的成语，我们是发展中国家，完全可以总结和汲取已经走过工业化发展道路的那些国家的经验和教训，让我们少走弯路，少吃苦头。

苦果既已酿成，我们就要正视现实，解决问题，世上没有后悔药。我们虽然无法改变过去，但我们可以创造未来。在十二届人大会议上，总理说“文化是我们共同的精神家园”，那么也可以说“生态中国是我们共同的故乡”。古人有这样一句话：“山厚地厚人忠厚，山劣水浅人轻浮。”这句话明白地告诉人们一个道理，好的山水是可以涵养人们的心灵的，让我们变得善良、忠厚。如果山无青绿，水无漂碧，则人心也会变得险恶、轻浮。这里揭示的，就是中国先哲们创立的“天人合一”的世界观、价值观。我相信这样的观点是积极的、健康的，是人与自然互相影响、互相尊重的和谐选择。如果我们每一个人的故乡都重新回到童话世界，回到“春城无处不飞花”的美丽景象中，我们就可以自豪地说：优雅的生态又开始涵养我们的心灵，无尽的诗意又回到我们的生活中。

2016 年 9 月 28 日于龙潭书院

第二辑

猿啸中的乡愁

猿啸中的乡愁

三峡——瞿塘峡、巫峡、西陵峡，西起四川奉节白帝城，东到湖北宜昌的南津关，全长一百九十二千米。入蜀和出楚，我不止一次枕涛三峡。两岸层峦，美得让你神魂颠倒；一江迅浪，哗一下扑来，你张开双臂拥抱它，如灯蛾拥抱火焰，那是兴奋到极致的物我两忘啊！现在，我又自天府之国买棹东下，再次经历这一段激电蒸雷、腾虹荡日的航程。巨大的美感使我身心放松，再放松。我的身边没有友人相陪，陶渊明走了，留给我一丛菊；李白走了，留给我一把酒壶；李贺走了，留给我一头去郊外的夜雨中听鬼哭啾啾的驴儿；屈原走了，留给我的，便是他的故乡，生他养他的这一个三峡了。航行其中，实乃是在重温故人的梦境。

瞿塘峡

尽管江水一到此处，就陡然掀起数丈高的腾涌，但插在怒涛中的峭壁，却依然静谧而又深深地呼吸着。站在抖动的甲板上，我用望远镜凝望那峭壁，只见上面满是题刻。篆、隶、楷、行，莫不凝重。那些字，仿佛不是用刀錾，而是用大斧头砍出来的，更有那比头上的朝阳还要大的“夔门”二字，碑隶兼用，汉魏同炉，那笔意，简直就是摄取历代豪客的壮气凝成！

我以为,那么多的名山大川,再没有比夔门更富象征性的名称了。夔，古代传说中龙族的一种，一足，凶悍异常。用它来形容此处的长江，是再恰当不过了。长江出川向海，最窄的，便是夔门至巫峡上口的扇子碛这一段了。涨水时宽不过两百米，落水时只有五十米。这么一个窄窄的通道，居然挤过了世界上的第三大河流，不能不说是一个奇迹。

在两亿年前的三叠纪，我国地形是东部高、西部低。今天长江流域的西部地区，那时是一片水域非常辽阔的大海，与古地中海相通。两亿年前印支地带发生一次强烈的造山运动，古地中海大规模西退，我国秦岭升高，形成东升西降的地势。此后，大约七千万年前，又发生一次燕山运动，四川盆地和三峡地区隆起，再以后，在三千多万年前的喜马拉雅山运动时，长江流域地面普遍间歇上升，上游上升最为剧烈，中下游上升稍缓，或继续沉降。由此，古长江不再可能西去汇入地中海，而只能向东寻觅新的出路。西部江流在几千万年的时间里，锲而不舍地冲撞着三峡地区的崇山峻岭。那些在造山运动中被挤压得弯弯曲曲的岩石，在三峡地区，形成三道被地质学称为“褶皱”的岩层。年复一年、日复一日，寻找出路的长江向这些褶皱发起强烈的冲击，终于，它奋力撞开了夔门，切开山峡，在人所不能参与的地质时间里，它不仅完成了大江东去的豪唱，还留给我们这一段崩云裂岸的奇异山水。

面对夔门，我怎能不惊叹长江的伟力！由此想到罗马的三个凯旋门和巴黎的大小凯旋门，这些彰扬征服者文治武功的建筑，屹立在人类互相杀戮的历史中。尽管这些凯旋门也成为今人景仰的名胜，但这正是人类的悲剧。每一次屠城后的凯旋，实际上是对人类善良本性的摧残。而这夔门则不同，它虽然也是凯旋门，给人的启示却不是野蛮状态下的征服欲。在这里尽管头顶上水雾迷蒙，但你绝不会感到精神上空阴云密布。

形容瞿塘峡的险峻，前人的文字太多了。夔门前不远处的滟滪堆，千百年中，被当作通往地狱的路标。多少樯橹在此化为泡沫，多少生灵在此化为水鬼。四十年前，滟滪堆已被炸掉。我们今天过瞿塘峡，已不必将像前人那样惊兮怖兮，老怕自己青发的头颅撞上江心的怪石。但是，江水一进夔门，的确一反常态，晋朝郭璞的《江赋》曾有这么一段："圆渊九回以悬腾，溢流雷响而电激，骇浪暴洒、惊波飞薄，迅澓增浇，涌湍叠跃。"接下来是三十二个带水旁的怪字（因这些字今人已不用，故不录出），用来形容水声和水势，读后大有魂飞魄裂的感觉。我以为这段赋说的就是旧的瞿塘峡。

夔之于江水是恰切的，而门之于此处的地形也是非常形象。进入瞿塘峡，长江在这里切过七曜山背斜的中生代石灰岩，形成陡峭的峡谷。两岸峭壁，南岸名白盐山，北岸名赤甲山。它们竟是那么光溜，仿佛鲁班来此用刨子刨过。且一白一赤，阴阳相吸。它们那样子，好像只要长江稍一倦怠，就会迅速合拢，把门关上。杜甫诗云："众水会涪万，瞿塘争一门。"这个争字，真是传神。长江下游，江面宽阔，入海口处竟有四十千米的宽幅，真是大气磅礴。反观此处的长江，百把米宽，简直是一条小小的沟壑了。陆游来此"仰视天，如匹练"，这江水，还不是那欲裂未裂的匹练么？

我想，这峭壁真是英雄了得，它缠着这么一条仿佛有一万条大蟒扭在一起的匹练，却依然能够意守丹田，沉进永恒，做自己养生的功课，这种入定的功夫，不知释迦牟尼是否达到过。

江之动，动胜脱兔；岩之静，静过处子。一动一静，活生生的两种生命哲学，且都达到极致。“青山遮不住，毕竟东流去”，这是歌颂江的；“江流石不转”，这是赞美岩的。人们总是根据自己的审美取向来寻找自然的对应。江若不到极致，就过不了夔门；岩若不到极致，此处早已夷为平地。仁者乐山，智者乐水。按古人的看法，仁者是坚定的，宽厚的，大智若愚的，像这峭壁；而智者则是浪漫的，机敏的，取义存仁的，像这江水。仁与智，相得益彰，互衬操节，彼此依赖对方而升华了自己。人到中年偏爱静境的我，面对眼前的石壁，不免沉思：生活如涌动的大江，我，能与这呆板的峭壁为伍么？

江流转一个弯，夔门看不见了。然而更多的峭壁挤进我的视线。狭小而深邃的瞿塘峡，给了我难以描述的立体感和重量感。那些峭壁，有的像贝多芬的悲壮的《英雄交响曲》，有的像安徒生童话中的金蘑菇，有的像“荷戟独彷徨”的勇士，有的像庄子遣来的在此小寐的大鲲。站在甲板上的我，逐一摘取它们，收藏到我的心中。

巫　峡

巫峡苍苍烟雨时，清猿啼在最高枝。
个里愁人肠自断，由来不是此声悲。

巫峡值得写的风物不少，但不知为什么，最早跳入我脑海的，竟是唐代诗人刘禹锡的这首《竹枝词》。竹枝词原是古代川东的一种与音乐、舞蹈结合的民歌，又称巴渝民歌。刘禹锡任夔州刺史时，仿效这种民歌写下脍炙人口的竹枝词九首，上录便是其中之一。

巫峡西起四川巫山县大宁河口，东至湖北巴东县官渡口，全长四十五千米，是三峡中最整齐也是最好看的一段。大概是因为巫山十二峰上那早已风化了的猿声，让我想到这首竹枝词。旅游船自巫山县城启碇，立刻你就会感到两岸风光，这些最纯朴的美丽令你的眼睛不够用。巫山十二峰，登龙、圣泉、朝云、神女、松峦、集仙六峰在江北；净坛、起云、上升、飞凤、翠屏、聚鹤六峰在江南，前三峰隐于岸山之后，游人能见到的是后三峰。巫山是我国著名暴雨区之一，充沛的雨水，长期侵蚀这些石灰岩质的山脉，才形成如此峥嵘的峰头。金陵十二钗的美，为曹雪芹一人所造，欣赏此美，会使男儿丧志，沦为情种，而巫山十二峰的美，却是得诸天授，这美不但空翠怡人，还叫你荡气回肠。导游说，若舍舟登岸，前往南岸青石镇，攀爬到那突兀的岩石上，便可把十二峰看个透彻。它们或翔或蹲、舞卧适意，有纯然的形式之美，奇绝的配合之妙。我以为它们都含了天之精、地之气、人之神，只等复活节一到，它们就会跃入江流，嬉闹着游出南津关，到下游的什么地方去收几把红尘。

巫山十二峰中名气最大的，当数神女峰。船离巫山县城，许多人便拥到甲板上，等着一睹神女风采。这皆因战国时那位饶舌的辞赋家宋玉，写了一篇《高唐赋》，说楚怀王游高唐，午睡时梦见一女子说："妾，巫山之女也。为高唐之客。闻君游高唐，愿荐枕席。"临别时她又对楚怀王说："妾在巫山之阳，高丘之阻，旦为朝云，暮为行雨，朝朝暮暮，阳台之下。”现在，朝霞烂漫，峡中难得的好天气，阳台下的神女还未出来，游人们各自心中的神女却都已翩翩起舞了。我身边的年轻观光客们，可以不必胸中有丘壑，却是一定胸中有神女的。“曾经沧海难为水，除却巫山不是云”，元稹的诗，表达男欢女爱的心情，也算是一个极致了。

“看，神女！”

好激动的一声喊。但见北岸层峦壑口，朝云之下，果然有一纤腰女子，在向她的仰慕者布施着爱欲。

“怎么，这就是神女吗？我看它像一只猴子！”

一位秃顶的中年人忽然疾声高嚷。他的本意不是想发表惊世骇俗的见解，而是想邀获别人的调侃。但事与愿违，他却因此招来一些白眼和讥笑，秃顶于是悻悻然，踱向甲板的另一边，负气不看神女了。迷恋不置的游人们仍然精神投入，仰望青天下的女神，有的甚至把自己和那位楚怀王相比，做着曲尽绸缪的白日梦。

在这一群人中，我非梦者，亦非秃顶。我既不激动，也不想破坏别人的激动。但是，有些神经质的我，此时却从神女投来的眼光中，分明看到了那啼在最高枝的清猿。

为何会这样呢？

不大习惯在爱情剧里扮演角色的我，面对这一幅天造地设的仕女图，引发的，竟是思古的幽情。

巫峡猿声，在中国的线装书里，是一部云缠雾缠的人情史。大凡古代过三峡的旅客，都从风急天高的猿啸中，听到浓郁的乡愁、谪路的悲辛，甚至地狱之门的开启声。古诗中写到三峡猿声的，多言其哀。刘禹锡注意到这一点，因此说：“个里愁人肠自断，由来不是此声悲。”这看法很有道理。1989 年，由宜昌上驶重庆的“利川”号，是首航三峡的第一艘轮船。此前进出三峡，都是以布为帆的木船，三峡险滩重叠，暗礁纵横，千古以来峡中的沉船，集中起来，恐怕会塞满整个三峡。试想一下，你坐在船上，面对牛头马面的礁磐，听着崩云裂岸的滩声，一颗心提到嗓子眼上，这时再听到两岸悬崖上掷过来的凄厉的猿声，当然就越发地魂飞魄散了。

郭璞的《江赋》写到巴东之峡的怪兽，有一角之龙、三足之鳖、六眸之龟、九头之鸽，却不曾写到四条腿的猿。最早写到三峡猿声的，是北魏时期的郦道元。他在《水经注》中引用了当地的渔者歌：“巴东三峡巫峡长，猿鸣三声泪沾裳。”从此，猿与三峡，特别是巫峡，形成了某种内在的精神联系。描述三峡的古诗中，像李白、杜甫、李端、陆游等大家，都写到了猿声而没有提到神女，仙气与鬼气揉成的李贺，虽然在《巫山高》一诗中将神女与老猿并提，那意思，分明也是远瑶姬而近猿语。南朝人刘义庆的《世说新语》曾有这样一段记载：“桓公入蜀，至三峡中。部伍中有得猿子者，其母缘岸哀号，行百余里不去，遂跳上船，至便即绝。破视其腹中，肠皆寸寸断。”我想，古诗人以猿写峡，大概都是受了这则故事的影响。须知忧伤与悲辛，像疟疾一样，是可以传染的。捕得猿子的军爷们，大概想把这小机灵带进天府，卖给耍猴戏的人，换几壶酒钱。殊不知因此而使母猿肠皆寸断。军爷们因此忏悔否，不得而知。不过，最富同情心理的历代诗人们，一入三峡，乍听猿声，体验那只母猿肝肠寸断的创痛，心灵就会死过去一次。神女的爱情也许过于浪漫，甚至轻浮，这位老猿的母爱却是绝对的崇高，以致不得不凝聚起你全部的人格力量来谛听它的哀号。

遗憾的是，今日的三峡，再也听不到猿声了。母猿的故事虽然植根于人类风尚的真正精华里，但它毕竟早已沉进了历史的风涛。今天，再提肝肠寸断的事，会使新生代的游客们感到腻味。神女与母猿，都是巫峡的典故。入峡思猿者，遵循的是道德的原则；入峡而亲神女者，遵循的是快乐的原则。活得快乐一些，更快乐一些，是新生代的口号。我无权批评这种生活的态度不对，但我因此却想，一个人，一个民族前进的内驱力会不会因此耗散？旧的道德的源流枯竭了，感情与信仰的危机，就像峡中的云雾，给每个人投下阴影。但再细而一想，我的忧虑是多余的。迅速发展的物质文明已把现代人折磨得疲惫不堪。为躲避物欲的压迫，人们不得不另辟蹊径，各行其是，于是有序变成无序，人类精神由此进入空前的蜕变，就像造山运动时的长江不得不重新选择自己的流向。流动是水的天性，又何尝不是人类精神的天性呢？一旦淤塞发生，大可不必惊恐。长江不是花了七千万年的时间切出了三峡么？

旅游船缓缓地行驶。两岸巫山，一个转身一个画屏。岸上有山姑行走，船上有人向她招手，大呼“神女！”江崖上藤树掩映，我望着它们，想象那只母猿是从哪里跳上江船的。

西陵峡

船过巴东，江面宽阔起来，这便是夹在巫峡和西陵峡之间的香溪宽谷。它有四十七千米长，是三峡地区最主要的农耕地带。屈原故里秭归县就在这宽谷中。屈原的诗，瑰丽多变，这是得力于三峡奇异风光对他的熏陶。被誉为中国古代四大美人之一的王昭君，与屈原同属宜昌人。

一个是伟大诗人，一个是绝色美人，阴阳双璧，这该是兴山、秭归的骄傲。

我去过几次秭归，看过屈原的出生地香炉坪和昭君故里香溪，深感当地的老农民虽一字不识，却多诗意；一偈不参，却多禅意。也许正是这一股民风的滋养，才应了那句“人杰地灵”的老话，然而香溪宽谷中，还有两样值得一提，一是桃花鱼，一是橘树。

记得那一次游香溪，我曾看到过桃花鱼，鱼有白色、棕色、粉红色，一群群浮在水面。它们收缩时像一只只彩色的小蘑菇，张开时像风中荡漾的降落伞，很是好看。桃花鱼属海蜇类腔肠动物，学名桃花水母，长成后也只有小婴儿的手掌那么大。目前，世界上发现的只有英国索氏、日本伊氏、四川大渡河、灌县和秭归五类。前四类仅存标本。真正能够让游人一饱眼福的，只剩下秭归的这一类了。这美丽的小精灵，只能生存在岩隙的细流中或沙滩的浅水里。桃花鱼喜欢吃蝌蚪、水藻和浮萍。它自己又何尝不是一片浮萍呢？只是，它不大愿意与龙鲤为伍，去大江大海中推波助澜，而是愿意去荷塘月色的意境中，扮演一个宁静的自得其乐的角色。比起巫峡的猿声来，这西陵峡中的桃花鱼，更符合现代人的生活情趣。城市住得久了的我，闲暇时，常想到自己暮年的归宿。在绿树葱茏的小山根，筑三间茅舍，门前有一弯清溪流过。那清溪里，一到春天，就到处游动着桃花鱼。只是，有一点得和桃花鱼打打商量，就是请它改掉吃蝌蚪的习惯。墨黑墨黑的小蝌蚪，原也是我喜爱的。吃尽了它们，在小荷才露尖尖角的早晨，我便没有醒瞌睡的蛙鼓可听了。

当然，船上的观光客们，是没有办法欣赏到桃花鱼的了。在甲板上闲呷几滴高粱酒的我，却看到两岸满坡满坡的橘树。正值盛夏，橘树从叶到果一色的绿，逼到眼前，仿佛一伸手就能一把一把抓来，那份清丽，似乎只有明清的小品才可媲美。三峡的橘子，曾经是皇朝的贡品。三峡的橘树，从远古绿到现在，很有点宠辱不惊的味道。

打个不恰当的比方，如果把王昭君比作桃花鱼，那么，屈原就是这深固难徙的橘树了。王羲之于山阴道上的千岩万壑中，独取兰亭一席地，屈原于三峡的众多花木中，独赞橘树，可见其爱至深。睹树思人，出巫峡而松懈下来的情绪，重又峻肃起来。此时，蓝色的天空又渐见逼仄，两岸青色的山峦再度峭拔起来，怒耸着古铜色的肌肉。船已过了香溪口，进入了西陵峡。

西陵峡以滩多水急著称。当你依次经过兵书宝剑峡、牛肝马肺峡、灯影峡、黄猫峡时，就能体会这一段航程的水势。漂泊其上，你将从剧烈的动荡中想到很多问题，从社会到家庭，从生命到自然。西陵峡中的水，多泡漩。泡和漩，是两种不同的水流状态。水激而上冲，宛若沸者曰泡；水由外向内回转，中心有涡陷者曰漩。水流一般是先泡后漩。泡漩集中处叫滩。西陵陕中滩滩相连。最是摄人心魄的，要数新滩、崆岭滩和腰叉河三滩了。这里的泡漩，大者如山，小者如拳，构成了船夫的鬼门关。而且，这一带的山脉仍处在活动期。前几年，新滩山体大滑坡，那些滚落江心的岩石，又形成新的泡漩。这会儿船上优哉游哉的观光客们，是无法体验到木船倾覆的那种悲剧了。

记得上一回游西陵峡，一位朋友和我在一起。那时正值五月汛期，面对如山的泡漩，朋友说："不管水如何险恶，我还是喜欢水。你可以进到水中去，和它融为一体。山却不同，远远看它，雄伟巍峨，一旦你走进去，处处都把你的视线挡住，叫你失去了整体感，无法和它沟通。"我不同意，但赞赏他的观点。屈原也是持这种观点的。这倔强的三闾大夫，不但不回避命运的泡漩，反而纵身一跳，让越旋越紧的泡漩给他壮丽的生命画上了一个完整的句号。他这么做，按今人的观点，追求的是人格美而非人性美。人格是凝固的，而人性，则如眼前的江水，是流动的，不可遏止的，一旦投入就注定要生活在漩涡的中心。桃花鱼不肯这么做，所以它成了上古的孑遗。想到这一层，我的眼前不只想到屈原，也想到王昭君，她那座塞外荒原上的青冢，不也是留在历史上的一个泡漩么？

夕阳涂红我们已经走过的航程。三峡的最后一道门户南津关到了。一过此关就到了宜昌，长江也就变得像苏轼形容的那样“楚地阔无边，苍茫万顷连”了。过南津关时，旅游船鸣笛向三峡告别。我呢，却还在谛听渐行渐远的涛声，直到暮色已浓。

1992 年 4 月 13—17 日

停棹后记

长江三峡，那喧腾的泻波，曾托负了历代多少诗人的小舟。危哉，险哉！但那时它是一条谪臣迁客之路。山川俊美，然而心境凄凉。所以，杜甫在这里哀叹：“高江急峡雷霆斗，古木苍藤日月昏。”李白是旷达的，但他的轻舟闪过万重山时，却也只能听到两岸猿声。至于陆游呢？他的描写更使人感到三峡的奇险：“浪花高飞暑路雪，滩石怒转晴天雷。千艘万舸不敢过，篙工柂师人胆破。”

但是，如果现在的人们还凭着这些古代诗人的篇章来想象今日的三峡，那就大错特错了。葛洲坝长江截流后，三峡的水位提高了二十米，绞滩平流细浪，雪雷化为柔波。船行其中，犹如泛舟西湖。只是两岸群山，依旧是那么雄峻巍峨，但一片片香橙树的绿叶素荣，通过三峡人民之手，给这一支奇特的山的家族，日益增添着我们时代的馨香。既然古木苍藤不再能隐蔽日月，那么我们的人民，当然希望能读到崭新的三峡诗歌。于是，新时代的多少诗人，便为那美丽的风景而去，期望在那里得到神来之笔。今年 6 月，在可以称之为中国诗歌节的端午节前后，为了纪念我国历史上第一个伟大的浪漫主义诗人屈原，中国作协湖北分会、《长江》丛刊编辑部和《长江文艺》编辑部三家联合邀请了国内一些著名诗人，首先去位于西陵峡中的屈原故里秭归县举行纪念活动，接着溯江而上，游览了巫峡、瞿塘峡。横大江兮扬灵，采薜荔兮水中。面对人杰地灵，诗人们莫不神思雀跃，逸兴遄飞。游心如同橄榄，频生回味；豪情恰似青鸟，飞尽奇峰。

我们的船，是 6 月 24 日从宜昌出发的。前一天，我们参观了葛洲坝大型枢纽工程。泄水闸前，对着万鼗奔雷般的大江流水和雪浪上飘动的雨雾幻变的彩虹，诗人们无不赞叹，今日人民的鬼斧神工，创造出了人间最为瑰丽雄奇的抒情杰作。比之于它，无论是主豪放，还是系婉约的诗人们，都感到自己语言的贫乏。当我们的游轮驶向南津关，过船闸时，犹如置身在深深的峡谷。两头的门都已关闭，夏寒如秋风萧森。我们聚在船头，于是都有一些冥想。忽然，我们沐到了阳光，虽别离片刻，有三秋之感。原来在我们谈笑之时，闸中的水位迅速上涨了二十米，现在它与上游的水位齐平了。难怪来自海边的诗人蔡其矫说："因为我们上升了，所以重新获得阳光。"接着，虽年近七旬而童心未泯的诗人方冰指着前方说："看，希望的大门为我们开启了。"人们看去，只见两扇巨型的闸门正在被一双钢手拉开，三峡涌来的洪波正挤在门口欢迎我们。这是挟带了千山青翠、永给人们激情和春色的洪波吗？这是即将要穿过孤山和莫愁、奔腾到太平洋去同世界澎湃汇合的洪波吗？然而它的放收，全凭这一道意志的闸门，时代的意志，中国人的意志。诗人中爆发了欢呼。

下午三时，带着一种纯然的诗意和美好的情感，我们到达了屈原故里秭归县。

翌日，即端午节。晨起看龙舟，大家精神勃发。乍到江畔，但见两岸人屏，如飘然翠色，撞到眉鬓。一年一度的龙舟竞渡，屈原家乡的人民，莫不肩星而出，只留下艾剑把门。

上午九时，龙舟竞渡开始。赤白黄绿青蓝紫七条彩龙，如长虹在江上飞起。桂棹兰桨，劈开渊深之水；白发黄髫，齐唱招魂之曲。两岸腾呼，铙鼓声催爆竹；七龙竞技，胭脂浪染归幡。为了寻觅沉没在水中的诗国太阳（李元洛语），多少善良的灵魂在波浪上来回奔驰（公刘语）。

魂兮归来，三闾大夫！

诗人们激动了。人民对屈原的怀念，似经久不熄的火炬，以它的溢彩明光，照彻了历史的波峰浪谷。这说明了屈原既不是雨笠烟蓑中垂钓的闲散诗人，也不是宝马香车中以载宠为幸的宫廷诗人。他是“长太息以掩涕兮，哀民生之多艰”的愤世嫉俗的诗人，他是“朝饮木兰之坠露兮，夕餐秋菊之落英”的高风亮节的诗人。这样的诗人，人民能不喜爱吗？他的灵魂，谁又不愿意招回呢？

当晚，诗人们同屈原诞生地三闾公社的几个农民结成的“骚坛诗社”一起，在秭归县城举行了雅俗共赏的“端阳诗会”。严辰、徐迟、骆文、方冰、蔡其矫、晓雪、莎蕻、曾卓、青勃、未央、任洪渊、徐刚等诸多诗人，在诗会中朗诵了他们的即兴诗作。夜深方散，然而意兴未尽。踏月归来，诗韵犹如暮鼓晨钟，敲击在耳，一些人又有了不眠之夜。

27日早晨，我们的船离开了秭归。头天，我们去游览距秭归四十五千米的昭君故里，不巧下车时，天降大雨，无分老少，衣衫尽湿。有的人开玩笑说：“这是昭君看见这么多诗人来看她，洒出了喜泪。”隔了一夜，雨还在下着，江面迷蒙。熟悉三峡的人说，这是航行最好的天气了，中午我们就可看见巫山神女，薄雾中的神女，最具风韵。船进了三峡，江面愈窄，两岸奇峰，横出两条界破长天的翠色，大家都挤在船头，等着看巫山神女。雨天云雾的变化是很快的，时聚时散，时浓时淡，及至快到神女峰前的时候，一阵浓云从山脚扑上了山顶，把那一带山峰遮了个严严实实，诗人们有点沮丧了。忽然，起风了，满山浓雾被吹下江滩，幻变的山姿逐渐清晰，人们的心情也随之开朗，雨却还在下着。这时，不知谁大喊了一句“看，神女！”立刻，船头上一阵骚动，诗人们里三层外三层，高的伸长脖子，矮的干脆挤向船舷，淋雨也在所不惜。大家都仰观山上，尽朝那些像人的岩石看。李清泉举着他的小望远镜，嘴里不停地嘟囔：“神女在哪里？神女在哪里？”旁边的人同他开玩笑：“你这儿童望远镜，管用吗？”他答道：“怎么不管用，童眼看神女，更显其纯洁。”说得大家都笑了。但谁也没有看见神女。原来是刚才那人谎报军情，但也不是故意的。现在人们更不愿意回到房间里去了，深怕错过了看神女的良机。有的人神经质地擦着他们的镜片，以使眼波在审美时不致受到任何哪怕是极细微的阻碍。这期间，隔不到两分钟，就有人报告他的观察结果：“你看，那是神女吗？”“那块有云雾的石头，是不是？”虽然是问话的口气，船头上必定还是要骚动一番，只要一个人抬起手来，大家的眼光马上就会随着他手指的方向看去。大家的神态，引起了骆文的兴趣，他说：“你们看神女，我看你们比看神女更有味道。”话音未了，却有几个人同时高喊了起来：“神女出来了。”接着是一片欢呼。经过千呼万唤，终于驾着雾烟彩云而出的瑶姬，站在峰顶上，向大家致意了。船上的人声低了下来，人们都在凝视。这时，唯有我们诗人参观团里年岁最长的、七十岁的巴南岗先生，犹自高举着他的拐杖，用他浓重的山东口音，一叠声地喊着："神女，下来吧！神女，下来吧！"

就在这凝视中，公刘诗作《瑶姬，我信你》的构思完成了。他认为瑶姬决不会是向楚怀王自荐枕席的，她是治水的英雄，是宋玉改变了神女的形象。一千多年前的阮籍，对于宋玉也曾有过批判："三楚多秀士，朝云进荒淫。"历代正直的诗人，对于日进荒淫之词以博恩宠的文人，都是深深厌恶的。

下午三时，我们到达了入川的第一个下榻地奉节。其境内，史籍和传说都很丰富，但最令人神往的，莫过于离它八里地、紧傍夔门的白帝城。那里是杜甫居住两年，为我们留下了四百多首诗作的地方。有名的《秋兴八首》，就是在那里完成的。第二天上午，我们再度乘舟进夔门，游瞿塘峡；尔后步上白帝城。瞿塘峡雄峻一如当年，但已无险可凭了。位于峡口的滟滪滩，已被航道工人炸毁，往来船只不再有"生过鬼门关"的畏惧。所以，今日过瞿塘峡、上白帝城凭吊杜甫，首先便不会产生一串哀叹。杜甫的笔下写尽了天下奇险，而我们所处的，却是一个化险为夷的时代。

陆游登上白帝城，写出了千古名句：人立飞楼今已矣，浪翻孤月尚依然。我们虽然可以感受到他的苍凉心境，却不能与他共鸣。当我们踏上一千多级台阶，登上雄踞山顶的白帝城时，看浩荡长江，撞开雄险夔门，我们不禁会想起杜甫阔大雄浑的警句："无边落木萧萧下，不尽长江滚滚来。"因此，也就更加怀念"堂前扑枣任西邻"的杜甫。他对于人民始终不渝的爱怜和同情，使他诗歌的光芒能够穿越遥远的历史，给我们以启示、深思。

当白帝城文物管理处的同志希望诗人们留诗时，徐迟写道："三峡最为辉煌的史诗，将在我们这个世纪完成！”方冰写道：“江山多少兴亡事，说与诗人论短长。”

参观了白帝城后，诗人们接着游览了小三峡，即大宁河。6月30日，我们从巫溪县城出发，分乘三只柳叶舟——一种船头高翘、船身硕长如柳叶的机动船，每只可乘坐三十五人，伸手可掬柔波。

大宁河是长江的一条较大的支流，又称小三峡，可以说是大三峡奇山异水的浓缩，然而比大三峡更为奇峻，特别是第二峡——滴翠峡，简直是妙绝天下。两岸翠屏如削，高插云霄，且又直逼河心，致使河床陡窄，波浪狂肆，起伏之间，令人魂动神摇。峭壁上的岩棺、古栈道的凿孔也历历可见。而飒飒树声，则使人如闻樵歌，如听惊猿。最瑰丽的山水，我们在这里见到了。

在大宁河入口长江的巫山县城，我们休息了两个晚上。在那里，老诗人和中青年诗人分别举行了座谈会，景行屈杜，作诗歌纵横谈。

7月2日，我们登上了返回武汉的归舟。三峡，这一片人杰地灵的山水，渐渐地离我们远了，但在我们的记忆中是愈来愈清晰了。十天的旅游，大家都获得了许多美好的诗意！

1982年6月18日

诗中的三峡

一

在美丽山水的家族中，三峡是最令人流连忘返的地方，有着真正的历史性。

从夔门到荆门，这全长一百九十二千米的三峡，每一丛岩石，每一叠波涛，无一不是撼人心魄的诗的华章。

科学家和工程师喜欢用数学的语言来表达他们的思想，而我们诗人，则更习惯将自己的激情融入历史。

泱泱中国，是古老而又庄重的诗的古国，而三峡堪称是一部真正的史诗。如果说，随着 1995 年三峡工程的开工，三峡的史诗之笔，已经传到了水电建设者的手中，那么此前，这支如椽的巨笔，则是一直在诗人的手中。

宋朝的大诗人陆游，站在秭归楚城的遗址上，曾发出这样的感叹：

江上荒城猿鸟悲，隔江便是屈原祠。

一千五百年间事，只有滩声似旧时。

这首诗是悼念屈原的，三峡中的秭归，是楚国大诗人屈原的故里。三峡的风涛，铸就中华民族一颗伟大而又热烈的诗魂。屈原忧国忧民，“虽九死其犹未悔”的高贵品质，成为中国历代诗人的楷模。屈原投汨罗江自沉，到陆游站在楚城遗址上隔江对着屈原祠凭吊，已过了一千五百年，而陆游写这首诗至今，又已过了八百年。但陆游的感叹，仍在我们心中回响。

“只有滩声似旧时！”其中有诗人深刻的内心反省，我们是否活得庄严，我们人生的价值何在？物换星移，一切都在改变。不变的只有涛声。这涛声中，有诗人的理想，有诗人对历史的思索。

我一直没有机会乘坐木船过三峡。我只能站在甲板上，在没有任何危险的情况下，来欣赏三峡的山。清朝诗人张问陶过瞿塘峡时，写了一首《瞿塘峡》：

峡雨蒙蒙竟日闲，扁舟真落画图间。

便将万管玲珑笔，难写瞿塘两岸山。

瞿塘两岸山的险峻，巫峡两岸山的瑰丽，西陵峡两岸山的雄奇，这绵延数百里的层峦叠嶂，怎不令人惊叹大自然的鬼斧神工！人对自然的改造，比之自然的自我塑造，显得是多么微不足道。

现在，到三峡旅游的人，看的便是这三峡的山。遗憾的是，他们无法亲近三峡的水。三峡的山，令我们赞叹不已，但三峡的涛声呢，我们都只能让轮船的舵桨去亲近它。古人却不是这样，他们端坐在小小的木船上，与玩着死亡游戏的波涛，仅仅只隔着一层薄薄的木板。因此，他们对涛声真切的体验，我们是无法获得的。

请看李白的这两首诗：

上三峡

巫山夹青天，巴水流若兹。
巴水忽可尽，青天无到时。
三朝上黄牛，三暮行太迟。
三朝又三暮，不觉鬓成丝。

早发白帝城

朝辞白帝彩云间，千里江陵一日还。
两岸猿声啼不住，轻舟已过万重山。

第一首是李白于759年流放夜郎途经三峡之黄牛峡时作。北魏无名氏的《三峡谣》是这样写黄牛峡的：“朝见黄牛，暮见黄牛。三朝三暮，黄牛如故。”不觉鬓成丝，可以想见，坐在小木船上的诗人，面对一串串大如牛的漩涡，每前进一步，都要挣脱多少死亡的羁绊。伍子胥过昭关，一夜白了头发，在三峡中逆水行舟，又何尝不是这样？但是，一旦顺流而下，情况又不一样了，李白的第二首诗，正是表达了在三峡中顺水飞舟的快乐心情。千里江陵一日还，这固然是诗人的夸张，但也说明三峡江涛流速之快。在汹涌澎湃的胭脂色波涛中，船如脱弦之箭，两岸峭壁，一掠而过，十万峰峦，过眼云烟。还有那些被风投掷过来的一把一把的猿声，也只能落在船尾的浪花上。

李白的两首诗，道出了出峡和入峡两种行船的心情。总之，放舟三峡，不管是顺水和逆水，你总会感觉有一些什么东西从那不可遏止的涛声中流露出来。它们是从长江母亲那里来的，神秘而不可言传。置身其中，你会产生一种强烈的“共生感”。涛声与你，融为一体，在人世的浮沉中，永远保持那种不可战胜的冲击力。

二

一切的路都通向城市。

这是一位著名的西方诗人的诗句。这是欣喜，亦是绝望。进入二十世纪，随着科技的发展，人类的智慧都向城市集中。这种趋向超越了意识形态和国界，而成为当今世界的浩浩洪流。城市是现代文明的象征，但是，被混凝土的森林压得透不过气来的城里人，比任何一个时候都更渴望回归自然，都希望徜徉于秀山丽水，断除现代文明带给人类的苦恼和奢望。

三峡，作为人们回归自然、极尽野趣的最好的选择之一，到了本世纪末，就不复存在了。新的史诗的诞生，是以旧的史诗的毁灭作为代价的，告别三峡，这是多么沉痛的宣告。正是这样一种心情，使我想起了杜甫写于白帝城的《登高》这首诗：

风急天高猿啸哀，渚清沙白鸟飞回。
无边落木萧萧下，不尽长江滚滚来。
万里悲秋常作客，百年多病独登台。
艰难苦恨繁霜鬓，潦倒新停浊酒杯。

读着杜甫这苍郁沉雄的诗句，我们不禁为他浓烈的忧患意识和窘迫的生活境况而感动。白帝城——这个三峡不平凡的开头，的确是个危楼百尺、诗情千丈的地方。不少诗人，都在这里写下了千古传诵的佳作。他们中的佼佼者，仍是为避安史之乱而流落到白帝城的杜甫。他在刘备托孤的这个地方,写下了不少名篇,代表他诗歌最高成就的《秋兴八首》，便是写在白帝城，下面录其一首：

玉露凋伤枫树林，巫山巫峡气萧森。
江间波浪兼天涌，塞上风云接地阴。
丛菊两开他日泪，孤舟一系故园心。
寒衣处处催刀尺，白帝城高急暮砧。

杜甫写在白帝城的诗，多是沉哀的冷色调。我们可以理解在“国破山河在”的境况下，人的忧患与山河的美丽便处在紧张的对立之中。我们浏览历代诗人写在三峡的诗，多半都含有一种难以释怀的沉重感，像刘禹锡的《竹枝词》：

瞿塘嘈嘈十二滩，此中道路古来难。

长恨人心不如水，等闲平地起波澜。

平地起波澜，这是三峡江涛的真实写照。正是这险恶的波澜，曾让多少旅客青发的头颅撞在那峥嵘的礁盘上。诗人由三峡的波澜之险，联想到人心之险，便情不自禁地发出人生道路艰难的感叹。

中国的传统知识分子，深受孔孟儒家学说和老庄哲学的双重影响，其生命轨迹，莫不沿着“达则兼济天下，穷则独善其身”这一条准则来进行。但是，作为最敏感、最正直而又卓尔不群的诗人，人生却少有得意之时，诗人仿佛是苦难的代名词。因此，当他们置身三峡，感受巫山巫峡的萧森之气，聆听村夫野老讲述三峡的人文景物，便不得不生出各种无法排遣的愁绪。

请看下面的几首诗：

过楚宫

唐·李商隐

巫峡迢迢旧楚宫，至今云雨暗丹枫。

微生尽恋人间乐，只有襄王忆梦中。

巫峡听猿

唐·吴商浩

巴江猿啸苦，响入客舟中。

孤枕破残梦，三声随晓风。

连云波澹澹，和雾雨濛濛。
巫峡去家远，不堪魂断空。

巴东驿秋日晚望

宋・寇准

楚驿独闲坐，山村秋暮天。
数峰横夕照，一笛起江船。
遗恨须言命，冥心渐学禅。
迟迟未回首，深谷暗寒烟。

夜泊归州

宋・范成大

旧国风烟古，新凉瘴疠清。
片云将客梦，微月照江声。
细和悲秋赋，遥怜出塞情。
荒山余阀阅，儿女擅嘉名。

归州书感

清・王士祯

历历青山远更围，萧萧红叶晚争飞。
一天暮雨来巫峡，万里寒潮到秭归。
郢路苍茫衰草遍，楚宫芜没昔人非。

滩声半夜堪头白，况复天涯未授衣。

随手拈来的五首诗，两唐、两宋、一清，诗人的身份，既有宰相，亦有布衣。时代、地位等外在的因素虽有天壤之别，但同怀的那一颗诗心，却都是一样的鲜活。触景生情，借物抒怀，三峡的景物，无论是微观还是宏观的，都成为他们命运的生动写照。这里，特别值得一提的，还有唐代女诗人薛涛写的一首《谒巫山庙》：

乱猿啼处访高唐，路入烟霞草木香。
山色未能忘宋玉，水声犹是哭襄王。
朝朝夜夜阳台下，为雨为云楚国亡。
惆怅庙前多少柳，春来空斗画眉长。

巫山神女，这大概是三峡中最为美丽动人的神话了，在宋玉的《高唐赋》中，这位神女曾向楚怀王自荐枕席，极尽云雨之欢。从此，巫山云雨，成为了人世间男欢女爱的代名词，巫山神女，也成为人们所喜爱的爱情女神。薛涛，这位歌妓出身的才女，从神女的传说联想到自身的遭遇，便生发出“春来空斗画眉长”的悲切唏嘘。古人云：“士为知己者死，女为悦己者容。”薛涛感到苍茫人世，难逢知己。怀着无人知晓的孤独情爱，在巫山庙前，她所听到的，只能是“水声犹是哭襄王”了。

古代女诗人中，入三峡而留下了诗章的，大概只有薛涛一人了。但是，男诗人过巫峡而想与神女相逢的，却不在少数，像陆龟蒙的《巫峡》：

巫峡七百里，巫山十二重。

年年自云雨，环佩竟谁逢。

神话毕竟是神话，云雨巫山年年在，只是神女一去不复返了。

巫峡中的巫山，有十二峰。神女峰是其中的一座。它山形奇峻，峰巅伫立一狭长岩石，远看似一位亭亭玉立的少女，神女的故事，便是由它衍生而来。

巫山高

唐·李端

巫山十二峰，皆在碧虚中。

回合云藏月，霏微雨带风。

猿声寒过涧，树色暮连空。

愁向高唐望，清秋见楚宫。

宿巫山下

唐·李白

昨夜巫山下，猿声梦里长。

桃花飞绿水，三月下瞿塘。

雨色风吹起，南行拂楚王。

高丘怀宋玉，访古一沾裳。

三峡中，留诗最多的是巫峡，其次是归州，即今天的秭归。这是因为巫峡中有神女，归州是屈原的故里。还有一个特点，即写巫山神女的诗中,多半都有猿声出现。上面两首,皆写到了猿声。神女是美丽的传奇,猿声是苍郁的野趣。同平庸的人间生活相比，它们都含了一点凄凉。因此也就特别能打动饱受磨难的诗人的心了。实际上，神女与猿声，已成为诗人出尘生活的对应。诗人们亲近三峡而写出这么多苍凉的诗句，多是人到中年，对人世有了深刻的体验之后。实际上，每个人的生命中，都会有一条奔腾不息的三峡。自然的三峡，我们可以截流，但生命中的三峡，却是不能做这样的蠢事的。我们被眼花缭乱的现代生活折磨得透不过气来，总得在心中，给爱情至上的神女，给唤醒人们回归自然的猿声，留下一个位置吧。

三

现在的生活，越来越依赖于工业科技，电改变了人们的生活方式。为了给向现代化迈进的中国提供更多的电能，三峡将成为世界最大的水电基地。在一个水电专家听来，三峡的涛声都是电能的呼啸。可是，在一个诗人看来，三峡的涛声永远是夺人心魄的生命的激流。

瞿塘怀古

唐·杜甫

西南万壑注，勍敌两崖开。

地与山根裂，江从月窟来。

削成当白帝，空曲隐阳台。

疏凿功虽美，陶钧力大哉！

这是三峡的最好的赞美诗。中国没有任何一段江流可以和三峡匹敌。有其江流迅猛者，没有其长；有其长者，没有其气势；有其气势者，没有画廊一般的两岸；有如此之两岸者，没有其曲折、雄峻……

可是，这样一段江流，马上就要失去了。

站在三峡新坝的工地上，我在想，我们失去的究竟是什么？我们的生活已日益资本化、工业化、模式化。这是一个无法培植艺术个性的时代，更不用说艺术人生了。可是，历代讴歌三峡的诗人们，不管经受多么大的苦难，他们所追求的，无一不是艺术人生。

在三峡这首汹涌澎湃的史诗中，有时候，我们也能听到一些抒情的小夜曲。

巴东遇小雨

宋·陆游

暂借清溪伴钓翁，沙边微雨湿孤篷。

从今诗在巴东县，不属灞桥风雪中。

三峡两岸山中，有无数条美丽的溪水注入长江。最有名的，当数昭君浣纱的香溪了。西陵峡中的香溪，有昭君故里堡坪村。关于昭君，苏东坡是这样写的：

昭君本楚人，艳色照江水。

楚人不敢娶，谓是汉妃子。

谁知去乡国，万里为胡鬼。

人言生女作门楣，昭君当时忧色衰。

古来人事尽如此，反覆纵横安可知。

这是一首杂言诗，作者从昭君的命运感叹人世的坎坷。王昭君——这个被称为中国古代四大美人之一的明妃，在中国历史上，留下了永远的美丽，永远的芬芳。古人说：物华天宝，人杰地灵。三峡灵气该滋养了多少闻名于世的风流人物。

每年春天，桃花灼灼之时，香溪河中就游动着一种新奇美丽的桃花鱼。洁白、淡红，像千万瓣桃花撒满河面，岸上桃花水中鱼，走到这里，你分不清哪是桃花哪是鱼。

跑到三峡来暂做钓翁的陆游，钓的不知是不是这种桃花鱼。设想一下，霏霏微雨之中，将漂泊的孤舟系在软软的沙滩上，然后披一袭蓑衣，就着摇船汉子的歈声，抛出长长的钓丝。不知不觉，一天过去了。鱼没有消息，但却从清溪中，钓起了一串串鲜活的诗句。

如此钓翁，乐莫大焉。

再看这首诗：

宁河晚渡

清·干传一

千条白练罩江边，无数歌声透晚烟。

棹到中流真自在，浑如天上坐春船。

如此钓翁，其乐融融。

还有：

峡中见桃花

清·郑成基

荒山茅屋短墙边，临水桃花一树鲜。

可见春山原不吝，最无聊处也嫣然。

撇开三峡的涛声、猿声、云雨和险滩，单单拈出茅屋短墙边的一树桃花来，其独到的野趣，跃然纸上。

还有一首写桃花的：

竹枝词

唐·刘禹锡

山上层层桃李花，云间烟火是人家。

银钏金钗来负水，长刀短笠去烧畲。

“江山如有待，花柳更无私。”三峡桃花，开在烟火人家之中。峡中的春天，虽然来得迟些，但那嫣然的春色中，却浸满了浓郁的三峡风情。

还有一首诗，似乎远离了人间烟火，却更显得清纯可爱：

上真观

清·张问陶

缥碧断崖下，深红古庙寒。

春风吹塔影，一簇好林峦。

上真观，旧名真武观，俗称流来观。其址在秭归西十里沙镇西口，平地突起一小峰，观建在峰上。江水上涨，终不漂没，这座被称为“佛屿孤灯”的上真观，是古归州的八景之一。

在众多的三峡诗歌的韵律中，我们很少听到佛鼓禅钟。大概本来这里就是佛国的净土，慈悲为怀的观自在菩萨，自有更多的苦难之地需要她。但是，张问陶的这首小诗，让我们看到了三峡远离尘嚣的另一面。春风中的塔影，比之春风中的桃花，似乎更能触发人们的灵感。岁月如水，浮生若梦，听听这砖塔上的桅马风铃，我们怎能不联想到东方的大思想家孔子面对滔滔江水发出的感叹：逝者如斯，不舍昼夜！

四

忙生俗，静生雅，虽然不是规律，却是我生活的经验。我想在这一点上，许多诗人肯定会有我同样的感受。在红尘中忙忙碌碌的人，是不可能礼佛的；心若非闲静到极致，也绝不会品到什么禅味。忙人来三峡，哪里会有闲情逸致，来细细品味三峡的山川风物呢？

为了生活，一个人必须奔波劳碌，但他的心，却应该安静。静生定，定生慧。一个有智慧的人，生活才有品位。众多来三峡的诗人中，欧阳修是比较特殊的一个。

请看他的《虾蟆碚》：

石溜吐阴崖，泉声满空谷。
能邀弄泉客，系舸留岩腹。
阴精分月窟，水味标茶录。

共约试春芽，枪旗几时绿。

虾蟆泉位于西陵峡段。乘轮船出黄牛峡，过南沱不久，便会看到江南岸有一巨石挺出于明月峰麓，形如一只蹲踞江边的虾蟆。这虾蟆石后有一个石洞，流出一股泠泠的泉水。这虾蟆泉水色清碧，水味甘美。唐代的茶圣陆羽来此品尝，誉其为“天下第四泉”。

北宋著名的政治家欧阳修，因得罪权贵，曾被贬为夷陵县令。这位官场失意的大诗人，于是悠游三峡，于浩浩江流之外，另寻清冽甘甜的泉水。“在山泉水清，出山泉水浊”，杜甫早就这么咏叹。欧阳修专程驾船寻泉，雅兴如此之高，恐怕还是那“清”与“浊”的概念在起作用，使得他那么专心致志地寻找人生真谛吧。

三峡的泉水好，三峡的茶叶也是茶中的珍品。不少诗人们来此，都免不了要用三峡的泉水，沏一壶三峡的绿茶，邀几个弄泉客，在月色空蒙之夜，细细品尝这难得的珍味。品茶，一直是中国古代士大夫修养的表现。一只白瓷在手，淡淡茶香在胸，顿时，命运的重荷消失了，只有轻松、平易和谐和。难怪古人说，茶道即禅味。品茶，会使你进入到宁静和无妄的状态，你的生命深处的“自我”也是那么清晰明晓。于是，你顿生难以言喻的喜悦，一种超越理智的东西使你有了永远的获得。

这便是艺术人生的体验。

同宗教人生相比，艺术人生虽然没有它执着，却更活泼，更接近生命的本质。

古代的诗人们，在三峡这片神奇的山水中，都能根据自己的需要，找到生命的对应。

旅游作为一个新型产业，是近年来才出现的。但古代的诗人们，多半都是名副其实的旅游家。他们徜徉于山水之间，面对天造地设的美丽风景，生发出种种奇思异想。我读过一些西方游记，所记述的多是自然的迁徙和变化，很少融入个人情思。而我们中国则不同，“相看两不厌，只有敬亭山”，“我见青山多妩媚，料青山见我应如是”，这种从物我相吸到物我两忘，是东方人特有的审美体验。

诗人们在三峡的审美体验，无论是淡淡的哀愁，还是出尘的遐想；是执着的狂放，还是庄重的唏嘘，那人性的灵光，无一不在他们的韵律中闪耀，那“心智”的迸发，无一不在三峡的岩壑间撞击，发出振聋发聩的金石之声。

我认为，像三峡这样奇异的山水是站在时间之外的，作为人类生活的象征，它永远屹立。而我们诗人中的每一个，都生活在时间的内部。时间可以击败他们，但时间没有对三峡构成威胁。可是，现在，人类取代时间而给三峡带来了大限。三峡存在于世的最后期限已经屈指可数了。对于现代化的中国来讲，它可能是一个福音；对于我们诗人，它只能是一个悲剧。

由诗人们创造的三峡的史诗该在我们这一代诗人的手中结束了。告别三峡的挽歌，已在我们的心中弥漫。此刻，我们会是一种怎样的心情呢？

度荆门望楚

唐·陈子昂

遥遥去巫峡，望望下章台。

巴国山川尽，荆门烟雾开。

城分苍野外，树断白云隈。
今日狂歌客，谁知入楚来。

渡荆门送别

唐·李白

渡远荆门外，来从楚国游。
山随平野尽，江入大荒流。
月下飞天镜，云生结海楼。
仍怜故乡水，万里送行舟。

陈子昂和李白，都是以旋转风涛的才情，留下他们告别三峡的瑰丽诗章。在攘攘人世，他们永远是与三峡涛声媲美的“狂歌客”。他们有悲哀，但更多的是沉雄；他们有柔情，但更多的是直冲云天的豪气。我们今天的诗人，告别三峡，应该有古诗人的这种云水胸襟，即使要唱一曲挽歌，也应该携雷带电，像三峡一样，成为人间的绝响。事实上，当代就有那么一位“狂歌客”，写下了一首告别三峡的词。

水调歌头·游泳（节选）

毛泽东

更立西江石壁，截断巫山云雨，高峡出平湖。神女应无恙，当惊世界殊。

1996年春于梨园书屋

清江行

我的肺叶的歙张，宜于山林而怯于城市，宜于流水而怯于荒原。所以，只要一有空，我就会背起行囊，去杂树交花的鸟语空山，去蒹葭苍苍的澄碧波心，来一次畅畅快快的呼吸。从明丽的波光山色中，摄取高浓度的生命的蛋白质。

现在，我正在一艘小小的游艇上，在一群紫燕的导引下，沿着清江上溯。

最早知道清江这个名字，尚在孩提。在大别山故乡昏黄的煤油灯下，手捧马识途的长篇小说《清江壮歌》，看他怎样为我牵来一脉汹涌的水波。如今，站在清江温婉的流水之上，我已是中年，既是天地间一个餐霞饮露的闲人，又是一个在“生之旋涡”中数度浮沉的莽汉。我忽然有一点失望，为何脚下没有惊涛骇浪？为何，弄潮儿所钟爱的怒水堆砌的突兀，竟不见一点踪影？

清江竟是这样的柔顺，像岸畔吊脚楼中土家族的少女，接待远方的客人时，自然流露的那一个浅浅的微笑。清江并不轰轰烈烈，在它拍岸的浪花丛中，有的只是浮漾的嫩过婴儿肌肤的春光。

游清江是我的夙愿。此前，我涉游过一些河流：长江、黄河、珠江、怒江、澜沧江，还有泰国的湄南河，俄罗斯的伏尔加河，欧洲大地上的塞纳河、多瑙河，虽然不多，却也不算少了。每一条河上的浪花与鸥鸟，总是用它们橘色或银色的语言，向我诉说各自的神秘。现在，坐在这一艘清江游艇上，我看到了什么呢？榨汁机绞出的菠菜汁，倒进玻璃杯中，亮晶晶如翡翠。这正是清江流水——它的八百里流程中，每一丝波纹，每一片细浪，都是这融化了的翡翠汁。只是被船头切开的水波，在船尾后头留下两条白莹莹的弧线，它纯洁，有如幼儿园里孩子的歌声。

游艇从隔河岩出发。数年前，那里修建起一座巨型水电站，清江也被拦腰截断。上游的清江，水位抬高近两百米，昔日岸边连绵的松山，竟有不少变成了星罗棋布的岛屿，这情形很有一点像千岛湖。如果你是一位善于幻想的诗人，你会从这些岛屿，读到一些自然的符号与隐喻。而且，你必定还会从中看到、嗅到、听到、领悟到我们经验世界之外的鬼斧神工。然而，我的感官的欢乐，早已越过这些岛屿，投向两岸的青山。

现在是四月，阳光如梦中的情人，总是一闪即逝。代之而来的是烟雨，空蒙的、纤弱的，氤氲在我微甜呼吸中的烟雨，比起阳光来，它却是更能撩人呢。“青山隐隐水迢迢”，没有烟雨中的江上行，你怎能理解这样的千古佳句？隐隐，这正是烟雨中幻化着的青山美啊！何况这青山上，有一簇簇的红杜鹃，有一栋栋白色的小楼；有偶尔响了三两声的牛铃，有小花狗震颤的吠声；有竹林深处葱白的流泉，有坐在房檐下怀春的少女——她的相思虽然看不见，但偶尔一转的眼神，却将伊甸园的秘密，一泻无余。

从隔河岩开始的这段航程，如果有时间，尽可上溯数百里，但我毕竟只能忙里偷闲。航行短短的一程，把土家人的发源地，武落钟离山作为终点。我虽不能且歌且行，迷不知终其所止，但却能在有限的时间里，把渐入佳境的游兴，保持在巅峰状态，这便是清江的魅力。

远远地，我看见了它。在矫健的游艇作了几次曲折的转身后，在江面收窄，岛屿渐失，两岸山峦突然峻肃起来时，我突然看见一座孤峰，向江心投下了它的伟岸。武落钟离山是五百七十万土家族人心中的圣殿，是土家族始祖廪君的居住地。关于廪君，有许许多多的传说，像这清江一样悠长回环、深不可测。人类的祖先，各个民族与各种宗教的创立者，都已从活生生的人变成了万世仰望的神，廪君也不例外。五百七十万人共一个祖先，他应当受到的尊崇，尽在这江边的孤峰上展现。

也许为了给远方游子的一个祝福，烟雨骤停。云隙中突然射下一缕阳光，照耀着武落钟离山上的楼台亭阁，参参差差，金碧辉煌。但只是一瞬间，被清江涛声推起的雨气，复又登山钻林，叫清晰的景物重新迷离。也许这就是神话，藏真实于虚无缥缈，你明明看到了大神秘，却又不能得窥全豹。稍后，当我站上武落钟离山山顶，这感觉愈是强烈。在技术社会中，所有的风景都被智能化了。山谷和森林，池塘与庭院，这些熟稔的乡村风景，再也不是诗歌与散文所热衷表述的渔樵世界。这时代不再需要神话，因此，更不需要苦吟与冥想，对技术的迷恋导致了文化的溃败。宗教、精神与道德上的英雄，不再为人们所熟知。我常常惆怅，天既生我，为何不让我生在唐代，如果和李白同一时代，我们岂不是仗剑远游的一对？生在宋代也好啊，要么与苏东坡比邻而居，互长豪气；要么同辛弃疾一起“梦里挑灯看剑”。这封建时代的诗人生活，实乃是人类精神追求中的高尚领域。

无奈的我，此时此刻，只能站在武落钟离山山顶，对着曲折蜿蜒的清江，哀叹商业秩序与自然风景的不可调和的对立。同时又庆幸，这隐藏于鄂西万山丛中的八百里清江，依然在恬淡静谧的田园诗中流淌。

烟雨又飘然而下，小心翼翼走下数百步石阶，我重回到游艇上。一看到油绿的江水，我的含着一点忧愁的心情重又好转。至少，在今天，在这清江上，我还能享受一段在牧歌中航行的乐趣。

1998 年 9 月 19 日

龙　舟

这些年，龙舟的竞渡，在南方的一些地方，已成为每年坚持的盛事。蔚为风气而远近响应的，要算湖南岳阳洞庭湖和湖北秭归两处了。赛事都定在农历五月初五，即端午节这天举行。场面之大，观者之众，都是我亲历过，且一任耳目之饱的。

一般来说，龙舟的娱乐性，在老百姓那里，同文人畜鹤、市人养鸟，原无多大区别。考其因，都属国粹。但后者纯属闲玩，而前者却是民族感情的寻找。多数的读书人都知道，划龙舟是为纪念楚国的大诗人屈原。传说他在端午节这天自沉汨罗江，人们划船寻找他，久而久之，相沿成习。

这话是有根据的，《荆楚岁时记》中有记载：“五月五日竞渡，俗为屈原投汨罗日，伤其死所，故命舟楫以拯之。”

刘禹锡的诗《竞渡曲》，其序也称：“竞渡始于武陵，至今举楫而相和之，其音咸呼云：‘何在？’斯招屈之意。”

风俗风俗，先俗而后风。而俗，总是始自民间，且地域性极强。这就是为什么龙舟竞渡于楚地为最的缘故。前面说到的蔚为风气的两处，岳阳靠近汨罗江，是屈原投水之地，秭归则是屈原的出生地。这两处的龙舟赛事，意义也就格外不同。

记得那年的端午节，我与一群诗友结伴，专程赶到秭归，看了屈原故里的龙舟竞渡。

秭归城外的长江，属西陵峡。巨岩耸削，江水逼窄，乃“风急天高猿啸哀”之处。端午节前后，正值汛期。洪波涌至，水速似箭。我们踞坐在岸左的屈原祠下，听得一声锣响，二十多条龙舟从对岸滩头抢涛而出。顿时，鼓声、锣声、呼声、雀跃声、桨之斩浪声，嘈嘈杂杂，如风雷逼来。内中，更有熔吼声如一炉的歌声，沸沸扬扬，把我们这些远道客的情绪，直煮成一壶发烫的老酒。歌是招魂歌，魂是屈原魂。唱歌的人都是屈原的老乡。他们中不少人是翻过高高的苍岩赶来的，为的是给桨手凑兴，唱一年只唱一次的这支歌。那是数千人的大合唱，撼天震地，却不要什么人来组织。

歌未歇，抢水的龙舟无一不在预定的地段抵岸。先后也就是船头船尾之差。

每到端午节，秭归的龙舟仍让我记忆犹新。屈原故里的乡亲们，重情重义，纯朴有加，划龙舟在别处，多半是好玩，唯在此处，桨手的一搏，是为了纪念。

划龙舟风俗既成，却也并不一定通行无阻。古往今来，对此事不以为然的，还是大有人在。唐代诗人元稹在《竞舟》一诗中批评说“楚俗不爱力，费力为竞舟”。

有一回，我去安陆市采访，看到当地图书馆馆藏的清代乾隆年间编修的《安陆府志》中，有如下记载：

荆之为言强也，阳盛物坚，其气急悍。故人多剽悍。唐至德之后，流佣聚食者众。五方杂居，风俗大变。然五月五日竞渡戏船，楚俗最尚，废业耗民，莫盛于此。皇朝有国以来，已革其弊。

诗人有看法，发发牢骚而已。皇上若看不惯，就要下令禁止了。清代皇帝登基，把划龙舟之俗当作“废业耗民”的陋习来革掉。谁敢吐半个不字儿？

但老百姓愿意做的事，只能在强压下禁得一时。近些年划龙舟的再度兴盛，说明了这一问题。既然龙舟与屈原有关，年年的端午节，只要方便，有龙舟赛事，我一定要去看看。不过，每看到龙舟抵岸，我就不免生下疑问：有关端午节划船纪念屈原的古载，都不曾在船前冠一龙字，那么，这龙舟究竟是怎么来的？

近读《穆天子传》，看到这么一句话“天子乘鸟舟龙舟，浮于大沼”。如此说，比屈原早了几百年的周穆王，就有龙舟了。把船造成龙的样子，是受了什么启发呢？后来，在《水经注》中又读到这么一段：

洲北有龙巢，地名也。昔禹南济江，黄龙夹舟。舟人五色无主。禹笑曰：“吾受命于天，竭力养民。生，性也；死，命也。何忧龙哉？”于是二龙弭鳞掉尾而去焉。故水地取名矣。

这个龙巢，就在长江与汉水汇合以后的北岸，今汉口下段的某个地方。我想，楚人之造龙舟，与禹的这段传说不能说没有关系。把船造成龙的样子，取“受命于天”的意思。只是，可以肯定地说，古时的龙舟，恐怕是“真命天子”的专载了。一般人乘坐它，必定犯欺君之罪，究竟从何年始，五月五的竞赛改成了龙舟，手头上没有资料，难以确断。我以为，这种改革，实在不能说是高明。寻找屈原，是老百姓的自发行动，如今划着龙舟来找，就牵扯上了“受命于天”的故事。其实，屈原投汨罗江，楚王决计没有做阻止的工作。后来的皇帝们，也没有听说有哪一位为这件事叹息。倒是汉文帝时的贾谊，在他被贬长沙，面对茫茫的楚山楚水，怀了同样的忧患，还认真作过一篇《吊屈原赋》。

2002 年 3 月 7 日

洪湖水，浪打浪

我曾在雨雾迷蒙的四月，航行在烟波浩淼的太湖，听忽远忽近的渔歌，看雁落平沙的远景，渐行渐远而略无歇泊。乃是因为，我觉得江南最好的花汛和渔汛，总在桨橹不及的前渚。我亦在天高云淡的八月，翻越雪花飘飘的念青唐古拉山口，千里万里，怀着朝圣的心情，来到地球上海拔最高的湖泊纳木错，面对千万顷纤尘不飞的澄碧，眼含热泪跪了下去。在那里，我不可能得到舣舟的乐趣，但是，我知道了什么叫圣洁，什么叫宁静。它们有着溶解一切喧嚣的空灵，有着翡翠一般的冷润的颜色。

然而现在，在这红叶摇落的暮秋，我记忆中的这些湖水，突然像风中的涟漪，一圈一圈地散去了。一只古铜色的臂膀，奋力地摇着桨板，把我带进另一片苍茫的波心。

映日的荷花，被炎热的夏天带走了。夕照中的芦苇，尤自支撑大片大片的空翠，抵抗日重一日的秋寒。突然，一只鱼鹰飞起了，被它勾起的晶莹的露珠，又飘然而下，就在溅落的那一刻，风起了。平静的湖面顿时推起层层怒涛，在这蕴蓄着闪电飘雷的雪浪中，一曲熟悉的旋律像湖鸥一样掠起：洪湖水，浪打浪……

听着这优美的歌声，一些早已久违了的诸如苏维埃、农会、暴动、赤卫队等词汇，顿时像眼前的浪涛一样，沉重地撞击着我的心扉。这些词汇在七十多年前，就像今天的改革、科技、WTO、民族复兴等词汇一样，组成了一个时代的全部生活。

风烟滚滚的历史已经凝成了国旗上的五颗金星。民族的爱恨情仇已经永久镌刻在烈士纪念碑雄浑的基座上。但是，共和国的子民们，却是须臾不能忘记“苏区”这个闪光的字眼。

在中国的近代史中，洪湖给予人们的记忆，首先不是水的定义，而是革命的概念。湖边的村落与老街，曾经红旗漫卷，戈矛林立；湖上的苇丛与荷荡，曾经孕育过共和国最初的梦想。

大凡成为历史的东西，有的，令我们生发久久的惆怅；有的，其辉煌的光晕会眩迷我们的眼睛。洪湖不是这样，当它的波浪，不再随着战士的碧血一起荡漾；当它的船头，不再站立着戎马倥偬的将军，它仍是那么粗犷地承载着壮丽的日出，那么闲适地浸浮着中天的霜月。晚霞起时，它的水面，就会铺着一层火焰；大雪落下，它的苇花深处，仍会孵出冰清玉洁的童话。枪挑冷月的战士们走了，他们留下的空旷，又被采菱少女的笑声填满；剑啸惊涛的将军们走了，他们留下的故事，已成为扳罾老汉传唱的歌谣……

桨声欸乃，我已在洪湖中走得很远，很远。暮色苍茫，团团野鸭，逐渐与水波合为一色，犹如芬芳的诗韵消失在唐代的酒香里；丝丝荇草，正在等待着三两颗渔火，犹如沙漠的旅客，正在等待甘冽的泉水。而我，也正伫立在船头等待，等待寒秋的明月破云而出，等待清朗的月辉下，另一只小舟自深浦荡出，船头上清丽的渔姑，为我再唱一遍："洪湖水呀，浪呀么浪打浪啊……"

2014 年 4 月 9 日

在龙船调的故乡

车到鱼木寨时，临近正午。

山色绚丽极了，在这深秋。苍翠的松林里，偶尔挤出的樟、枫、榉、栗等杂木，向我们展示了色彩的盛宴。十月，是大自然狂欢的季节，沉雄的绿、疯狂的红、醒目的蓝、逍遥的紫……一起加入瑰伟的合唱，只有面对它们，你才能确切地理解“秋”的壮丽的意义。忽然，在令人心荡神驰的秋色图中，我发现了几缕袅向晴空的乳白的炊烟。顿时间，所有的色彩都成了陪衬，隽永的唐人绝句、宋人小令、元人尺幅、明人小品里的乡村几乎已成孑遗的农业文明的赞歌，这么真切地让我欣赏，让我触摸，让我仰望。

鱼木寨在鄂西利川县境内。这荆楚与巴蜀的交会部，重峦叠嶂之中，杂居着土家、侗、苗、汉各族人民。因此自元至清，一直施行土司制度。历史上，凡不设流官处，便是土司地区，莫不交通闭塞，开风气之先的事几乎绝迹。据我理解，产生于农业文明的传统文化，自然的秩序即是道德的秩序，二者融为一体，不会产生背离的现象。现代的智能，往往是道德的杀手。以我的人生经验，与一个满脸皱纹、吸着劣质香烟的老农打交道，远比与一身名牌西装、出没于十里洋场的大亨要安全得多。

眼下，正是这样一群老农，站在鱼木寨的寨门前，吹着唢呐，敲着锣鼓欢迎我们的到来。

利川多山，峰头各异。即便在这山族的博物馆里，鱼木寨也是一处极为特别的地方。这片大约有三平方千米的山林，东、西两面皆万丈峭壁，刀劈斧削一般，无路可通。北面原也是嶙峋悬崖，山人于此开凿道路，凡千余级石阶贴壁曲折而下，稍一失足便粉身碎骨。即便如此，途中还筑有多处关隘，纵然是轻捷的猿猴也难以飞渡。唯其南面有路可通。那是一条怎样的道路啊！从对面一座山坡到这厢寨门，只有一条长约十丈、宽仅数尺的山脊可通。山坡临寨的一面是悬崖，山脊两侧，亦是深不可测的峭壁。天造地设的鱼木寨，真正是“一夫当关，万夫莫开”的世外化境。

虽经数百年风雨沧桑，这座寨门依然如天门一般矗立在万仞岩矶之上。往常，这样的寨门只存活在我听过的故事里。现在，我走进它，观察着巨石垒起的墙洞和用作瞭望与投射箭矢的小窗时，我忽然感到了它的陌生，换句话说，我产生了隔世之感。

穿过古堡般的寨门，眼前的田野与山丘，间或的炊烟人家，看不出有什么奇异的地方。但若认真观察，便立即会发现它实乃是世外桃源。因为四周的孤绝，此处无公路可通，没有刺耳的汽车喇叭声，没有蛛网一般缠绕在我们头顶的电线。在大城市里，科技文明正在取代工业文明成为生活的主流，可是在这里，工业社会的生活形态却如同九尾龟一样让人感到古怪。牛脖子上的铜铃，屋檐下挂满了的金黄的玉米棒，小花狗震颤的吠声，空气中弥漫的柴烟的气息，让你一次次产生错觉，晋呀?

唐呀？它是实实在在的牧歌呢，还是萌发于我们记忆深处的意象？

我忽然感觉到，这里就是陶渊明“采菊东篱下，悠然见南山”的柴桑故居，这里同样是孟浩然的“开轩面场圃，把酒话桑麻”的隐逸之地。从此往前三百千米，是被霓虹灯的瀑布洗得璀璨异常的夜重庆；往后一百千米，是三峡。人们异想天开地在那里创造了智能风景的大史诗。真难以想象，最现代的与最原始的，竟然相隔如此之近。

数千年的农业文明，培植了我们向往田园的精神需求。但感官的享乐，又让我们竭尽才智，去创造魅力无穷的科技，追求现世的福祉。这两者极难统一，物质的向往让我们走向城市，精神的追求让我们回归田园。

对于幸福的评判，人与人之间千差万别。比之常人，我辈读书人似乎有着更深的怀旧情绪。我的童年与少年，是在山区的小县城里度过。因此，对于与鸟为邻、与树为伴的山乡，我有着特殊的好感。

在鱼木寨半日的游览之中，很少见到年轻人。他们都背井离乡，到重庆、武汉、上海这些大城市打工去了。城里人寻梦到了乡村，乡里人寻梦到了城市。你找到了温馨的旧梦，他找到了艳羡的新愁。各取所需，这并没有什么值得奇怪的。

但我仍感到奇怪，寨子里的老人，对物质的诱惑表现得如此迟钝。素昧平生，你吃他一顿丰盛的酒席，却不肯要钱，执意要给，他只好表示随意。他们不知道，岂止酒肉，就是这里的风景，这里的民俗，都是可以变成商品，贴上标签，大把大把地卖钱的。

夕阳西下，踏上归程之前，一位老农又领我去看了他家祖上的坟墓。这是一处建于清代同治五年的窀穸。一座高约丈余的石牌坊，一正两厢四柱三层，四周及顶部皆有丰富的雕饰。所雕之人物、动物、花鸟，各肖其形，和谐成趣。石牌坊后是立柱形正碑，正面雕饰盘腿笑面罗汉，左右雕饰草书的“福”“寿”二字。碑帽上刻莲花宝顶。我绕着草木青青的坟堆走了一圈，最后又站到石牌坊前，仔细欣赏这精美的石雕，禁不住连声赞叹。老农告诉我，寨子里各户人家的先人，死后都得到这样的厚葬。如今寨子里留下的墓雕还有百十处。想不到，这孤峭的鱼木寨，还是一座美轮美奂的石雕博物馆。人之既死，有青山为伴，与艺术相拥，福莫大焉。抚摸着这些石雕，我更感到鱼木寨不仅仅是农业文明的一曲挽歌，它更像是我们这日新月异的科技时代的一篇寓言。

我终于恋恋不舍走出了寨门。欢送的唢呐又响起了，是我熟悉的龙船调。忘了告诉我亲爱的读者，这首几乎人人都会哼唱的民歌，它的故乡就在利川，就在鱼木寨这些憨厚的老农的笑容里。

1999 年 7 月 6 日

厉山本记

厉山在湖北随州境内。大洪山在其南，桐柏山在其北。两山盛名既久，游客多矣。

游历名山大川的人，若来看厉山，肯定会失望。这座山既无崔嵬峥嵘之势，亦少修林危涧之姿。绕山而走的姜水，流沫虽活，涓脉却瘦。

尽管这样，中国所有的山峰，无论多么峭拔，多么奇异，都会俯下身来，向这一座小小的厉山，表达深深的敬意。究其因，厉山虽小，却是中华始祖之一的炎帝神农的诞生地。

厉山，又名烈山。2006 年暮秋，我与京城的几位史学家和作家朋友专程前来拜谒。来此者，以朝圣者的心态则可，若以旅游者的身份，则会感到失望。因为山上既无绚丽的景色，亦无情致的古迹。唯一可看的，是一个狭隘的穴洞，传为神农降生于此。

炎帝与神农，究竟是一人还是两人，汉代之前有争论。汉之后始称一人。近年来，名人已成为不可再生的旅游资源，各地争抢激烈。关于炎帝的出生地，亦有歧见，但厉山作为神农故里，却没有异议。

炎帝神农早于黄帝，即便在司马迁生活的西汉，亦感到古史难征。所以，在他的巨著《史记》中，有专门的《五帝本纪》，对炎帝，却只寥寥数笔带过。但是，在民间，炎帝还是保留了不少传说，神农尝百草更是家喻户晓的故事。炎黄二祖不仅有南北地域之分，更有着政经之异。炎帝是华夏农业文明的开创者，而黄帝则是政治文明的奠基者。

当此日，我站在厉山的神农洞前，试图感受上古祖先诗意的穴居，想象这洞前有潺潺不息的清泉。这清泉融入姜水，汇入汉水，流入长江。清泉的周围，都是青翠的楠木林，出入林子的，除了悠然自得的大象，还有围着兽皮、穿着草裙的男女。在人类的童年时代，和谐的自然养育着人类的心灵，诗意像鲜花一样长开不败。一方水土养一方人。像神农这样伟大的祖先，决不可能在穷山恶水的环境中诞生。

几千年时间过去了，今日的厉山无复当年的美丽。每一个见过神农洞的人，都会觉得这局促的岩洞，不但阴暗，而且潮湿。不要说从中感受诗意，就是品享哪怕是一点点的温馨，也是太高的奢望。但是，只要一想到，我们华夏的祖先就是从这岩洞中走出，然后发明了茅屋、陶器、耒耜、弦琴，并辨识了众多的花木与谷稗，我们的惆怅立刻就会烟消云散，而代之以深深的感恩。

中国的历史，基本上是一部政治变迁史。历代史官，莫不专此为己任。基于此，开创政治制度的黄帝就显得比炎帝重要。但是，更多的人类文明的开拓者，却是活在民间的传说中，这方面，炎帝可称其为代表。用今天的褒语讲：炎帝不但是伟大的科学家，亦是勤奋的实干家。自远古而今，千秋万代的人们，可以不懂政治，但绝不可能不懂生活。因此，只要我们活着，炎帝神农就如影随形地陪伴着我们。

从这个意义上说，厉山，是中国远古文明的一个拐点，没有人可以轻视它，更不可忽略它。

2006 年 12 月 3 日

雨中泛舟神农溪

古人春游，最爱山环水绕处，所谓芳草雉蝶之路，落花鱼浪之乡。一程程的，都是含香的诗，有声的画。步入其中，虽无杯酒，已觉陶醉。

清明前两日，因事去巴东，趁便游了一趟神农溪。棹舟半日，便深得古人春游的旨趣了。

巴东地处长江三峡的巫峡。神农溪在巫峡口下端约两千米处，长江的北岸。列嶂的岩林之下，掩翠的云烟之中，挤出一脉黛青色的春波。望一眼，便动了觞咏之情。

杜牧的诗句“清明时节雨纷纷”，少时以为这是诗人营造气氛而选择的意象。年纪稍长，便知道这并非诗人的杜撰。每年的清明前后，江南的大部分地方，都是烟雨蒙蒙的天气。就像此刻，坐在游船上的我，听到的风声雨声，竟比桨板搅起的水声还要浓烈。

我们乘坐的游船，窄窄的，两头翘起如弦月，当地人称为“豌豆角”，以其形似而得名。船头的桨手，船尾的桡夫，都是溪头江岸水畔寨屋里产出的土家汉子，既憨厚又剽悍，一上船便捷于猿猴，把一条两丈余长的小舟，操纵得春蛇一般滑溜。

神农溪源自素有野人传说的神农架，全长六十千米。三峡大坝建成蓄水之后，神农溪的水位抬高了五十多米。往日的神农溪，河床陡窄，滩险石多，许多河段单靠桡夫与桨手无法通过，须得纤夫在岸上拉纤。如今，神农溪虽然逼窄如故，最宽不过三十米，最窄处只有九米，但滩石消沉，险浪化为平波。航行其中，则如同西湖泛舟了。

但神农溪的风光，却是比过去更为瑰丽了。虽然，因为水位的升高，它两岸的秀峰少了一些峭拔，但其曲折之间，更是多了一些神秘，一些婉约。

溪中可泛舟的水程，大约有三十千米，共分三峡。长江三峡两侧，千里巴山的层峦叠嶂中，有无数的溪水奔流注江。比较有名的，有巫山的大宁河、秭归的柴埠溪，再就是眼下这条神农溪。每条溪中，皆有画屏一般的峡谷，尽管奇峡众多，却都只以三峡名之。大宁河直呼为小三峡，为的是借三峡的名气。神农溪亦然，六十千米的溪水，全在一段一段的峡谷中穿行，也只是以三峡娱悦游客。可见，三峡的名气是无法替代的。

神农溪中有三条峡，即龙昌峡、鹦鹉峡、绵竹峡。龙昌峡岩石如叠，或突或兀，欲倾欲坠，各有姿态。岩隙间藤萝歇鸟，杂花交树。其象鼻山、凝碧门皆俏其形。峡口稍有人家，依坡而建，朦胧雨雾中如层台累榭，仙家城郭。鹦鹉峡溪面稍宽，两岸青嶂或如春笋拔节，或如梦笔生花。中有神农溪第一高峰，壁立千仞，猿猱难攀。该峡既是奇花异草之乐园，又是飞禽走兽之天堂，蔷薇、芙蓉、木莲、杜鹃等依时序而绽开，金丝猴、黄羊等四季出没。峡中还有一个名为燕子阡的大溶洞，住有不可数计的大群金丝燕。燕子是迁徙型候鸟，唯独此处燕子从不外出旅游，只以这座大溶洞为家，故鸟类学家称这独一无二的燕族为神农溪短嘴金丝燕。船过燕子阡时，舵师放慢速度让我眺望，可惜雨意加厚，舟窗外白蒙蒙一片。绵竹峡最长，有二十千米，因其两岸多生熊猫爱吃的绵竹，故名。三峡涨水前，这里是神农溪最险的一段，水陡如瀑、石大如屋。近三分之二的水程，全靠纤夫牵船。时下险情消尽，游客可端坐舟中欣赏两岸美景了。该峡近水处多绵竹，于绿色摇曳之中，可见大片大片的钟乳石。大者百丈，小仅盈寸。肆意勾连，相映成趣。该峡最为逼仄，最宽处亦不过二十米。山多曲折而水愈蜿蜒。“行到水穷处,坐看云起时”的意境，于此可以体验。钟乳的屏帏，直似仙家的照壁，令我想入非非。

神农溪半日，航行于碧琉璃一般的波光上，轻寒时有时无，雨意时浓时淡。山欲现时云烟来掩，路欲迷时但见花影徘徊，舍舟登岸，忽听得桡夫子站在船尾，唱起了《纤夫的爱》。他那神情，让人感到当一个纤夫是何等的快乐。

2001 年 5 月 12 日

谒张居正墓

一

冬日的江汉平原，若是雨天，那种辽阔的灰蒙蒙的色调，树林、牲畜、田野与村庄皆如烟凝，若真若幻，这是一种让人忧郁的景象，然而萧瑟并不冷清，枯寂并不衰败。不知为何，我一直喜欢在这样的冷色调中旅行。

现在，我们乘坐的面包车正穿行在江汉平原的冷雨之中。车上除了我，还有三位著名的学者，他们是王春瑜、王先霈与何镇邦。此行的成因是王先霈的一位学生在秭归县当领导，他邀请我们前去参观已经蓄水的新三峡。在我的动议下，临时又增加了一项内容，就是顺道去荆州城中拜谒张居正墓。

二

张居正的墓在沙市市郊一处名叫张家台子的地方。荆州与沙市两城合并后，该墓便在荆州城内。

我自 1993 年对张居正产生了兴趣并从此开始了对他长达数年的研究。在这次拜谒他的墓园之前，我已独自前来凭吊过两次。第一次是 1998 年清明节。那时，我对张居正的研究和史料搜求的工作已大致完成，正准备选择一个吉日动笔写作四卷本的长篇历史小说《张居正》。清明节的早上，我独自驾车从武汉出发，沿宜黄高速前行约两百千米，至沙市站下。友人刘心宇君在出站口等着我，带我去墓地。约半个小时，我们的车停在一片泥泞之中，心宇领我走进一畦散发着粪臭的菜地，指着菜地中的一个土堆说，这就是张居正的坟墓。

尽管动身之前，我对该墓的毁坏已有了足够的心理准备，及至亲临其境，仍不免深深地惊讶。

这座在平地上堆起的土堆，陷在难以插脚的泥淖之中。墓的后头地势稍高，即当地人所说的“台子”（我不知道张家台子的地名，是不是因张居正的坟墓在此而得），上面盖满了两层的农舍。墓之两侧，左为民居，右为村人筹资修建的一座名为菩提寺的小庙，据说所用寺基，亦是侵占墓园的用地。

我走到墓碑跟前，两条裤腿溅满泥浆，而台子上的村民，莫不都用异样的眼光看我。由此可以揣测，前来墓园拜谒的人，恐怕是少之又少。土堆前的墓碑是极其普通的米青石，显然是今人所立。没有任何雕饰，仅“张文忠公之墓”六个隶书大字，用油漆涂红。也许又经历了一段岁月，碑上漆色剥落，字迹开始模糊。圆土堆的一圈墓墙，用约两尺高的青砖砌起，年久失修，有几处已经倾圮。土堆上的蒿草欲青还黄，在艳丽的阳光下格外引发人的沧桑之感。

心宇君告诉我，这座坟墓建在明代万历十年（1582年）钦天监为张居正选择的墓葬的原址，但坟墓却不是原来的。“文革”期间，原本的墓室被摧毁，棺盖被掀开，除张居正的一副尸骨尚存，袍服尽烂，棺内只有一条玉带和一方砚台，别无任何陪葬品。后来，一张姓老农（据说是张居正后裔）夜间悄悄来到墓地，将被丢弃的张居正的散乱白骨收拾起来，装在一个临时找来的陶缸里，在原地挖了一个坑予以埋葬。又二十年过去，到了二十世纪八十年代中期，时任沙市博物馆馆长的侯先生与陈先生，终于鼓起勇气要重修张居正的墓园。首先，他们找到那位老农，将张居正葬于陶缸的尸骨挖了出来。那只陶缸过于简陋，他们便让当时尚在博物馆工作的刘心宇找来一只精致的青花坛子，将张居正的尸骨再次收殓。然后，在当年被推土机推平的墓基处重新挖坑，将青花坛埋于其中，又把散于原地周围的断砖捡起做了墓堆的护墙，并做了一块墓碑竖起，就是我们今天见到的这一座坟茔了。侯、陈二人本来雄心勃勃，要建一座张居正陵园，并在今已盖了菩提寺的地方修建一座张居正纪念馆。他们把报告呈给有关领导，可惜没有下文。两位老先生现已退休，他们再也没有能力张罗此事。

所以，我第一次谒墓，在满目荒芜的墓园听完刘心宇的讲述后，心境之苍凉可想而知。这苍凉中，既有为张居正死后数百年来所遭受的不公正待遇而悲哀，更有为我所置身的这个民族的后代子民对先贤的麻木不仁而痛苦。

三

我是在39岁的时候，才有意识地研究张居正这个人。那时，因为唐浩明先生的小说《曾国藩》，国人中的确掀起了一股曾国藩热。我在坊间购得《曾国藩》读过之后，遂留意起曾氏著作。后来在湘中名士王闿运的著述中，得知曾氏非常推崇江陵人张居正，说他柄国于“寙盬之极，其功尤伟”。我便开始搜求张居正的著作。不久，便买到了著名历史学家张舜徽主编的皇皇四巨册的《张居正集》，又从友人处借到了朱东润先生写于抗战时期的《张居正大传》。这便是我研究张居正的发端。

我在另一篇《让历史复活》的文章中，谈到研究中国的政治，首先要研究两个系列的人物，一是皇帝系列，二是宰相系列。称职的国务活动家，是宰相多于皇帝。在中国那么多可圈可点的文治武功的宰相中，张居正无疑属于最优秀的一类。著名历史学家黎东方认为张居正不但是明代唯一的大政治家，就是自汉以降，也只有诸葛亮与王安石二人稍可比拟。这是因为，诸葛亮只是蜀国的宰相。局促的舞台，不足以让他运筹帷幄，摇撼乾坤。王安石才情很高，人品也不错，但缺乏将理想化为现实的政治智慧。同张居正相比，他更像一个文人。他的源头是屈原，而张居正的源头是申不害与霍光。但他在历史上的功绩，却是远远超过申霍二人。

明代有作为的皇帝，是开国皇帝朱元璋以及篡位的皇帝朱棣，史称太祖与成祖。其后的十几位皇帝，依次为仁宗、宣宗、英宗（中间有一位景帝干了八年）、宪宗、孝宗、武宗、世宗、穆宗、神宗、光宗、熹宗与思宗。这些皇帝除仁宗、孝宗与穆宗比较忠厚外，多半昏庸。特别是武宗与世宗两朝，共六十一年，把国家搞得一塌糊涂。穆宗是世宗的第三个儿子，继位时三十岁，享祚六年。如果是一位雄才大略的君主，六年也能做出几件事来，怎奈穆宗素无大志，虽然俭朴本分，但沉湎酒色。所以，国政在他手上，仍没有什么起色。到万历皇帝登基，张居正出任首辅时，国家除边防稳固之外（其中也有张居正的功劳），内政几乎乏善可陈。官腐民败，政以贿成。斯时之皇权，虽然名义上仍然是九五之尊，威加四海，但其实际的控制力已相当薄弱。京师百里之外的地方，盗贼成群——这是民不聊生的显著特征。

远在世宗中期，张居正还只是翰林院的一个编修，就痛感国运的土崩鱼烂，朝廷中的官员庸多贤少，于是在给友人的信中写道："非得磊落奇伟之人，大破常格，扫除廓清，不足以弥天下之患。"张居正的宰辅之志，并不是入仕之后才有的，当他还是一个青衿学子的时候，便想成为当世的伊、吕。不是不切实际的空想，而是扎扎实实地做准备。

嘉靖四十五年（1566年）三月，由于得到首辅徐阶的赏识，张居正被任命为东阁大学士而参赞入阁。这一年，张居正四十二岁。幸运的大门总是为有准备的人而洞开。历代的内阁，都是权力斗争最为激烈的地方，一是与皇权的摩擦，二是阁臣之间的斗争，很少有人能在那枢机之地待得长久。就是能够待在里头，也极难有所作为。但张居正是一个特例。从他入阁到去世，他一共在内阁待了十六年，六年次辅，十年首辅。其间无论发生了什么样的政权嬗变、人事代谢，他都固安其位，岿然不动。不言施政，单从为官的角度看，张居正无疑也是最优秀的。

张居正的政治理想是“足食强兵，国富民本”，在朝廷命官“饱暖思淫欲”、普通百姓“饥寒起盗心”的明代中晚期，这理想简直是可望而不可即。但张居正明知不可为而为，从未放弃自己的渴求与梦想。隆庆元年，他入阁之初，就向新登帝位的穆宗上过一道《陈六事疏》，从省议论、振纲纪、重诏令、核名实、固邦本、饬武备等六个方面提出了自己的改革主张。这是张居正经过长期思考而精心写出的一份相当完备的改革文件。自商鞅以降，漫长的封建时代曾发生过几次影响深远的改革，但没有任何一位改革家提出的改革措施能像《陈六事疏》这样切中要害，而且富于操作性。此前没有，此后也没有。遗憾的是，穆宗缺乏从根本上改变朝局扭转颓败的勇气。他只是对《陈六事疏》说了几句赞扬的话，在西苑搞了一次阅兵，仅此而已。经过这一次试探，张居正知道时机并未成熟。他仍隐忍地待在内阁，在保全自己权位的前提下，做一些于社稷苍生有利的善政。

穆宗皇帝去世，张居正作为太子的老师，随着太子朱翊钧的登基，迅速得到了重用，取代高拱当上了首辅。万历新政的改革大幕，此时才正式拉开。

按照人们通常的说法，一个人在副职的位子上干得太久，骤膺大任，很难摆脱“小媳妇”的心态，缺乏总揽全局的才能与乾纲独断的勇气。用这一观点来衡量张居正，显然不合适。他从翰林院的编修干起，到国子监司业（相当于国立大学的教务长），到左春坊（太子的老师）以及入阁为次辅，他做过的官，不是无关国计民生的文职，就是与大办事员无异的副手。叱咤风云的封疆大吏，他一天也不曾干过。这种出身，很容易书生意气。但张居正不同，他就是他自己所说的那种“磊落伟人”。甫一上任，他就使出雷霆手段，裁汰庸官，两京不到三万名的官员，被他裁掉七千人。仅这一举动，就令天下士林为之侧目，并因此被人指斥“与天下读书人为敌”。面对汹涌而来的道德的责难，张居正不为所动。为了改革，他说过“虽万箭攒体，亦不足畏”的话，没有这种敢于担当的勇气，则他所领导的改革，不可能实现历史的飞跃。

四

后世对万历新政的评价，大都肯定。但奇怪的是，对万历新政的倡导者张居正，却颇多攻讦之词。细究其因，是因为张居正的改革得罪了两部分最不能得罪的人：一是以皇权为代表的势豪大户，二是掌握了话语权的清流。

孟子说过：“为政不难，不得罪于巨室。”其实，自商鞅至康有为，封建时代的任何一次改革，莫不都是拿势豪大户开刀。举凡江山易主之后，发展到一定阶段，都会产生痼疾。所谓太平盛世，就是各种社会集团的利益达到了某种平衡。士农工商各有天地，政治清明，民淳事简。在这种和平的环境里，耽于享乐的人群愈来愈多，于是，攫取财富的贪欲也越来越强烈。此情之下，那些把握权柄的人总是能够通过不正常的手段，掠取和占有本不该属于他们的财富。政治家的责任，就是通过他们的领导才能，使社会资源能得到合理的分配。但是，在封建专制的情况下，这样的政治家并不多见。

张居正怀着安邦济世之心，一心想救赎饱受苦难折磨的黎民百姓。当上首辅之前，他曾说过“长安棋局屡变，江南羽檄旁午……贪风不止，民怨日深，倘有奸人乘一日之衅，则不可胜讳矣”。他深知官逼民反的道理，若对贪婪的豪强集团不加抑制，则胆小怕事的百姓都会成为揭竿而起的陈胜、吴广。历史上所有的改革，莫不都是豪强集团与弱势群体产生尖锐对立的情况下发生的。张居正推行的万历新政，一系列举措诸如裁汰庸官、整顿驿递、减少生员、清丈田亩、一条鞭法等，都在极大程度上纾解了老百姓的困苦，当然，也把势豪大户得罪干净。

关于第二点，张居正得罪清流的问题，至今仍有人认为这是张居正不可饶恕的罪过。在古代，“万般皆下品，唯有读书高”，中国的读书人，若想光宗耀祖，只有一条出路，即博取功名，金榜题名后做官。张居正也是凭着这条途径而逐步攀上权力巅峰的。但他一直对官场上的人浮于事，政令不行而以玄谈相尚的陋习深恶痛绝。他上任之初，一些同年同乡莫不欢欣鼓舞，认为升官的机会到了。可是半年时间之后，他们便深感失望。张居正并不任人唯亲，最典型的例子有两个。一个是他的同科进士，时任湖北巡抚的汪道昆。他的确凭着张居正的关系，从地方的抚台升任为兵部左侍郎。张居正让他去蓟镇巡视边防。每到一处，这位汪侍郎第一件事就是拜会当地的文人，吟诗作赋，极尽风雅之能事。回到京城后，他呈给皇帝的巡边奏疏，是一篇字斟句酌的美文。美则美矣，却对蓟镇边防的情况语焉不详。张居正看了很生气，在奏疏上批了八个字：“芝兰当道，不得不除！”意思很明显，你即便是一株美丽的芝草兰花，却因为长错了地方而不得不被除——路是用来行走车马的，而非园圃。于是，汪道昆被皇帝下令致仕，回到歙县老家，当了一名真正的吟风弄月的诗人。另一个例子是，仍为张居正同科进士的王世贞，他本想依靠张居正的关系谋求升官，但张居正觉得这位同年虽是名满天下的诗坛领袖，但并不具备“为官一任，造福一方”的才干，所以拒绝让他担任要职。王世贞因此记恨在心，在晚年写了一部《嘉靖以来首辅传》，对张居正褒少贬多，说“居正天资刻薄。好申韩法，以智术取下”。在张居正同时代中，除了这部书，另有他的前任高拱写的《病榻遗言》，也是对他多有中伤。

重用循吏而疏远清流，这是张居正的一贯主张，也是值得肯定的用人之道。但恰恰因这一点，他得罪了读书人。乃至在他死后，一些清流竟然配合豪强集团，对他横加指斥，大肆挞伐。这不是张居正的可悲，而是民族的可悲。黎东方先生的一段话，道出了个中奥妙：“中国的社会，尤其是在明朝，是一个只讲私情、不讲国法的社会。谁要执法严明，谁就免不了得罪人。官位愈高，得罪人的机会便越多。想升官的升不到官，怕丢官的丢了官，说人情的说不到人情，借钱的借不到钱——如何不恨？恨张居正的人，实在太多了。”

五

张居正死于万历十年（1582年）六月二十日，享年五十八岁。在他之前的一连五位首辅，没有一位死在任上。张居正真正称得上是“鞠躬尽瘁，死而后已”。他的死，对朱明王朝来讲，是难以估量的巨大损失。但是，直接从张居正推行的改革中得到实惠的万历皇帝朱翊钧，却并不这样认为。张居正出任首辅时，朱翊钧才十岁。一应国家大事，全凭张居正做主。张居正的角色，类似于摄政王。随着朱翊钧逐渐长大，特别是十六岁大婚之后，亲政的欲望越来越强烈。加之他生性喜爱钱财，为花钱的事，屡屡与张居正发生龃龉。久而久之，他由当年对张居正的言听计从变为内心厌恶。张居正死后不到一年，朱翊钧即开始了对他的清算。家产被抄，爵秩尽夺，家人死的死，谪的谪。朱翊钧本还想开棺戮尸，在众多大臣的力谏之下，才罢止了这个念头。

自此，人亡政息，仅仅两年时间，万历新政带来的中兴之象，便消失殆尽了。好货的朱翊钧，又上承他的祖父世宗，开始了横征暴敛，国事越发糜烂了。在他主政的最后十几年，内忧外患一直没有停止。朱明王朝，终于在他死后二十四年彻底地崩溃了。

张居正死后的数百年，围绕他展开的争论，一直没有停止过。每遇国难之时，总有睿智之士感叹“世上已无张居正”；而遇太平顺境，便有人站出来替皇权讲话，斥张居正是“威福自专”的权臣。平心而论，张居正是爱权力，有独操权柄的嗜好。但更应该看到，他绝不是那种以权谋私的人，他利用手中的权力，确确实实为国家、为老百姓做了许多好事。

张居正死于京城，遗体运回江陵老家安葬。当年他的葬礼十分隆重，享受到赐祭九坛的规格，可谓达到人臣之极。但仅仅一年后，墓庐尽毁，并从此以后再没有修复。1966 年，早已沦为荒坟的张居正墓也没有被红卫兵放过，终于被开了棺，扔了尸骨。同在1966年，万历皇帝尸骨被付之一炬。朱翊钧与张居正，这曾经是亲密无间的君臣、师生，尔后又成为明代昏君与明臣的两极，在同一年以不同的方式暴尸骨于世间，兴许，这又是一个历史的玩笑。

六

第一次谒墓，我怀着惆怅的心情离开。到了第二年的年底，我的《张居正》第一卷《木兰歌》已经出版。武汉电视台读书栏目决定为这本书做一个专题。在我的建议下，摄制组随我第二次去荆州谒张居正墓。薄暮时分，凛冽的寒风中，我们仍然是踩着泥泞来到墓冢前。依旧的残碑、依旧的荒草，同行的编辑与摄影师，怎么也不敢相信这破败的坟包里，埋藏的竟然是一位封建时代的杰出政治家。他们认为，张居正身后的寂寞，在政坛、在史坛，得不到正确的评价还可以理解，但在自己的家乡，也遭受如此的冷漠则令人费解。我告诉他们一个小故事。此前，我曾在友人的安排下，与荆州的某位领导见面。我向他讲述张居正，意在引起他的重视，能够修一修这座荒坟。可是，他听了我的介绍后，立即回答说："我正在规划，在荆州城内给关羽修一座中国最高的铜像。"我听了甚为奇怪，放着自己的乡贤不管，却要大费钱财去为隶籍山西的关羽造像，这究竟出于何种动机？我想问他，但话到嘴边又打住。道不同难与为言，面对这样的父母官，我还能说什么呢？

又过了三年，我的四卷本《张居正》已全部出齐，我得以有第三次机会到荆州谒墓。在车上，在雪意渐浓的景色中，我向三位学者讲述了我头两次谒墓的经过。著名明史专家王春瑜先生说："你的《张居正》一书出版，且产生了这么大的影响，想必张居正的墓不至于那么荒凉了吧。"我也如此期冀，但这次的谒墓，我们仍感到深深的失望。

三年未到，荆州城区的建设日新月异，新建了许多宽阔的马路、高耸的楼房。合并后的沙市、荆州两城，中间的接合部成了美丽的新区。我们乘坐的面包车驶进城中，已完全找不到前往张居正墓地的道路。司机多次停车问路边的行人："请问张居正的墓地怎么走？"被问者皆一脸茫然："张居正？张居正是谁？不知道。"车子在城里瞎转，这时，我想起了定居北京的刘心宇，便打电话问他。他回答说："你不要问张居正墓，你问菩提寺。"果然，一问菩提寺，路人都知道。我们终于也在颇费周折之后，再次来到张居正墓前。

比之三年前，这墓园除了对面新添了一座巨大的垃圾堆外，别无任何变化。一样的泥泞、一样的荒草、一样的残碑、一样的断砖……三位白发苍苍的老学者，绕墓一周，对残冢一揖，也只能感慨唏嘘。

谒墓之后，车向三峡。过枝江，丘陵渐多，辽阔的江汉平原已在身后隐去。但三次谒墓的感受，却在我心中拂之不去。当夜，在秭归的旅舍里，我写了七律一首，名为《再谒张居正墓》：

忍向荆州寻旧冢，三年凭吊我重来。

残碑更欲迷荒草，梵磬悠然怅客怀。

社稷平添龙虎气，英雄谁上凤凰台。

伊周事业千秋在，岂让丹心化作灰。

写完之后，我就想，待有机会再到荆州，一定要把这首诗，焚化在张居正的墓前。

2003年2月

再谒张居正墓园

张居正的墓园，在荆州城内，太岳北路之侧。4 月 28 日，我第四次前来拜谒。在这之前的三次，我每次拜谒，心中都会留下一份惆怅，其因是墓冢的残破以及张居正的故乡人对他的冷漠。2003 年冬天，我写过一篇《谒张居正墓》的文章，发表在《随笔》杂志上，记述了我的种种感受。

但这次的拜谒，我终于能够一解心中蓄积多年的惆怅，而换成一份欣喜。盖因修葺一新的墓园，能够让生前一直有着洁癖的张居正，有一处洁净的安息之地了。

记得去年夏天，时任荆州市人大常委会主任来武汉找我，说荆州要重修张居正墓园，并取得了省领导的支持，他将亲执其事。听到这消息，我非常高兴。一个地方没有理由忘记自己的先贤，何况张居正又是这样一位难得的中兴名臣。主任当时就说，一俟新的墓园建成，他就邀请我前往参观，我爽快地答应。今年初，墓园落成时，荆州方面邀请了我，同时，还邀请了二十多位国内著名的明史学家，一起前往荆州共襄盛举，在开园之时举行张居正研讨会。不巧的是，当时我正在国外赶不回来，无法躬逢其盛。

新修的墓园，是在张居正荒坟的原址，占地约二十亩。墓园大门上悬挂的，是同为江陵人的王元化先生所题的“张居正墓园”的匾额。入门后首先是月牙池，池后的环形小土墩上，栽有十六棵翠柏，喻意张居正六年次辅十年首辅的阁揆生涯。这十六年，即 1566 年至 1582 年，是张居正政治上的巅峰岁月。柏墙之后，是墓道，由五十八块米青石板铺成。张居正活了五十八岁，墓道的长度即是他生命的长度。此一设计，亦见主事者的用心。

墓道之后，是圆冢。先前的圆冢周长十米，新修之后，增长了六米，亦是十六米，与十六棵翠柏呼应，还是暗示他的运筹帷幄、理燮阴阳的宰辅生涯。

主任告诉我，增大这圆冢时，曾发生了一件异事。施工人员掏开坟堆，细心地找到收藏张居正尸骨的青花坛子，发现有两条透明的红蛇，缠在坛体上，虽人声扰动亦不肯离去，后来又掩土而埋。这两条红蛇意味着什么呢？我们是唯物论者，不作任何无谓的猜测和玄想，但至少可以说上一句“人杰地灵”的话。

绕着圆冢走了一圈，我周身汗透，不是因为热，而是内心突然生起的躁动。半个月前，第六届茅盾文学奖揭晓，拙著《张居正》高票当选，名列前茅。我连日来接到许多祝贺的电话以及媒体的采访。十之八九的记者，都会问同一个问题：“你怎么想到要写张居正这个人？”这个问题，从一开始我打算写这本书的时候，就一直有人问。提问的人，大都觉得张居正这个人物太陌生，他很少出现在公众的视野中。比之诸葛亮、曾国藩之类的名臣来，他几乎不为老百姓所知。当初我动笔写他的时候，曾有朋友劝我不要写，他说："张居正的名气，还没有武大郎大，你写他肯定吃力不讨好。"当年，这种提问对我是一种无形的压力。而我前三次的谒墓，也足以证明张居正的确淡出了普通人的历史视野。张居正的故乡人，尚有许多人不知道有这位"宰相之杰"的乡党，何况别处?但现在的情形有了很大的改观。

去年十月上旬，我应邀到青岛出席中国海洋大学组织的"科技与人文"的对话。在会上，药物学家、中国工程院院士秦伯益先生对我说，他看过我的《谒张居正墓》的文章，对张居正这个人物生出了好奇心，于是利用国庆假期，专程从北京出发到荆州拜谒张居正墓。他高兴地说："张居正的墓园正在修复中，你所描写的那种荒凉破败已经不存在了。"他拍摄了不少墓园建设中的照片，并送了我几张。

因为张居正，我获得了文学的殊荣，也因为张居正，我结识了很多朋友。摒弃所有诸如名誉、地位、财富与权力等世俗的东西，能够超越时空，与心仪的古人作灵魂的沟通，实乃人生的快事。

在墓园里徘徊良久，我在想，如果《张居正》的电视连续剧开拍之际，能让所有的主创人员前来这里拜谒一次，定能激发他们演绎历史的激情。

2005 年 4 月

文化杂谈四题

一方文化养一方人

常言道：一方水土养一方人，换言之，一方文化也养育一方人。我曾说过，长江流域的文化可分为三种形态。三峡之上的上游，是巴蜀文化；三峡至江西孤山这一段，是长江中游，乃荆楚文化；自安徽而下至上海，为长江下游，对应的是吴越文化。

这三种文化有相同之处，但更多的是不同。巴蜀得源头之清，发而为天籁，故那里的人，散淡而有追求，幽默而不刻薄。下游的吴越，尽得水利，故彼处的苍生，在谨慎中求优雅，于勤奋中得自适。散淡而又幽默的人，神闲心静，爱财富更爱安逸的生活。故巴蜀之地，郊野多灵异山水，城市多酒肆茶楼。女孩儿眉眼生动，爷们儿怡然自乐。谨慎而又勤劳的人，有意无意，都在培植温良恭俭的乡风。故此处，多士大夫，多艺术家。自南宋之后，引领生活潮流者，多半产自吴越。到那里一走，盈耳的吴侬软语，会让你想起“未老莫还乡，还乡须断肠”的诗句。

比之巴蜀和吴越，荆楚地方的人，便显得霸气有余而矜持不足，亢奋犹多却敬畏较少。这也是地理使然。长江在上流，不疾不徐，故有诗人吟唱“蜀江水碧蜀山青”。就这七个字,就勾画出一个天府之国的妙处。在下游，长江也很从容，同彼处的女子一样，收束感情而不泛滥，故有《春江花月夜》那样的绝唱。唯独在中游，长江野性十足，历史中有“万里长江险在荆江”之说。虽然李白在这里留下“千里江陵一日还”的豪唱，终究缺了“胜似闲庭信步”的雅致。长江在上游，如少女，一颦一笑楚楚动人；在下游，像少妇，一动一静顾盼生姿；在中游，长江就像狠婆娘，呛你、辣你，叫你无法悠闲，也无法优雅。

大海里生长捕鲸的勇士，荆楚大地生长狂人。人与水和谐，人幸福水更妩媚；人与水斗法，人辛苦水更放肆。长此以往，代代相续，文化的品格便不知不觉地形成。这种文化上的选择，并非由自己做主。

鄂与楚

用测字来预卜人的祸福，是中国古代方术的一种，科技高度发展的今日，此术虽已式微，但尚未绝迹。日前，听到一则故事，说有人测了“鄂”字，左上为两“口”，左下为一个“亏”字，右边为“耳”旁，意谓两张嘴说话，只有一只耳朵听，这样一种情势，当事者岂不吃亏？

汉之前，就有鄂渚之说。今日的鄂州，即汉之鄂县。三国时期孙权曾建都于此。改鄂县为武昌，取因武而昌之义。但把整个湖北简称为鄂，历史并不久远。此前如唐李白酒隐安陆，蹉跎十年，他认为自己是湖北佬，故吟唱“我本楚狂人，凤歌笑孔丘”。稍后的杜甫，自四川买舟而下，出南津关后，吟唱“楚地阔无边，苍茫万顷连”。两人均称湖北为楚。明朝初建，朱元璋袭元之制，不称省而称道，全国共有十三道，湖北属于湖广道。这湖广实指湖北与湖南，与广东广西毫无关涉，但不知为何不叫“两湖道”而称“湖广道”。明朝277年，湖北、湖南是一个省，但长沙与武昌，却依然是两处中心。为了称谓方便，便出现了“湘鄂两地”之说。“湘”为湘江之简，成为湖南的代称；“鄂”为鄂城之简，成为湖北的简称。用“湘”来代指湖南，非常恰切，毕竟，湘江是湖南境内最大的河流。但用“鄂”来代指湖北，却并不是最为准确的。究其因，湖南、湖北皆为楚地。若用湘楚两地，则把湖南排除在楚地之外，显然不妥。故拈出一个鄂作为湖北简称。此后相沿袭用，现在想改也改不了。其实，若以“荆”来代，则荆山荆江，是楚文化的发源地，历史意蕴，不言自明。但荆字似嫌格局太小，故先贤弃之。

著名的楚文化史专家刘玉堂先生，两年前就提出建议，改“鄂”为“楚”。但当道者有顾忌，认为将湖北简称为楚，会引起邻省纠纷，因为楚文化地区不仅仅是湖北，还有湖南、安徽、江西、河南也有一部分，湖北独称为楚，人家会怎么看？至今，“惟楚有才”的对联，还悬挂于长沙岳麓书院的大门呢。其实，这担心大可不必，人家湖南，近些年提出的口号是“振兴湖湘文化”。真正还在打造荆楚文化品牌的，就是我们湖北人了。

若从字形上看，“楚”也比“鄂”好，楚由“林”与“疋”两字构成。树与布，喻物阜民丰、山清水秀。凡事欲和谐，必先稳当、吉祥，“楚”字便有这种寓意。不像“鄂”字，让人用测字的方式一解，听了便觉泄气。

惟楚有才

几年前去长沙，唐浩明先生领我参观岳麓书院。我站在大门口欣赏那副闻名遐迩的对联。唐先生说：“对不起，这是湖南人自大。”我笑着回答：“湖南人有自大的本钱。不过，这对联为何只有一半呢？”唐先生问：“怎么只有一半，那一半怎么写的？”我说：“完整的一副对联应该是：惟楚有才，才满江汉间；于斯为盛，盛在明清后。”我念出后，看到唐先生愕然，连忙笑着解释：“这是我开玩笑，临时凑上的。”唐先生夸我捷才，说联句续得好。后来，我应邀为江陵的张居正旧居纪念馆写一篇短赋，开头两句，便引用了上述联语。

湖南、湖北同属于中部，又属于楚文化地区，两省都是中国的人才高地。出的都是那种经邦济世、倒海翻江的旷世奇才，都属于狂人。如明清之后的张居正、曾国藩、黄兴、蔡锷之类。至于一部中国共产党的历史，如果缺了两湖，简直就没法写了。

两湖的人才虽有差异，但异少同多，都是亢奋激励之士。每读《周易·乾卦》第一句《象》：“天行健，君子以自强不息”，便认为这句话作者不是周公，不是孔子，而应该是两湖人士。自强不息，是楚地人才的最大特点。

但若深加探究，便会发现，楚地的人才，大都诞生在社会的转型之际，特别是改朝换代的转折时期。秦之末世，说“王侯将相，宁有种乎”的，是楚人；清之末世，打响推翻专制第一枪的，亦是楚人。楚多才子，但更多的是英雄。那一年，我访问红安，应县长之请，写了一首诗：“我爱红安五月花，杜鹃如血血如霞，如何二百屠龙将，尽出寻常百姓家！”虽是反诘，却道出一个特点：楚之人才，多英雄气而少书生气，多草莽气而少贵族气。即便是饱读诗书的大才子，如屈原、米芾、熊十力等，也都狂狷必然由我，俯仰绝不随人。所以说，惟楚有才，这“才”如何为顺世所用，当道者可深思之。

放风筝的心态

时下，建设文化强省、文化强市的口号不绝于耳。这是文化复兴的表现，亦是国家兴盛的体征。但若方法不对，可能事倍功半，甚至南辕北辙。这好比放风筝，风筝做得再好、再显眼、放得再高，但若手中的线断了，风筝就会乘风飞去，风一停，风筝又会停落，遭受风吹雨打。所以说，振兴文化不能像放风筝，只是借时代的风力，图一个好看。建设文化，首要的是让文化落地生根。培植文化的土壤，才是一个科学的态度。

毋庸讳言，湖北是文化资源大省而非文化产业大省。如果我们抓文化建设，而不能转化为产业，则文化无落实之处。但是，如果抓文化建设仅仅是为了培养新的利润增长点，则文化被降格为商人谋利的手段。我想，这也不是当道者所心仪的愿景。

说到底，培植文化也存在着义与利的价值取向。孔圣人有言“君子喻于义，小人喻于利”固然说得太绝对，但的确道出了一般世情。当下世界，美国的好莱坞大片、日本的卡通与动漫，不但成为其国民经济中的支柱产业，也向全世界输出了其价值观，这于其来讲是出乎利而止乎义。反之，看我们的影视传媒业，值得骄傲的地方并不是太多。若当道者强调市场，则制造的节目一味媚俗或趋赶潮流。以盈利为最高目的，可谓利生义死。究其因，乃是引导者仍然有放风筝的心态，而从业者又缺少道德上的自律。

现在，我们经常会看到这样一些消息，某省某市某名山胜水，将在全国范围内征集宣传当地的电视剧或其他样式的文艺作品，这种做法似已成为时尚。执事者认为这样做是体现公平、公正，是科学的方法。我听了大不以为然。请问：中国和世界的文学艺术史中，那些不朽名著和艺术杰作，有哪一部是用重金海选出来的？这是用不尊重文化规律的方式来做文化上的事，不值得提倡。何况，文化与科技领域规律不同，承担的社会责任与文明指向亦不同，用科学攻关的方式与工程招标的办法来对待文学艺术，可谓大谬。

2005 年 7 月

对汉江的期待

有一次，在西安城中与贾平凹先生聊天，他说他的老家商州，虽在陕西，却不属于秦文化，而应属于楚文化地区。旁边的朋友讥笑他："你就是想往湖北凑，可那儿人根本不认识你。"平凹笑着回答："咱老家在秦岭南，秦楚的疆域就是以秦岭为界，咱老家的汉江，没流到西安，却流到武汉去了。"

细读平凹先生的作品，虽有秦人的执着与粗砺，但亦蕴含着楚人的浪漫与纤柔。商州乃楚头秦尾，在汉江支流丹江上游。众所周知，楚文化最初的灿烂，便是发生在汉江流域。

汉江发脉于秦岭，流经一千多公里的区域，于武汉蛇山脚下的汉阳注入长江。

如果让时光倒退一千多年，甚至更早一点，在汉唐时期，汉江两岸的繁华，远远超过了长江，这是因为当时的都城在关中的长安，汉江由此成为帝国联通南北的大动脉。数百年间，汉江以及两岸的官道，始终舟车辐辏。官旅商贾、骚人墨客，莫不在汉江上留下他们的足迹与歌吟。

有一次，一位研究堪舆学的朋友对我说，他研究过很多伟人的故居，发现他们一般都诞生在某一条河流的源头上，房子前必有细细的水脉。这水脉，最终都通向盛大的河流。我因未做调查，不能评判朋友的论断是否正确。但是，如果我们稍稍留意，研究一下文学发展的轨迹，便不难发现，作家之于河流，犹如鲜花之于大地，是一种供养与共生的关系。沈从文之于沅水，贾平凹之于汉水，都可作为明证。

在古代，汉江流域的确诞生过不少优秀的艺术家。如诗人孟浩然、张籍，大书法家米芾等，流寓汉江的艺术家更多。汉唐时期汉江边上最大的城市是襄阳，斯世不但许多艺术家寄居于此，就连诸葛亮这样伟大的政治家，也在城郊的隆中隐居，登山傲啸，临涧赋诗，汉江上的帆樯，亦可成为他的草庐中的窗影。

那一年，我去襄阳，参谒诸葛隆中之后，又去汉江边上的鹿门山，瞻拜孟浩然故居的遗迹。看到壁间众多的题诗，当时就想，若能编一部《汉江诗文选》，定是文学史中的壮观，徜徉其中，不但能欣赏大汉雄风，更能于雍容大度的吟唱中，品味令人景仰的盛唐气象。

文学也是一种生命，凡生命就不可离开水。今日的汉江，已不能见到艺术家行吟天地的云帆了。它的胭脂色的波浪，正在浇灌着支撑盛世的摇钱树。而且，南水北调的工程，准备于武当山下截取汉水以济北京，这条古老的文化长河，即将成为首都的生命之源。但我们不能据此推断，文学的汉江已经消失。我们完全可以期待，汉江将如盛唐时期，诞生自己的文学艺术大师，诞生自己的作家群。文学无关国计民生，但文学能反映一个时代的精神风貌，衰世文采黯淡，盛世文采斐然。“任凭弱水三千，我只取一瓢饮”，今日我们要饮的，是从唐代流来的盛世文学的悠悠水脉。这水脉中有长江、黄河、淮河、珠江，当然也有汉江。

2013 年春

第三辑

武汉王者归来

登黄鹤楼

历史播迁，春秋数易。武昌蛇山上的黄鹤楼几次遭焚毁，又几次重建。耗资之巨，气势恢宏而趋鼎盛的，则是今天的这一座了。

古时的黄鹤楼是文人骚客聚首之地。五月登楼，望短笛之梅，落瓣于芙蓉雪浪；九月凭栏，看长亭之柳，系舟在米市渔街。弄笔者对此各有各的感悟：托兴寄情，写忧患文章者有之；叹乡关无觅者，更是不少。

今天登楼的人，旺季时如蚁聚。然而在这里发思古幽情的，却没有几个人了。人们当然不必追寻汉朝的黄鹤翩然何处，唐代的白云又飘向哪里。鸡犬桑麻的往事，早已失落在满楼喧响的迪斯科舞曲中。夹在旅游的人群中，我也曾好几次置身这高拔的仿古建筑，临观苍茫江汉，回之望之，歌之啸之。

人的视觉世界建立在两种经验之上：重力线是垂直的，水平线与它直角相交，呈十字架结构。九省通衢的武汉，正在这十字架结构的交叉点上。万里长江自西而东，京广铁路自北向南，两条大动脉在黄鹤楼前的长江大桥交会，车骑舟航，达至东西南北。而漫步黄鹤楼的高层回廊，亦能任乱发飘然，把四面江山，看个痛快。

倚楼西望，苍茫一片。乃是莺飞草长的江汉平原。这云梦大泽的遗址，尚有碧水千湖。牧歌与渔歌揉成的水彩平畴上，更有一水横来。涌入楚地的长江，开始有了大气魄。溯江而上，在进入南津关，探奇二百里三峡，继而去巴蜀买醉、天府搜神之前，不妨先来欣赏葛洲坝的水利枢纽工程。鬼斧神工，耸大江铁门；经天纬地，锁高峡洪波，好一幅精美绝伦的智能风景画。更有旋转于江心的巨型水轮发电机，让你体会到现代化建设进程的宏伟。凭栏东眺，拍天而去的长江早已挣断了西塞山前的千寻铁锁。轮船穿梭在吴头楚尾，往返穿过迷蒙烟雨，当然也有二十四番花信。如果在黄花初吐、紫蟹才肥的季节，长江三角洲的冲积平原上，大小游船就多于过江之鲫了。十年改革中的经济建设，正在改变金粉故都、烟雨六朝的江南情状。金山寺没有了法海，寒山寺远度的钟声，已滤净旷古的忧愁。买棹而去的游人，可在江浙的莺花月露中，乐成一尾春江上的活泼泼的游鱼。

在黄鹤楼上引颈面北，胸中顿生侠气。在古典的中原大地，是谁在黄河岸边磨剑？又是谁在萧萧的易水上放歌？古来燕赵多慷慨悲歌之士，他们的忧患意识凝为中华民族代代相传的情结。中原逐鹿，多少人逐老了青春，多少代又逐瘦了国脉。这一头政权之鹿，吸纳数千年的中原精气，跃过一个又一个漫漶着雾障的历史陷阱，最后终于纵身一跃而上天安门城楼，化为五颗金星，在人类文明的灿烂星系中闪射异彩。现在，一场新的中原逐鹿战又开始了。不过，人们逐的不再是政权之鹿，而是经济之鹿。这一只鹿，再一次凝聚全民族的信心和力量，跳跃在中原大地崭新的地平线上。

当我站在黄鹤楼上遥望南方，俄顷中，一颗心已随着呼啸而去的火车，越洞庭烟波，过潇湘峻岭，载欣载奔，去到南粤的椰林蕉雨中，体会新世纪的大氛围。南国多山，山生雾，雾生神秘，神秘而生智慧。智慧则如南国山外的海。在这片海中，中原之鹿更化为拨浪长鲸。在世界经济的大潮中，它仪态万方，锦鳞游泳。飙风回溜，概莫能阻。在一个春天，它忽然一口气吐出十四颗明珠，在古老的东方海岸，串成了一条光芒四射的黄金项链——这是我们民族新的自豪。

置身黄鹤楼头，眼界宽，心界更宽。与楼相对，汉阳的龟山之侧，是俞伯牙摔琴谢知音的古琴台遗址。龟蛇对峙，控扼大江；一琴一鹤，隔江呼应。然而我眼前翩跹的，不再是那一只汉朝的黄鹤。我心中弹奏的，也绝非春秋时代的那一张古琴。在今天，恐怕没有人愿意当跨鹤巡天的仙人了。要么做中原大地的逐鹿英雄，要么当大海上的骑鲸勇士。当然还有一种人生态度，那就是在这黄鹤楼上看翻船。但这种人毕竟很少很少。至于我，虽不能逐鹿骑鲸，却甘当勇士们的知音，自觉幸甚至！

1985 年 9 月 1 日

东湖两品

大而空的东湖

武汉之东，有杭州西湖；杭州之西，有武汉东湖。东西相错，湖的特色，亦相去千里。数百年来，西湖为天下名胜，高人韵士，以不到西湖为憾。明朝大散文家张岱，把西湖比作曲中名妓，用现代说法，与大红大紫的流行歌手，庶几近之。同西湖比起来，东湖只能算是湖中隐士了。既为隐士，天下人知道的就少。尽管现在它也被定为国家级风景区，湖面大过西湖的八倍，但欣赏它寥廓之美的，恐不及西湖游人的百分之一。

西湖胜东湖者，主要是人文景观。其比比皆是的楼、寺、塔、坟，无一不涉及历代顶尖的名士。连缀起来，是一部只有第一、没有第二的风流蕴藉的历史。东湖辟为游览之地，只不过四十年，其屈指可数的亭、阁、台、榭，无一不年轻，尽管也都得到了当代名人的匾额和赏赋，但那价值，那知名度，那吸引力，都远不能和西湖相比。

如此说，东湖铁定要输给西湖了？非也！如果说游西湖，游的是烟雨繁华之梦，那么游东湖，则是游浩茫岑寂之趣。

一般来讲，文人骚客旅游的眼光，较常人苛刻。更有那一种游湖的挑剔者，你让他看芦霜汀月，他说喜欢烟柳画桥；你让他看曲院风荷，他说喜欢扁舟入浦；你让他看水巷菱船，他说喜欢烟波浩渺。这种情形下，你就干脆请他来游东湖。两种对立的美，东湖兼而有之。

论大，东湖有三十三平方千米的水面；论曲，东湖有九十九湾；论深，最深处二十一米；论宽，最宽处八点一千米。如此大的嵌在城市之中的湖泊，东湖可称为中国之最。

因此可以说，东湖最为突出的特点，一是大，一是空。

山之大，可以长苍崖、长飞瀑、长秀峰、长厉瘴；江之大，可以走巨舰、走长鱼、走狂风、走迅浪；林之大，可以藏奇树、藏佳卉、藏蟒蛇、藏虎豹；湖之大，可以观日出、观浪脉、观远碧、观深港。

晚秋的清晨，一脉一脉的微浪，自西向东慢慢推去。浮在静谧中的鱼鹰，忽然一翅儿飞起，嘴中叼着一枚红红的湿漉漉的太阳。日出就这样产生了。鱼鹰松开太阳，又潜回湖中。太阳气球一样浮升。一会儿，它浮到红叶的山坡之上，回照苍茫湖水。光彩微妙地变化着，呈现丰富而静寂的景致。又一会儿，红叶渐淡，湖水更亮，天与水，只是难言的一碧。这时，你会惊异地发现，刚刚苏醒的涛声，不是响自湖中，而是涌自你的生命深处。

在东湖岸边，我不止一次获得这样的美感。没有东湖之大，怎能有如此诗意的日出呢？

再说空。

东湖之大，大在水上；东湖之空，也空在水上。

仲春的夜晚，月起前，你雇一小船，缓缓航到湖心，然后收桨，半卧船头。远远的岸边灯火，闪闪熠熠，飘飘忽忽，像是挂在枝头的晶莹露水，而湖中，只存在无边无际的浪拍。拍绿荇、拍红藻、拍茶香、拍鸟啼、拍樱雨、拍老鱼……夜深湖中的一切，都被拍出瞌睡来。这时，该睡的与不该睡的，都去做怀春的幽梦了。这时，幽幽的一眉月，忽然浮出水面，轻叩你的船舷，告诉你，五百年前，它妩媚如此，五百年后，仍妩媚如此。这时，你看到无遮无碍的湖面，没有任何一点芥蒂。只有蒙蒙水汽，将天与湖，连成混沌的一片，这时，你不得不惊叹，好实在好实在的空啊！

武汉之东，有杭州西湖；杭州之西，有武汉东湖。游过西湖的人，不妨再来游游东湖，来体验东湖苍茫的大、美妙的空。

这角园林

东湖百美俱备。列岸青山，浮舟烟水，各以其苍茫诱人；小桥亭阁，曲院杉堤，各以其清幽动人；冬梅夏荷、春梨秋菊，各以其香色撩人。然而，能让旅游者欣赏到古典且优雅之美的，则是长天楼前的这一角园林了。

长天楼是一座翠瓦飞檐的宫殿式建筑，东湖风景区内最负盛名的酒楼。不少国际友人、名流大贾，都曾在此飞觞买醉。盈轩的湖光山色，满座的涛声鸟语，比陈年佳酿更能醉人。

长天楼左，另一座建于水中的画舫式建筑，名“落霞水榭”。两座建筑之名，源于王勃《滕王阁序》中的名句：落霞与孤鹜齐飞，秋水共长天一色。

落霞水榭有两小桥与湖岸的水杉林相连。水杉林外，长天楼下，是一块平展的草坪。由上述四者凑集的这角园林，是我最为欣赏的流连之地。

春夏秋冬之四季，寅卯酉戌之四时，风雨霜雪之四候，我都曾在长天楼前悠悠步过。烦恼时，此处可以寻清静、寻旷达、寻淡泊、寻天籁；欢乐时，此处有花朝、有月夕、有啼莺、有雾树。仲春后，晚秋前，这里游人很多。红男绿女，携来歌舞，人不稍歇，物无遁形，清幽园林成了繁华闹市。但一年总有一半时间,这里榭静楼空,人声杳杳。此时此地，在这曲折逶迤的杉林小道上，往往只有我一双芒鞋。

土尚冻、草未青的早春，你若是在寒气还酽的早晨来到这里，威仪和庄严的园林风景，会使你体会到潜在的与人类沟通的自然精神。长天楼展现的楚文化流畅的曲线，冷杉林兀自苍苍的绿，草坪尽头那几棵老樟树伸出的遒劲有力的枝条，落霞水榭下欲亮还暗的波纹，它们和谐地组织在一起，形成至深至大的宁静。其中藏有某种比宗教更为神秘的东西，我以为这就是中国老子创立的“道”。这位远古哲人理性的亲近自然的态度，被七世纪后兴盛起来的禅宗加以深化。在这些世外高人的生命中，自然不再是人类精神的对应物，而是人类精神本身。

这角园林与我，共同存在于老子的“道”中，威仪而亲切，庄严又浪漫。这时，这里没有丑陋，没有骚动，哪怕是在烟火那边升起的红日，也是那样的悠然自得，丝毫不以壮丽来取悦人心。

然而在这角园林里散步的最佳时辰，还是大雪纷飞的隆冬之暮。比起北国来，武汉的雪意较淡。但入冬后，总还是有两三场大雪可下的。落在这角园林的雪，是江南的雪。它不像长城上的雪那么坚硬。它迷幻如箫、轻盈似蝶。落在脸颊上，它会融化；落在杉树上，它会结成灿烂的冰花。这时候，你穿过草坪，踏过小桥，站在落霞水榭的长廊上，朝前眺望，最远处的一痕，是苍灰的磨山，从山根逼到眼前的，是浅灰的万顷湖水。半远不远的水中，浴凫样的一粒，是二十三孔桥前头的湖心亭，也是灰灰的。这时你再回头看，草坪上悠悠的白，如照着深山古寺的月光；水杉树上的白，飘飘然，像少女素丝的长裙；而长天楼瓦脊上的白，轻轻的，像一袭幽梦。

白与灰，素朴与深沉，组成了这角园林的最为鲜明的个性。身临其境，伫立于斯，你感到鸟声是多余的，花香是多余的，烟霞是多余的，笑语是多余的，甚至，渡你到湖心去的欸乃的桨声，也是多余的。

这时候，唯一可做的事，是取来梨花盏，斟满窖了多年的高粱酒，倚着满湖的风雪，一滴一滴地独酌起来。

这样的独酌，醉一次就是一年。而每年，我都会在这落霞水榭中，饮上这么一次。

1991 年 4 月 19 日

梨　魂

春天一到，我虽没有咏溪上落花的旧习，有时，却也颇想胯下有一头驴儿，走几处幽谷，碰到牧童，就问问杏花村在哪里。只是这类雅事，如今之我辈哪里能做得？今年春上，看看又到了暖风十里丽人天，推窗一望，只见东湖的湖水湖烟，寸寸节节，都浮在梨花的一白之中。

东湖边上，缓坡环绕。东岸的坡地，广植梨树，好几千株，称为梨园。我的家，五十平方的也算斋，就挨着梨园。

算来在梨园边上，也住了八年。由于离市区太远，人嫌其幽僻，我喜欢的，正是这一点儿难得的清静。东湖之淡泊，可寄襟抱；梨花之高洁，可托情怀。我之于梨花，与其说是清赏，倒不如说是君子之交。

我爱梨花者，有三：

一爱其白。牡丹芍药，有春之象；夭桃秾李，有春之色。独独梨花，非红非绿，不艳不闹。天上冷冷地响一声雷，转过脸，它就瘦瘦地白了。作为人，一生清白是最难的，作为花，白起来又谈何容易。非有洁癖，是难达纯白之境。依我看，林黛玉葬花，葬梨花才是。

二爱其早。有时，东湖岸上，残雪犹存，山石还苍。惯争暖谷的早莺，还没有飞到柳枝儿上来，梨树就开花了。白蒙蒙的，像是被人锄碎的月色。零零杂杂的，挂在皮还霜着的树桠上。这使得一贯按节令办事的东湖，冬也不是，春也不是，支吾一些日子，才肯放开留岸的游船，让它们按梨花指引的路，游览到三月去。

三爱其孤绝。说到孤绝，人们总想到只有皓月才去踱步的千仞峰上，生长着的一棵千年的虬皮老松。那种远避红尘的孤绝，是神的孤绝。我说的梨花的孤绝，则是含着人性的。花一放出白来，为了防止灰尘的污染，它就动员老天一个劲儿地下雨。这样，花姿虽不能绰约，花质却保住了纯洁。而且，稍后，桃花一开，轰轰地红，人们以它为春，把万象更新的起点，定在了桃花的身上。对此，梨花自有主张：你红你的，我白我的。热热闹闹是你的福气，自自然然则是我的追求。

鹭鸶之白，有漠漠水田衬托；鹤之白，浮在千顷月色之中；梅之白，愈见其澡雪精神；梨花之白，在乎其疏落飘逸的情性。我之爱梨花，便是因为在平常的日子中，我们的情性相投。

月有月色，梨有梨魂。梨园边上的居民，近年越来越多，但深知梨魂的，究竟又有几人呢？

附记：

写完上面的文字后，夜来偶翻旧札，发现了十六年前抄录在本子上的《吊梨花诗》四首。诗末并附有记述：“以上为叶云岐先生的悼情之作，梨花乃一钟情于他的女子，惜乎早殒。风流不觅，良辰难再。红颜绝去，生者恻恻。云岐于情人坟前，手植梨树数株，每当梨花开时，择夜寂无人，前往凭吊。每吊必有泫然之作。此录四首，即是今年的凄婉。”这段话帮我记起了一段往事。叶云岐是一乡村郎中，是我“贬”向山乡学种田时结识的诗友。那时，尽管人妖颠倒，国运危艰，我们仍能于月黑风高之夜，避人耳目，择韵吟诗。几年中，写了好几百首旧体诗词，随写随丢，如今散失大半。大约是当时被叶云岐的痴情感动，故抄下了这四首《吊梨花诗》。没想到若干年后，它对我的生活，竟起了钩沉的作用，亦为我的《梨魂》之短文，添了一些故旧的情绪。现把四首诗抄录于下：

一年一度一心酸，又吊梨花香冢前。
落魄闲林明月夜，惊魂无处夕阳天。
可怜白蕊迎风谢，最苦红颜薄命缘。
春去春回犹可会，芳颜永谢不团圆。

吊唁芳心第一枝，无端文字种相思。
卿逢柳絮风前认，我遇梨花命已知。
只要知音怜国士，何妨亲爱惜郎痴。
拂弦每每伤弦断，枉说三生有幸时。

漫步梨园忆踏青，风光依旧感飘零。
爱卿有志怜卿日，护花无术促花龄。
一天梅雨歌凄侣，满地琼花咏断魂。
我有灵犀传不得，伤怀此日泪频频。

雨风可恨力难移，折我琼瑶丽雪枝。

月不常圆花不寿，情无永聚义无期。

青衫梨雨天同哭，红粉冰心悼共诗。

一曲断肠谁寄去，子规空自唤相思。

诗句的意境陈旧了些，但毕竟不是市廛侩语，跃然纸上，是一片真挚的哀恸之情。故友之于梨花，因为添了一段爱情，比起我来，爱得更痴了。

1990 年 3 月 12 日于也算斋

汤逊湖记

自范仲淹后，凡游湖，虽有佳兴却不能写出佳文，有“崔颢题诗在上头”之苦。盖因我这个游客，虽有仲淹之眼力，却缺其文采；有仲淹之忧患，却缺其率真。不是没有率真，而是不能率真。

游过的名湖中，西湖显于唐，洞庭显于宋，太湖显于明，滇池显于清。武汉东湖，民国时始有记述。至于眼前的这一座汤逊湖，数年前还文字缺如。近两年偶尔见诸报刊，亦不见更多描绘，只是知道它地属江夏，毗邻武汉高新技术开发区，仅此而已。

今夏溽暑，蒙老友相邀，去汤逊湖盘桓一日，始领略其态势。虽未假舟楫，然缘岸而行，尽去眼目之嚣，心情为之一爽。

湖分内湖外湖，原本相连，因取土筑路，遂有内外之分。曲岸数十里，仅别墅数区，烟村七八，不以竹木致幽，而图画天开。偶尔三两丘山如驼峰，迤逦下影于湖，微风一动，则碎影如苍龙皮，驻足静观，助人禅思。

山远则青，水远则碧。有荇而不缠野航之桨板，有荷而不夺无穷之水势，浩阔无碍，犹如大琉璃海。此汤逊湖之一绝也。

水色天光，晓青暮紫。近城市而无喧嚣，少陵阜而多水田。水田中多青禾、多白鹭，田边又多水巷，水巷中多芰荷、多蛙鼓。云浮霞雁，鱼鸟相亲。稍一驻足，便尽得野趣，此汤逊湖之二绝也。

无断崖，无露涧，使人免起雕琢之妄想；无莲屿，无花坞，故风流巨贾履迹未到，红粉佳人笑语尚稀；无古迹，无名胜，故少吟咏，亦不见摩肩接踵之杂。就是一座空空旷旷的大湖，平淡中见自然，古朴中见风情，此汤逊湖之三绝也。

人生终极境界，乃是返朴归真。朴是山，真是水。朴真相合，可结山水之盟。时值中年，久居城市的我，常想筑庐山中或僦屋湖畔，于湖光山色之中，疏帘竹几之旁，会老友、喝老酒，读闲书、说闲话。与渔人结伴，品菱肥藕脆，鱼髓蟹脂。与山农为邻，尝笋鲜菇甜，瓜香蕨美，性情感情俱见，眼福口福兼有。此乃中国文人的第一大快活事。

在汤逊湖边，将此意愿告诉诸文友，都拊掌一笑，赞道："想法甚妙。"遂胡乱商量如何购地筑室湖边，入湖则舟一叶，上岸有亭一朵。欢谈甚洽，不知暮之将至。

2000 年 8 月 30 日

遇见龙灵山

欲雨未雨，欲晴未晴。坐在电瓶车上，风景依次在我眼前闪现。山路曲折，每一次转折都是一幅崭新的油画。稍有起伏的路面，跟随着你，引领着你，让你体会路两侧的静谧与纤细，摇曳与粗犷……

眼下并不是最美好的季节，进入龙灵山，却让我有最美好的遇见。在此之前，无论是沌口、军山，抑或汉南，都不是我心仪的地方。武汉有太多的人文胜地，山水嘉华，三日游、二日游、一日游、半日游，做一个三十次的旅游安排，也不会轮到龙灵山。这么说，不是贬它俗画难入高人眼，而应该是“养在深闺人未识”。

日前因考察大军山、纱帽山、设法台等赤壁之战遗址，两去武汉古汉阳境内的经济开发区。安排行程时，主人盛情邀我前往龙灵山转一转，我未置可否。那天，我站在设法台上，看到隔河而望的一脉烟峦，顿时想到了“青山隐隐水迢迢”那一句诗。主人说，那就是龙灵山。

乍入山中，见近万亩的次生林枝柯遮蔽，错落有致。爬上树梢袅向天空的茑萝，贴在地上涵养水源的苔藓，都各安其所，各异其趣，不觉心境大开。天色不晴，不见朱霞榴火；天色不雨，亦无浅晦轻雷。胶轮徐行，醉我山水之间的清游；幽静忽临，解我春夏之交的郁热。

刘禹锡有云：“山不在高，有仙则名。水不在深，有龙则灵。”我想，龙灵山之名，应源于此。山之大者，五台、峨眉、黄山、雁荡……无不高耸千仞，鬼斧神工；山之小者，莫过于虎丘、芒砀、焦山、龟山，无不龙盘虎踞，毓秀钟灵。所以说，山之有名者，不在于大小，在于地望也；山之有史者，不在于巍峨，在于形势也。

经开区境内之山，皆小山。最高的是大军山，海拔近两百米，最矮的是纱帽山，高仅三十七米。两山皆踞大江北侧，前者乃曹魏之军寨，后者则是黄盖诈降之地，其故事都载诸史籍。然自古至今，山名不彰，旅人更稀。

龙灵山与它们相比，更是清幽一脉，黛峰数朵。千百年来，这里鸟语稠，人语稀；绿雾稠，红尘稀。我本“驴友”，对它尚且陌生，况乎寓公斋妹乎。

记得初入此山的那一刻，清气迎面袭来，很久没有发生过的战栗突然流贯我的全身。当时我并没有意识到，从身心俱疲到身心俱轻是一刹那间的事。

岩壑、层林、涓流、苔地，每一处都不是大气磅礴，故才能山重水复。这里的天籁如芳醪，饮一口就会醉了，每一片树影仿佛都能采撷下来，当成面膜敷在脸上。

有那么一小会儿，我走进了林子，在“鸟鸣山更幽”的境地中，我听到了自己的血液在血管里流动的声音。宁静时光中的诗情画意，让我的触觉变得非常敏锐。我想，这时候如果有一只蜗牛爬过苔藓，或者一只蚂蚁爬过树枝，我一定也会听见它们的脚步声。万物有灵，但我们的肉眼却看不到灵气、灵瑞，我们的耳朵也听不到灵动、灵音，我们的触觉也无法感受到灵异、灵性，不为别的，就为世俗的生活占据了我们的心灵，使我们自身与生俱来的洞察秋毫思接千载的能力日复一日地退化了。

每一个人先天都是一样的，但后天的差异却是如此之大。其实，接受教育就是接受逻辑的训练，这就是对一个人先天的改造。一个人要想保持天真，培育灵感，就必须经常接近自然，享受天籁。逻辑通向规律，天籁通向道德。二者如果混淆或者有所偏废，就会损伤谛听心灵的能力。

在疫情尚在折磨国人的时刻，我庆幸遇见了龙灵山，浮生半日，畅享天籁。这里的风景并不惊世骇俗，但却赏心悦目。耽于其中，在“空翠湿人衣”的柔和中，不免生出一个卜居于此的白日梦。

2022 年 4 月 19 日

九头鸟杂谈

“天上九头鸟，地下湖北佬”这句话，流传既久，且传播甚广。无论在任何地方，只要一打出九头鸟的标识，大家便知道这是湖北人。完全可以说，九头鸟已成为湖北人的代名词。

九头鸟之于湖北人，究竟是褒是贬，争论甚多，莫衷一是。北京曾开了一家专营湖北菜的餐厅，叫九头鸟酒楼，一时间食客如云，后来还开了若干家分店。由此可见，北京人从吃的角度，不但不排斥九头鸟，反而是欣赏的。也有人说，一鸟九头，谁也不服谁。以此喻之湖北人，则反映了湖北人的好斗，缺乏团队精神。还有人说，湖北人太精明了，人家一个脑袋想事，他有九个脑袋，所以，凡与人交道，首先便有了防范意识。常言道大智若愚，你却在脸上写满聪明，为避免吃亏，人家只好回避了。

多少年来，湖北人一直想为九头鸟正名，欲告诸天下：九头鸟是吉祥鸟，是凤的衍变，是楚文化的代表。一些学问笃实的专家，为此也做了大量有理有据的考证。窃以为，这些考证固然重要，但毕竟是在学问层面上，并不能改变国人的惯常思维。若借助各类媒体大作赞颂文章，只是治标，若需治本，恐怕还得从每一个湖北人的行为规范做起。

远古之楚人，尚武而轻文。这风气越数千年而不变。若放在动荡年代，这性格倒可造就一批强势人物。但在和平环境下，在建设时期，这性格便有点不合时宜了。由于尚武便好斗，由于好斗便产生破坏性。常言道："将打就没有好拳，将骂就没有好言。"道的就是好斗者便不会宽容，更缺乏敬畏，而宽容与敬畏，恰恰是社会成熟的表现。

楚人之强悍、之精明，都应该是创业的优良品质，但若强悍过分，精明过头，便又变成缺点了。攘攘人间，凡攻击性太强的人，总会让人退避三舍。温文尔雅者总会让人亲近。我想，世人以九头鸟喻之湖北人，是不是有那种既赞赏其精明又害怕其强悍的心态呢？

既然要开展九头鸟的讨论，则证明九头鸟的好坏存有歧义。褒者津津乐道，贬者振振有辞。我认为这种空洞的争论，即便再进行一千年，也不会有什么结果。但是，若是我们湖北人从自身做起，减一点武气添一点文气，少一点强悍多一点敬畏，其鄂人之精神气象便会大大改观。到那时，对九头鸟持贬义态度的人，亦会改变看法。此情之下，兴许彼时的小学语文课本里头，会有某位作家写下的一篇优美的散文，名曰"九头鸟是一只吉祥的鸟"。

2014 年秋

何为“晃晃”

杂文家李更写过一句诗“中国出了个晃晃叫李更”，他用意在调侃自己。李更籍贯辽宁,但他本人却是土生土长的武汉人。他称自己为“晃晃”，不是武汉人，恐怕很难理解这个词的妙处。

武汉地处九省通衢，水陆杂陈，百味兼融，南风北气，于此际会。乱世时为兵战之地,顺世时乃商会之都。兵商两道,都是胜者为王。因此，该城的人士，崇尚“打码头”，即便是谦谦君子，也带三分剽悍。若不如此，一百年前的辛亥革命第一枪断不会在武昌打响，而汉口也不会获得中国古代四大商镇之一的美誉。

战争与商业两种文化培植的武汉，养出了这个城市人民特殊的性格和万变不离其宗的文化价值观。单从语言方面，即可看出大端。武汉话与四川话同源，常用的词汇，以幽默居多。四川人也幽默，但武汉人的幽默与之相比，有同有异。相同的是都有机智诙谐。不同的是，四川人的幽默掺有滑稽，武汉人的幽默掺着调侃。随着时代的发展与生活的演变，武汉的方言也总是处在变化之中。时下的方言，有两个词最能代表武汉人的表述方式，一是“闹眼子”，一是“晃晃”。

“闹眼子”既有恶作剧的意思，也有光说不干的意思。如说某人正在筹备做某件事，旁人听了评价说：“你信他？他是闹眼子的。”再如某人将某事做成，有人便评价：“他本来是闹眼子的，没想到搞成了。”通过举例，便知“闹眼子”的底蕴。

再说“晃晃”。

比之“闹眼子”，“晃晃”这个词蕴含的意思更多。还是举例说明：“这个人一件事也做不成，是个晃晃。”

“虽说他是个晃晃，手上随么事都冇得。不到几年工夫，车子、房子、票子都晃到手上来了。”

“晃晃”是武汉的新方言，诞生至今超不过十年，但流传极广。武汉方言的特点，一是正话反说，二是净话脏说，三是庄话邪说。比如说“闹眼子”，本是贬义，但有时也带有褒义。至于“晃晃”，它之诞生，肯定是讥刺，但演变到后来，却也是亦褒亦贬，贬中藏褒，在嗤之以鼻的同时又赞赏有加。

细究起来，“晃晃”一词的诞生，间接反映了在改革开放大潮中武汉的新世态。却说新中国成立后，武汉在国家的产业布局中，一直处于显著的地位，城市居民的收入也在全国大城市中处于第一方阵。武汉的居民，幼有所托，老有所养，人各有职，没有衣食之忧。可是，在改革开放之后，中国的经济产生了翻天覆地的变化，八仙过海，各显神通，各个地区各个行业都在重新排座次，社会的各个层面也在重新洗牌。此情之下，一向处在优越地位的武汉人忽然发觉自己脚下的土地变成了“欠发达地区”，往日非常生疏的字眼如“失业”“破产”“下岗”“低保”等，竟成了生活的常态。一时间，沮丧者有之，惶惑者有之，愤怒如饿虎者有之，瑟缩如檐雀者亦有之。

改革开放三十余年，客观地讲，前二十余年，武汉人都处在阵痛之中。眼馋发达地区“遍地英雄下夕烟”，回看自家“山重水复疑无路”，心中的失落感与焦躁情绪，自是与日俱增。

毕竟是兵战之地，毕竟是商会之都，痛定思痛之后，武汉人知道“牢骚太盛防肠断”，于是“风卷红旗过大关”，制定崭新策略，重拾昔日雄风。在千禧年之后，用楚人承传下来的筚路蓝缕的创业精神，重新开始了铸造辉煌的长征。

第二次“汉口开埠”正是最近十几年来武汉人正在群策群力赶做的一件大事，其意义，其绩效，现在评论还为时太早。不过，有一点可以肯定，将“晃晃”一词赋予新的意义，便是在此一时期产生。

在武汉人醉心于改革、着力于建设的大潮中，确有许多新的精英诞生，新的气象散发魅力，但亦有一些人在除旧迎新的过程中，找不到自己的位置，他们热衷于追赶潮流，却又没有耐心把一件事做好。于是，武汉人便为此种人创造了一个新称呼——晃晃。

细加分析，晃晃一族是武汉人在改革开放过程中产生的一种“新人类”，迫于欲望，难抑浮躁，于是便有了晃来晃去一事无成的尴尬。应该说，晃晃一词的诞生，其初衷是贬义，后来，竟从中开出了一些褒义，这便是武汉人调侃的本事了。记得数年前，一位汉口的小老板谈及自己在生意上的失利，向我痛苦地表述：“我运气总是不好，赶羊猪俏，赶猪羊俏，猪羊都赶，结果猪羊都不俏。”我们不难看出，这位小老板的做法，便是生意场上的“晃晃”。

1998 年 11 月 11 日

武汉的性格

一

不知不觉，辛亥革命已经过去了一百年。在这一个世纪中，海内外研究这场革命的著作与文章琳琅满目，箴言盈帙，也出了不少的荦荦大家、知名学者。毋庸讳言，爆发于 1911 年 10 月 10 日的武昌首义已经成为辛亥革命成功的显著标志。推翻数千年帝制以及清朝专制统治的第一枪，是在武昌打响的。虽然一百次的春夏秋冬，让武汉三镇经历了巨大的沧桑变化。但是，城中的各处遗址如起义门、武昌军政府、拜将台、彭刘杨三烈士就义处等，仍能勾起我们对当年那场革命的景仰之情与深刻回忆。

近年来，我常常听到这样的一种声音：为什么辛亥革命首义的第一枪，会在武汉打响？其实，历史学家们早已就这个问题从当时的形势、条件、偶发因素等各种原因进行了详尽的分析。但是，我们的读者仍然觉得这些论据与观点尚不足以表达当日武昌首义的快意恩仇。以彼时之形势，北之京师，啸聚了多少慷慨悲歌之士！南之广州，隐伏了多少磨剑投戈之客！更兼西之成都，保路风潮如火如荼；东之上海，海归壮士丛集如林……环顾东西南北，义士如潮，铁血如波，哪一城都存有打响首义第一枪的条件。为何独有白云黄鹤之地，于寻常巷陌之中，一掷万千霹雳，炸碎了大清王朝的铁桶江山？

问得酣畅，使得水木横经的饱学之士，不得不凭案而思。

我客居武汉近四十年。从踏入这座城市的第一天，一直到现在，这座中国中部的第一大都市，一直在吸引我，困惑我；感动我，隔膜我。它有时大气，有时小气；有时睥睨万方横空出世，有时目光短浅俗不可耐……武汉有多种定义，但没有哪一种定义能概括它。我想，探讨辛亥首义为何在这里爆发，或可从城市的性格进行剖析。

二

城市如同人一样，性格千差万别。如北京的王霸之气，上海的仪态万方，苏州、杭州的风流蕴藉，广州、深圳的兼收并蓄，成都的轻松幽默，西安的拥抱传统……过去，单从城市的建筑与街巷间的风俗，即可看出城市的性格。近三十年来，随着建筑风格的趋同，单从表象已分不清城市的面孔。但是，一个城市的内在品质却不会随着表象而改变。

要想了解武汉的城市性格，首先得熟悉湖北人的性格。湖北是楚文化的发祥地。学者分析楚文化的特点，一是尚武好斗，二是敢为天下先，三是求新求变。

现将这三点，试说如下：

我因为研究历史，每到一处，喜欢到当地的博物馆参观。看得多了，进行文物的归纳统计，便发现了特点。远的不说，单说长江流域，江浙一带的博物馆，多精美的丝绸，精致的瓷器，艺术价值极高的书画。而长江上游的巴蜀，博物馆中多玉制的礼器，青铜的摇钱树和佛教的石刻。湖北的博物馆中，有远古王室使用的铸造精良的青铜器皿，当然，更多的是兵器。其中，不但可以看到远古中国的兵器大全，即便是近现代，我们引以为骄傲的，也有汉阳造的步枪与中山舰。

文物是无言的历史，湖北古往今来多兵器，正好反映了这一地区民众的尚武与好斗。这一传统在湖北一直延续。中国历史中的改朝换代，湖北人都冲在前面。西汉末年王莽篡位，天下义军纷纷揭竿，七路农民起义军有四支在湖北，他们是平林兵、新市兵、下江兵与舂陵兵。最终，湖北枣阳人刘秀成了东汉的开国皇帝。还有元末农民起义，湖北罗田人徐寿辉聚众起义，数年征战之后，剩下两支最大的起义军争天下，一是安徽凤阳人朱元璋，一是湖北沔阳人陈友谅。所有这些例子，都是尚武好斗的明证。

再说敢为天下先：

春秋之际，楚国作为诸侯国，不肯接受周王室的统治；客居襄阳的诸葛亮，首先提出联孙抗曹，从而造成东汉末年三足鼎立的局面；明代万历年间的张居正，面对大明王朝摇摇欲坠的局面，勇敢提出改革的大计，肃贪治庸、起衰振隳，从而缔造了大明王朝的中兴之象。

有了以上这些先贤救世之创举，便不难理解为何辛亥革命的第一枪会在武昌打响。兹后，当蒋介石背叛革命，宁汉分裂之后，促使共产党完成“武装夺取政权”这一重大转折的八七会议，又在武汉召开。

第三是求新求变：

大凡扭转乾坤改写历史的人，凭借的力量应是“尚武好斗”的民众，其血管中流淌着“敢为天下先”的勇气和魄力，其精神追求便是“求新求变”。从以上信手拈来的事例中，都可以看到这三者内在的联系。尚武好斗并不是为武而武，为斗而斗。公元221年，孙权立吴国都城于鄂州，他申明立国之本是“因武而昌”，这就是武昌城名字的由来。

十九世纪中叶，汉口开埠。此后不久，张之洞出任湖广总督，在武昌主政十七年。湖北人的求新求变，创三千年未有之格局之气象，在他的领导下可谓达到极致。他走后四年，推翻满清统治的第一枪又在武昌打响。可以说，正是尚武好斗、敢为天下先与求新求变三种性格的统一，才让湖北人当之无愧地赢得了结束数千年帝制统治、开创民主共和的首义之功。

三

综上所述，可以清晰地看出，湖北人的性格便是武汉的性格。任何一种性格，都会有它的两面性。尚武好斗，性格就宁折不弯，杀气多于和气；敢为天下先就是敢承担责任，但做不来“治大国若烹小鲜”这一类的慢工细活；求新求变就是不安于现状，始终有强烈的进取心，但有时难免盲目的标新立异，泼脏水把孩子也泼掉了。

在大的历史转折期，武汉的性格便明显占有优势。但是，若要做建设时期的慢工细活，武汉人便显得有些急躁。使惯了板斧，叫他改用绣花针，便产生了有力使不上的无奈。在新时期的深入改革与扩大开放中，武汉如果保持自己的优良性格，再加上耐烦与认真，就可以期待跨越式的发展，迎头赶上发达地区，创造光辉的未来。

2011 年 10 月 11 日

武汉王者归来

大约一百一十多年前，武昌蛇山上新修了一座奥略楼，时任湖广总督的张之洞为之写了一副对联：

昔贤整顿乾坤，缔造每从江汉起。

今日交通文轨，登临不觉亚欧遥。

从中可以看出，张之洞对武汉的发展信心满满。他督鄂之前，汉口已经开埠，并成为与上海、天津三足鼎立的通商口岸。他督鄂之时，诸如汉阳兵工厂、汉阳铁厂、汉冶萍公司等一大批与西方接轨的现代化企业应运而生，此时武汉三镇内部也是三足鼎立，汉阳之工业、汉口之商业、武昌之文教，莫不各领风骚，睥睨天下。如果那时候要评中国的一线城市，除北京外，沪、津、汉三城，谁能争锋？二十世纪二十年代，共和国的缔造者毛泽东寓居武昌，写了一首词，其中两句：

茫茫九派流中国，

沉沉一线穿南北。

九派，长江之谓也，自西向东在武汉三镇穿过（穿城而过的还有汉江），一线，京广铁路也，亦是自北向南穿城而驰。一水一陆，中国交通的黄金十字架形成于武汉。毛主席对此高度赞誉，盖因于此。新中国成立后，党中央将一大批大工业项目安排落户于武汉，像武钢、武重、武船、武锅等，更是将万里长江的第一座大桥架设在武汉。毛主席亦为此赋诗“一桥飞架南北，天堑变通途”。如果那时候评一线城市，谁敢落下武汉?

客观地讲，武汉落伍是在改革开放之后，从计划经济到市场经济，游戏规则的改变，让武汉人顾此失彼。洞中方七日，世上已千年，时代的飞速变化，让武汉人在初始阶段犹如坐上了过山车，不但眩晕，而且心悸。过了这一阵子，武汉人开始清醒，这才发现，往日那些被自己小瞧的城市，居然成为翘楚。武汉被毫不留情地从一线城市的名单中抠出来了。

痛定思痛，武汉城市发展的决策者与建设者终于从历史的光环中走出来，他们奋起直追，在过往的十几年中，武汉的变化可谓天翻地覆。现在，终于有资格讨论是否可以重回一线城市的方阵了。

武汉是否能王者归来，一是看自身的努力，二是看天时地利。其实，武汉的交通地位、淡水资源、科教力量等优势，与现在的一线城市相比也毫不逊色。哲人说,各美其美,美美与共。武汉人只要秉承自己的传统，发挥自己的优势，不提空洞口号，不搞形式主义，永远保持栽树保活的责任心，相信不久的将来，我们就能看到武汉王者归来。

2018 年 12 月 16 日于闲庐

第四辑

湖北赋与记

武汉天兴洲大桥赋

沐阳刚之气兮，沐于楚山之阳；卧壮阔之美兮，卧于澄波之上。九派七江，欣看武汉再添奇观；双塔三索，拉起长江又一彩虹。何其幸哉，建设时，国家主席亲临视察；惟其时也，兴工前，江城父老翘首以盼。喜今朝走过长桥，眺望那日出江花红胜火；方此日情牵鄂渚，品味这春来江水绿如蓝。

自春秋而降，云梦泽孕育飞凤；从明清以来，扬子江梦萦通途。黄鹤翔天，偕龙而飞；苍龙过江，携鹤起舞。桥长十里，跨江两度，何分南汉北汉？虹高百丈，耀彩双层，畅行汽车火车。中国铁路之枢纽，经此而辐射南北；华夏桥梁之丰碑，因你而光耀东西。荆楚数千年胜绩，又得九省通衢之最；江城第五道长虹，含蕴四个世界第一。钢轨八线，载欣载奔，赏不尽路旁胜景；车道六条，且行且驰，羡煞了江上鱼龙。但看飞轮，呼啸时如鸥鹭鼓翼；不闻噪音，声屏障似孔雀开屏。证其功矣，千江有水千江月；郁乎文也，一桥飞架一桥诗。

幸哉天兴洲，借此长桥展示千古风情，滩头渔家傲，村里农家乐；美哉大武汉，凭此工程再添一段佳话，霞溢杨春湖，星熠谌家矶。光之子、电之子，激荡出智能风景；钢之梦、铁之梦，凝结为水上蛟龙。

湖北为千湖之省，武汉乃众水之都。蜀浪东来，湘波北渡，江城遏则中原遏；吴鲟西上，豫鸟南飞，武汉通则天下通。造福利民，国家功德；修桥筑路，盛世文章。中部崛起，风景这边独好；桥都集锦，重镇再铸史诗。有鉴于此，安能不赞：执事者为庙堂贤达，建设者乃时代英雄。

2008 年 5 月 3 日初稿，6 月 13 日改毕

武汉长江隧道赋

历史名城，名在水旺；华中重镇，重在通衢。江上飞虹，已是舟车辐辏；水底穿隧，只为立体交通。四阅春秋，盾构机切开泥层、砂层、岩层；数易寒暑，建设者屡克触变、流变、涌变。天遂人愿，造出长江第一隧；人顺天意，奏出时代最强音。

三镇风华，六衢衔接；两岸地脉，一隧连通。那头是燕舞莺歌岸北，这边是杏花春雨江南。出乎外，东风盈袖；入乎内，爽气澄怀。四万管片，镶出水晶世界；七里涵洞，铺成锦绣前程。繁灯璀璨，一回一祝福；匝道纡平，一程一畅通。

城市因水而兴，交通因水而遏。乘兴而荣，龙盘虎踞；变遏为达，鬼斧神工。六桥飞跨兮，壮我山川；一隧穿越兮，美我武汉！

2008 年 12 月 1 日

巴东赋

夫巴东之峻美，萃鄂西之精华。千里巴山，若屏若幛；一段巫峡，如诗如画。历代迁客词人，唐推李白，宋推陆游，于此流连，凭三杯浊酒，领一夕风骚；累朝儒士英雄，古有寇准，今有贺龙，来此盘桓，借一方热土，写千秋佳话。江上山中，民有渔耕之乐；浪口关前，官存忧患之思。耽于此，顺乎时。情长系焉，可俗可雅；乐莫大焉，宜室宜家。

千年老县，一境皆诗；青山碧浪，笑语相闻。县城数迁，越迁越顺；乡村屡变，愈变愈奇。莲峡河翠峰如削，耸千重秀色；兀渊洞雪浪奔雷，涤半日闲情。曲折神农溪，从谷底流入心底；瑰丽水布垭，将清江变成银河。绿葱坡上铁坚杉，挂过几朝秋色；泗渡河畔白皮松，阅历几世风霜。郑家大屋，住过乾隆翁媪；峡江石刻，曾听洪武波涛。

一乡一品位，一镇一风情。头枕神农架，处处都是美人窝；脚蹬大三峡，天天上演嘉年华。热烈兮撒忧尔嗬，人称东方迪斯科；灿烂兮西兰卡普，我赞土家好霓裳。滚铜钱，诙谐欢快；鼓儿车，高亢悠扬。装我梦境兮，有头顶一颗珠；让人回味兮，是江边一碗茶。峡江的雾，乃常新之画轴；纤夫的爱，是不老的童话。

此处风情，涵此处民俗；这方水土，养这方文化。御改革之长风，腾蛟起凤；纳时代之英气，炼石蒸霞。爱我华夏，巴人深知感恩；建我家乡，万众争写神话。既要金山银滩，更要鸟语喧哗；善待商旅游客，奉上水木清华。胜朝胜事，可谓东风化雨；巴山巴水，让我梦笔生花。

2009 年 7 月 29 日

乙未年颂炎帝文

烈山之上，鼓乐铿锵；姜水之滨，万众伫望。其盛如斯，其诚泱泱。四海龙裔，寻根厉乡。缅怀始祖之功德，申陈赤子之景仰。

伟哉炎帝，炳焕弥光，精骛四极，模范八荒。敢为天下先，开拓创新；唯以致民利，奉献自强。驰而不息，百折不让。为民族铸魂魄，滋文明之滥觞。圣德泽披万代，洪福申锡无疆。

大道延续，尧舜禹汤。三严三实，唯物竞进；四个全面，续谱新章。修法安国，载宁祯祥。抑浊扬清，政风和畅。顺势应变，经济新常。锐剑宣其利，明鉴呈其朗。襄盛誉，“一带一路”合作共赢；讲信睦，五洲四海携手并航。千载而下兮，承接始祖之精神；万方辐辏兮，共筑中国之梦想。

荆楚有幸，长继其祥。三维纲要，开来继往。建成支点，呕心沥血，积土终至高岗；走在前列，另辟蹊径，云帆举于长江。罡风入怀，磨砺襟抱，楚韵长振，铎音远扬。

烈山苍苍，姜水汤汤。愿我先祖，恩泽绵长。雨顺风调，厚滋其壤。民族复兴，人神共襄。奉祀于兴，利在攸往，颐冀来年，再仰圣光！

2015 年 6 月 5 日

重修黄梅老祖寺记

世乱则寺毁，国盛则教兴。黄梅老祖寺宝刹重光，当其时也。

世称黄梅为九祖十三仙之地，然稽古难征，史载阙如。更因禅脉支延，信众分流，世人但知四祖、五祖，而不知宝掌大师也。

宝掌乃印度高僧，于魏晋南北朝割据之时，先达摩而来中国。上峨眉、下越中，遍历江南。尝与人言："吾有愿住世千岁，今已六百二十六年矣。"一日芒鞋破钵来黄梅双峰山，见其峰似灵鹫，树若菩提，有泉泠然，有云幽然。遂于此结茆，披荆斩棘创立堂宇。东晋奕帝闻讯，敕为双峰老寺。此为黄梅境内诸山丛林之首。

宝掌大师千岁示寂，后世以老祖称之。其开创之双峰老寺与世浮沉。从隋至清千余年间，寺庙屡建屡毁，屡毁屡建。所幸历代不乏高僧大德，于此弘扬老祖道场。唐之道悟、元之静川、明正统年间之道安、嘉靖年间之香林，明末清初之云外行泽、茆溪行森、三昧寂光等，皆为一时宗师。双峰何幸，虽寺有兴废，而法无断绝矣。

二十世纪五十年代，老祖寺再毁于世风，忽忽半个世纪。四年前，净慧和尚访宝掌遗踪。眼见丛林蔓草滋生，佛殿片瓦无存，心下恻然，遂发愿重建。和尚之俗弟子明宗、明珍等善信，闻风响应，慷慨捐资。寒来暑往，数易春秋，老寺重光，金身再现。

山峰有寺则显，丛林得人则兴。净慧和尚乃当世尊宿，重振禅风是其夙愿。兴我中华佛教，再造盛世莲宫。三十年来恢复祖庭多处。凭其愿力，老祖寺得以重现昔日宏规。双峰有幸，宝掌有幸！

是以为记。

2009 年 7 月 12 日

张居正赞

惟楚有才，才满江汉；于斯为盛，盛在经纶。从春秋而降，漳沮之间，欣为华夏孕飞凤；自汉唐以来，荆襄大地，屡为社稷造奇人。卓然骚客，屈夫子千秋风范；铿锵国士，张江陵一骑绝尘。

公以一介寒士，跻位在三公台上；身当八方风雨，柄国于五百年前。当其时也，城狐社鼠，播乱于明中叶；惟其忧哉，主少国疑，悬祸于紫禁城。公怀大悲之心，受命于危难之际；公以无我之境，理政于崩溃之时。清吏治、整驿递；抑宗室，裁豪强；饬武备、兴水利；改赋税、丈田亩。每出一策，百姓为之欢呼；每成一事，天下为之一新。

世有非常之人，然后能做非常之事；胸蕴天地之情，然后可立天地之心。公六年次辅，十年宅揆，双肩能担天下事，一人而为帝王师。公柄国之初，以身许国，知我罪我，在所不计。万箭攒体不足恤也，是其豪语；机阱满前不足畏也，是其胸襟。首辅有此大气度，国家方有大前途。起衰振隳，除旧布新，史籍称为万历新政；鞠躬尽瘁，救时补弊，后世誉为中兴名臣。

公之生前，饮尽忧患；公之身后，食垢难安。万箭攒体，竟成谶语；

机阱满前，逼到眉尖。骨未寒灵受辱，万历新政已为陈迹；魂归来天无言，一条鞭法竟成云烟。改革志士，望衣冠而垂泪；域中父老，思功德而追念。有道是，许国必是爱民者，爱民必是殉道人。史迹斑斑，此言不谬；日月昭昭，此为大鉴。

（此文为荆州张居正故居而书。）

2009 年 11 月 12 日

潜江梅苑赋

曹禺故里，鄂之明珠。定策文化兴市，尽收玉屑；纪念戏剧大师，倡修梅苑。园林城中欲造戏都，岂无佳话？马昌湖畔再添胜景，安能不赞？

夫荆楚大地，人文荟萃；江汉平原，风雅常凝。古之《离骚》，诗歌翘楚；今之《雷雨》，话剧开山。千载相接，艺术声气长求；累代延续，文人相濡以沫。阅尽三千珠履，留得一片冰心。人生如戏，剪却万丈红尘；戏如人生，胸蕴八方风雨。称大师者，必是大儒；称巨匠者，先有巨著。曹禺倡设梅花奖，薪传万家灯火；潜江造此香雪海，尽纳千种风流。

几十种名剧，几十重魅力，处处神采飞扬；数千本梅萼，数百名剧星，个个风华绝代。访艺之俦，赏梅之韵，何人得亲炙之幸？望水之湄，步廊之曲，但思念澡雪精神。教化人间，但愿乐棚依旧；讴歌盛世，恨不能粉墨登场。把盏东亭，待月西厢。正所谓醉翁之意不在酒，在于戏剧大观园也。

2010年9月28日

二妃山庄赋

二妃山乃朱明藩王家族之墓庐，昔隶江夏流芳镇，今属东湖高新区。执事者察审形势，顺其风水，纳附阴抱阳之理，于山之侧建筑庭院，设为别业，名曰二妃山庄。嘱余为赋，故表发之。

敛香藏气，斯为宝地；流芳吉壤，着于听闻。鸟择善木而栖，羽喙灿烂；人居嘉华之地，身心长健。筑室于二妃，开泰于三阳。实乃科技之掖庭，文化之堂奥。

燕以闲盱，莺以喜啭，惟吾小庄，宾客若云。政界名流，学界泰斗，科技精英，商业翘楚。旧雨联袂，新朋忽至。或小住，或静养。案牍劳形之余，于此消虑；纵横捭阖之后，来此放松。

上德如阳，下应如卉，是其时也；君德如风，我应如兰，是其谊也。不违时序，但从友谊。创业者，此处可作隆中对；养心者，来此可效梁父吟。如去如来，主顺客意，餐霞饮露，乐在其中。

2010 年 11 月 7 日于闲庐

鄂州吴大帝孙权雕像赋

忆昔汉末纷争，中原板荡，几家关塞陈兵，英雄蠡起。志士击节，强梁掣肘，战火欲焚家国；曹魏当前，刘蜀居后，何处可据孙吴?

大哉孙郎，天纵英气。先赤壁后夷陵，成就一方霸主；自秣陵而鄂县，锻造千古名城。挟东南半壁，拥楚中沃野，以武而昌争天下。拒北来驽马，控西下楼船，因江设险抗曹刘。

鄂县更名武昌，孙权于此建都。襟江带湖，可纳舳舻千里；枕山面野，坐收锦绣万重。幕阜烟霞，弥漫西山能避暑；洋澜碧浪，直连江渚可腾龙。告天归来，仲谋人称吴大帝；试剑之后，封王不改少年心。拓国开疆，浮海取夷州之域；采地萃精，冶炼得东楚之藏。制镜照花，岁月不催白发；铸剑屠龙，社稷更待何人！一番霸业，英雄尽得地利；九易寒暑，鄂县善待天骄。孙权之于鄂州，正是人杰地灵；人事之于胜迹，可谓斗转星移。

恩怨尽焉，百万兵戈沉史籍；斯人去矣，两千年后我重来。看今日鄂州，无限生机，非复帝王气象；参差楼阁，已是灿烂城邦。拜时代之所赐，故国飞扬诗意；乘改革之长风，古城焕发青春。仲谋今若归来，必定把盏兴叹：长消竭兮，英雄霸业；正辉煌兮，百姓家园！

2011 年 4 月 3 日于闲庐，5 月 22 日雨中再改

武昌首义碑林记

忆昔清末，势豪窃位，挟制社稷；列强相逼，裂我中华。庸君执政，谤议横出；大奸戕国，戎事锥心。中山先生振臂一呼，集精英于草莽；炎黄子孙前仆后继，解民族于倒悬。除旧布新，辛亥乃破立之界；救亡图存，武昌有首义之功。

自辛亥至辛卯，日月于征，倏忽百年。武昌区人民政府筹划纪念，恢复城中多处首义遗址，并依起义门之垣墙，倡修首义碑林。指点江山，彩毫讴歌首义；尽濡翰墨，赞我伟大中华。春秋互鉴，信史不虚。

碑林入选者，有国共两党之翘楚，有辛亥革命之功臣；有近代文艺之名家，有当下应征之儒士。浏览其中，字里行间，可见药石之语、载道之言、志士之节、景慕之韵。而行草隶篆，性灵具足；风流楮墨，尽见真情。

烈士殉国者，谓之殇；后人缅怀者，谓之义；当轴襄赞者，谓之仁；勒石记功者，谓之史。武昌乃革命之城、风雅之区。以风雅纪颂革命，乃盛世之善举，功莫大焉。由此可期，今日之碑林，他日之胜迹。千古英雄，为之气畅；十方游客，为之流连。是为记。

2011 年 7 月 23 日（大暑）于梨园书屋

遗爱湖记

黄州古城之东，有三湖附廓。曰东湖、西湖、菱角湖。素为羽凫栖息、鸥鹭行藏之地。往昔水路淤塞，岸筑嚣杂，绝非胜地。丙戌年秋，地方为政者分析三湖形制，融苏东坡诗词意境，允为市民造一怡情养性之园。并依东坡先生《遗爱亭记》之哲思，更湖名为遗爱。凡阅八载，凿奇伐乱，十二景成。村野之湖，遽为上品；云霞满眼，蔚为大观。

湖之缱绻，不在富贵而在清旷；水之蕴藉，不在空阔而在曲折。遗爱湖采众湖之妙，随意赋形，结山水之大缘矣。

若夫朝夕晤对，坐茶烟袅袅，披竹影重重。看熹光萌生玉树，晨露滋润幽兰，禽鸟时鸣芳径，雁阵惊穿江柳。忽而一蓑烟雨，散人归去，且携半壶老酒，来就清风。更喜明月之夜，听歌琴岛；北斗斜时，问稼松风。

春之花，夏之荷，秋之叶，冬之雪，四时结伴。沿数十里湖岸，参参差差，铺开千轴图画；纷纷扬扬，洒出万种风情。临皋台上，揽千丈碧水洗英雄块垒；芸香阁内，瞻四围风雨涤君子情怀。

胜景澄心，在雅能易俗；一方福祉，在官欲利民。故柄政之绩，不在时誉而在青史；宦海作为，不在自夸而在民意。履职首在奉公，去后方留遗爱。此乃太史公所赞之循吏也。当山水知音而不狎，圆百姓之梦而不怠。此种遗爱，方能传诸后世。是为记。

2013年4月13日（癸巳年三月初四）于闲庐晴窗下

炎帝神农始祖像记

炎黄二帝,华夏始祖。黄帝繁衍于北国,炎帝发祥于南方。稽古之传,炎黄争帝,三战血流漂杵。尔后两大部落化干戈为玉帛,由对抗走向互敬。炎尊黄为中央天帝,黄尊炎为南方天帝,代行中央天帝之责。自此民族融合,两大部落带领生活于长江黄河两大流域的所有氏族,共同开启了华夏文明的新曙光。

炎帝神农故里处大洪山中,江、汉、淮三水萦带。中国山势与水脉,大都自西向东,腾挪跌宕,万里不绝于势。唯汉水与大洪山,蜿蜒曲折,回环俯仰之间,皆有别致。故汉江者,实乃连通黄河长江两大文明之母亲河;而大洪山,乃雄踞中原之华夏龙脉。山近淮者,有枣阳雕龙碑古文化遗址;近江者,有荆门屈家岭古文化遗址。两者皆方国史前,古人类城市之发端,农耕之雏形。亦佐证炎帝神农诞生于随,传播农业文明于江汉之间。

近年来,随州市委、市政府应进运,顺民意,精心筹划,采众之长,聚众之力,创办世界华人炎帝寻根节,旨在追颂始祖,祭祀先贤;传承薪火,凝聚人心。至今已历四届,影响渐宏,声闻遐迩。如今已被批准为国家祭祀名录。

寻根节创办之初，炎帝神农故里建设基金会诸同志便以塑造炎帝神农始祖像为己任。四方奔波，募集巨款，此中辛劳，不一而述。历时三载，设计始祖像高九十五尺，寓九五之尊之意。基座高四十二点六尺，寓炎帝神农诞生于农历四月二十六日。而炎帝神农之塑像，则以最佳之古绘为蓝本：慈祥中显仁义，朴实中见智慧。

当此时也，炎帝神农始祖像落成于烈山之上，神农洞之侧，雄峙始祖殿之左，俯瞰山川大地。我辈来此，一观而知气象，一拜而生肃穆。始叹始祖威仪，于此接迹于后世，功不可泯。圣像落成已历三寒暑，赞画者嘱予作文以述根由，遂成此记。

2013 年 3 月 23 日于闲庐

崇阳伊亭兴建记

古人有言，一县之善政，莫非教育与农桑；造福于桑梓，首推水利与交通。崇阳青山水库，乃时任省水利厅总工程师的陈炎炉先生在“文革”之时多方奔走，克尽艰难终得批准修建。如今，水库建成已四十年，灌溉防洪、发电养鱼，乡民尽得其利。且碧波万顷天光潋滟，青嶂若舟水色空蒙，已成幕阜山中一大胜景矣。

吃水不忘挖井人，为纪念已经作古的陈炎炉先生，崇阳岭南商会发起募捐，经崇阳人民政府批准，于青山水库大坝东侧，修建纪念亭园。凡历一载，亭园建成。亭名伊，乃取“所谓伊人，在水一方”之意。眼前事业，身后功名，炎炉先生与青山水库同在。烟波不竭，泽德常存，登此亭而思乡贤。正所谓君子怀远，厚德载物之意也！

2014 年 2 月 24 日

重修问津书院记

天佑斯文，孔子乃千秋宗主；人肩大道，儒学弘三代精华。国有辟雍，乡有庠序，诸子学问，衍教久矣！新洲问津书院，典出仲尼，肇自汉武，兴于唐宋，盛在明清。后毁于捻军战乱。民国初年，乡贤倡导重修，历三年而成。建筑乃中西合璧，规制更胜于前。然此后兵连祸结，问津书院亦不能避害。况加新学蠡起，书院日渐式微。逮至本世纪初，殿宇倾圮，廊庑尽毁。乡民于此不见硕儒俊彦，忽忽已九十载矣！乘国家改革之生气，民族文化复兴之伟力，省、市、区各级时贤，承先哲讲道论德、启沃民智之余绪，多方奔走，集资重建。凡历数载，此一儒学名区，百年之后，终得再次翘楚。

观此新构，既蕴传统之厚，俎豆风流，存乎其内；又开风气之先，杏坛窗几，欣见欧风。徜徉其中，明盛衰之理，察盈缩之期，惑可疾去；流连于此，悟经济之道，思变化之机，乐莫大焉！

问津书院昔为鄂东之智库，千年文脉，灿若繁星；今为武汉之明堂，百家学问，来此切磋。凡问津于桑梓者，于井灶葵藿中，理解民间；问津于天下者，于青灯黄卷下，磨砺道心。古人说“文以载道”，凡有道心者，必得文化自觉。自觉而后问津，屡问屡新，必生道路自信矣！

2014 年 9 月 18 日于闲庐

万里茶道赋

雅安、普洱、武夷山，珍茗称誉海内；安化、祁门、羊楼洞，好茶惊闻天下。上海、喀什、德黑兰，实因茶而毗邻；汉口、库伦、彼得堡，虽万里而一家。茶之故乡，在我中国；茶之市场，横溢欧亚。

遥想两百年前，纵观万里茶道：商旅跋涉高原，马帮揽辔流沙。布帆之曙色，白如玉盏；驼峰之夕阳，红胜朝霞。一程程风霜雨雪，一年年春秋冬夏。多少茶商，将萧瑟走成繁荣；多少贾客，将异乡当作老家。

国相邻、民相亲、心相连、情如花。析薪炊茶，笙歌鼎沸；煎芽饷客，茶汤喧哗。一壶煮十万峰峦，陶醉天籁；一盏斟大千香气，品味中华。以商润文，商融民风国粹；以茶会友，茶连琴棋书画。

漫道白云幻化，茶道已经湮埋；却是丹心不改，青史再续佳话。一处处茶之故乡，还在守望睦邻；一座座异国城市，仍然拥抱华夏。重走当年路，赠君一瓯茶。以茶引领，商机无限；以情相悦，生机勃发。振兴万里茶道，期许春色无边；欣看欧亚大陆，依旧芳草天涯。

2015年9月5日雨中于闲庐

茶经楼记

地生茶叶而不赐陆羽，地望有失；天降鸿渐而不附天门，天道有亏。陆羽因《茶经》而称圣，天门育鸿渐而成贤。所谓人杰地灵，莫过于斯。

生为弃儿，死为茶圣，此陆子之奇也；性嗜茗泉，情耽山水，尽文学之寄也。自少及老，惟师从禅门、儒门，积智而出天门；转年经岁，虽名重复州、湖州，辅国而在神州。《茶经》横空出世，茶艺由此诞生，茶文化成为国粹，陆鸿渐厥功至伟。

茶圣去久，乡梓怀望。邑人倡修茶经楼，取高山仰止之义。旨在重塑盛唐气象，弘扬茶道精神。越二年而成，凡九层，巍巍乎高哉！时人誉为天下第一茶楼。登斯楼近观西江之水，东冈之松，雁桥之月，支泉之雪；远眺大洪龙脉，江汉津渡，千家城郭，三楚云烟。春之二十四番花讯，秋之三十六重绚烂，无不怡情，无不养眼。

天生我材必有用，李白之语，陆羽之况也；惟有饮者留其名，青莲自诩，《茶经》之尚也。无茶而有《茶经》，天门之幸；善饮而有茶楼，乡亲之福。茶和天下，香溢人间，茶圣陆羽乘愿归来，能不畅怀而饮乎？

名扬四海，德泽华夏，万里茶路借势复兴，不废造化之功也。沐善政之风，茶经楼成；成域内大观，信如是哉。

2015年9月8日于闲庐

南水北调中线水源赋

气候变迁，北地苦旱久矣!

时序更替，南水丰沛依然。

旱涝不均，世纪难题；枯盈平衡，中华大梦。惟南水北调之构想，始于伟人，成于智者。民有愚公移山之志，官有精卫填海之心。五十年群策群力，两千里载欣载奔。输南济北，终成史诗；中线水源，诚为典范。

生态大泽，重在涵养；智慧水源，凝为丹江。汇千峰春水，聚千溪夏浪；收万树秋露，纳万岭冬霜。点点滴滴，无不甘甜；丝丝缕缕，尽化琼浆。水脉之清，缘于山脉之翠；物力恒强，始于心力弥坚。生活、生态与生产，生生不息；节水、节能与节制，节节胜利。送往京华之清水，乃我业者之心血。

闸开丹江口，波涌陶岔渠。穿黄淮平原，过燕赵大地。一隧一故事，一槽一传奇。既成涵洞，凿碎障碍；凡为沟渠，必成经典。浪润千城，饮者朵颐；泉沐平畴，五谷兴旺。有道是吃水不忘挖井人，用水感恩水源地。世纪工程，成此智能风景；水育北国，又添华夏史诗!

援笔至此，兴未穷也；赞建设者，功莫大焉!

2022 年 9 月 27 日于闲庐

第五辑

荆楚文化演讲录

历史上的大荆州

我对荆州的感情是很深的，今天来这里接受这份“荆州市文化顾问”的聘书，真有点诚惶诚恐。我知道这份聘书的重量和它背后的责任。读书人不怕人家轻薄他，就怕人家抬爱他，这一抬爱呢，他就自然而然认为自己应该尽一份责任了，就不敢懈怠。

我在写历史小说《张居正》的时候，曾对荆州做过比较多的研究。最近，荆州市委、市政府提出“文化壮腰”规划。从武汉乘高铁到荆州的路上，我沿途看到江汉平原上早春的惊蛰之气，就像传说中的青龙呼吸出来的那种磅礴的气势一样，真个是“云烟氤氲”。我笑说，这个地方的“气”旺起来了。1981 年，我到北京去领一个全国中青年优秀新诗奖，第一次坐火车穿过华北平原的时候，曾看到过类似于江汉平原这样的一种“气”。当时我就感到，我们的国家可能要面临和迎接未来的生机勃勃的几十年。一晃三十多年过去了，这种气，今天早晨我在火车上，在江汉平原上，又看到和感觉到了。荆州应该实施“文化壮腰”，在文化建设上是大有可为的。

首先谈第一个话题，我对荆州历史的认识。

在中国这么多的历史文化名城和地级市里，荆州的历史是非常独特的。它不仅仅是古代楚国的发祥地，还是蜀国的发祥地，以及南北朝时期梁元帝的发迹地。这个地方，在历史上长达十八个世纪的时间里，除去最近一个世纪，一直是“文化输出”的大州。它不是去学别的文化，而是一直在“输出”自己的文化。所谓“文化优越感”，在这个地方体现得非常清楚。如果说这种文化不好，没有力量，它就不可能培养这三个朝代。所以仅从这一点看来，它在中国历史上一直拥有自己的“强势文化”。

另外，荆州还是一个少有的“文化富矿”。我们总是讲荆州的“楚文化”，还有“三国文化”，其实在这两个文化的主干上，还有很多种文化。这每一种“文化”，都有可能变成文化产业可以取材和利用的资源。荆州在历史上最鼎盛的时期，是在“九州”时，其地域大概相当于现在的华南及中南大部分地区。明朝统一以后，《大明一统志》里的荆州，就是今天湖北的整个西部。有多大呢？在地理志上说得很清楚：东至沔阳周界 200 里，西至四川夔州府巫山县界 660 里，南至岳州（今天的岳阳）198 里，北至襄阳府宜城县 245 里。从荆州城到南京，是 2715 里，到北京是 6130 里。今天荆州所占的版图只有当时的三分之一，这是历史上中等的荆州。从那以后，这里的建制一直没有什么变化，只是分出了宜昌和恩施。它当时下辖三州、十二县，三州即荆门州、宜陵州、归州。荆门州就是今天的天门、荆门，宜陵州就是今天的宜昌，归州就是今天的秭归、兴山以及鄂西恩施的这一片。底下的十二个县，就是江陵、公安、石首、监利、松滋（这五个县都没变），以及潜江、枝江、当阳、长阳、宜都、远安、巴东。用现在的话说，荆州在明朝洪武年间时留下的城墙内，共有七个“副省级”单位。明朝时这个地方的州志和设置的中央分设机关，在湖北是最多的，比汉阳府、武昌府、襄阳府、黄州府都要多。当时荆州的地形，大家都知道，是“环列重山，带绕大泽，控三峡之口，接崇湖之尾，在江汉之间，为四集之地”，说这个地方雄踞上游，几乎包括湖北的整个西部。“表里襄汉”，是说荆州与襄阳、汉阳组成了湖北中部的是“金三角”地区。

荆州这个地方，在历史上一直也有敬鬼重祀的风习。大家都知道诗人屈原是位“大巫师”，他的《九歌》写的全部是“通灵”的内容。当时楚国“文胆”的身份，不是叫“社科院院长”或“文史馆馆长”，而是叫“巫师”。屈原、优孟都担任过这个职务。所以，这个地方的人始终对天地存在一种独特的沟通方式，很像古代的玛雅人。从《天问》《离骚》里我们还可以看到，当时荆州的天气几乎相当于今天的岭南地区。可惜的是，今天很多美丽的植物和野生动物都没有了。所以，才有“橘生淮南则为橘，生于淮北则为枳”之说。当时以淮河为南北分界线，今天却已经退到了长江。当时淮河沿岸的气候就像今天我们这里的气候，而我们现在的气候，就相当于当时岭南的气候。整个纬度的气温，在这两千年里发生了很大的变化。当时这里的植被非常丰富，全是南方的植物，大象成群。而大家在河南殷墟博物馆中看到的用于占卜的龟甲，都有海龟那么大。甚至可以说，没有楚国提供的龟壳，就没有留存至今的甲骨文。自春秋战国开始，我们这片土地的自然生态，一直在往“偏寒”

的方向走。似乎所有热带地方的人，都是信鬼的，最极寒的地方的人也是最信神的，所以，楚人重巫。当时楚国这个地方的气候实际上是接近热带的，这是重巫的气候环境。

江陵第一次成为荆州的首府，是在赤壁之战之后。赤壁之战是在公元 208 年，曹操攻破襄阳城以后，刘表的儿子刘琮到博望坡去投降，刘备带着他的部队往南撤退。这个地方当时叫“南郡”。秦始皇统一中国之后，把郢都（那时不叫荆州）改为“南郡”。当时，荆州的首府在襄阳，这是在东汉末年汉灵帝的时候。后来曹操一进城，几乎没有停留，就把他的五千虎豹骑——“特别装甲部队”，也是当时最厉害的“野战军”，通过南漳直抵当阳，逼攻南郡。当时刘备还没有到达，而是赶到潜江境内的汉江口，与关羽相会，听说曹操占了南郡，他就从那个地方到了鄂州的樊口（当时属于江夏）。赤壁之战后，南郡这个地方又被周瑜占领了。然后才上演了历史上有名的“孔明借荆州”。孔明“借”了荆州，南郡才成为荆州的首府。这是在赤壁之战之后，公元三世纪初。荆州从那时候起就再也没有改变过，到今天已有一千八百多年了。“荆州府”就一直在这个地方。

荆州人重教育、“好典章”、“美丰饰”，即喜欢浓烈的色彩。《荆楚岁时记》中还写到了此地“琵琶多于饭甑”，就是说，当时人们家里的琵琶，比吃饭的碗还要多；读书人“多于鲫鱼”，读书的人比湖里的鲫鱼还多。这可证明荆州的文风之盛。在宋朝，公元十世纪中期，荆州府学的生源（住校的学生）有七百多人。全国所有州府的学生数量没有超过荆州。所以说，那时全国的教育，荆州是第一。今天，武汉成了湖北的中心，但历史上，很长一段时间，湖北却是以荆州为中心的。荆州城内有两条河，其中之一是漕河。漕河故址还在，一条通长江，一条通汉江。晋元帝的时候，人们在荆州开了一条河，从潜江经沔水通到内陆的汉江，还有一条是直接从沙市通长江的，所以，那时候荆州的水系也非常发达。荆州最早的城，离今天的荆州古城五里地，是楚平王从枝城的“楚王城”迁徙到荆州后盖的。后来，楚平王杀了伍子胥的父亲和哥哥，伍子胥逃走后帮吴王在苏州建了都城。今天的苏州城就是仿照当时的郢都建造的。所以，荆州城，即郢都城，是苏州城的“母本”，两座古城都有八个陆地的城门、八个水门。我每次去苏州的时候，就会想到荆州，荆州在古代历史上比现在辉煌。

第二个话题，历史上荆州古城的著名建筑。

一直到清代之前，荆州城里的建筑样式在中国的古城中都是少有和罕见的，这就是我所说的“文化的独特性”。这种“罕见”表现在哪些地方呢？我分门别类地来讲述。

先说“府”。在清代乾隆时期，荆州城里的王府有十一座。哪十一座呢？最大的是辽王府。朱元璋的儿子朱植被封到广宁，称辽王，后来封地改迁到荆州，但王府仍叫辽王府。此外，还有松滋王府、益阳王府、湘阴王府、衡阳王府、应山王府、宜城王府、枝江王府、沅陵王府、衡山王府、蕲水王府，全部在荆州城里。这么多王府，其建制还是有区别的。皇帝的儿子为亲王，亲王的儿子为郡王，郡王的儿子只能称将军。皇帝的孙子也可以称“王”，皇帝的重孙就不能称“王”了。也就是说，这十一座王府中，有一座亲王府和十座郡王府。去年，大同市领导请我去看他们修复的大同古城。我看了三天的修复工程。当时他们在废墟上修了晋王府、九龙壁、照壁等。我说，你们的“规制”欠妥。他们说，我们找不到当时的王府究竟是怎么修的这类资料。我就比照北京的恭王府复修告诉他，明代的亲王府的尺寸在《大内规略》这本典籍里写得一清二楚。他们问那是怎么回事。我就把资料调出来给他们看，包括门有多高、门上的铜钉有多少颗、进门的匾是什么样的、屋顶是什么样的、尺寸有多高、照壁是什么样的……所有的建筑规制，一清二楚。他们一对照，发现他们修建的很多地方与当时的建筑不符。结果，就将不对的地方拆掉，要建就建一个真正的明代亲王府。而荆州城里这么多王府，今天一座都看不见了。大同的王府原本也看不见了，但它们被重新修起来，成了旅游热点。大同市领导说：“我们不怕没有，就怕历史中没有记载。”这句话讲得非常好。不能无中生有，但是可以照本复建。无中生有，怎么去建它呢？那人家也不认啊！但是，荆州城里十一个王府的地址都有记载，每个王府建在什么地方，什么规制，有的连门匾、对联写的是什么都可以查出来。

第二个就是“宫”——宫殿。宫，在过去的荆州城里是非常丰富的。大家知道，江渚宫在荆州城的东南，最早由楚国建造。梁元帝的登基大典，就是在江渚宫里举行的，后来又经过了多次修缮。但是跟今天的规制和方式完全不一样，没有恢复到当年的那种恢宏气势。曲江楼，是荆州宋代府学的原址。这个府学的地址，从唐代就没有变过。全国府学没有变过的，有四川的阆中，就是张飞镇守过、最后死在那里的那个阆中。阆中府学里出了两个状元、几十个进士。阆中我去看过，那里也恢复了当年的规制。曲江楼在唐代的时候叫“南楼”，是这个府学前面的一个风水标志性的建筑。之所以叫“南楼”，是因为唐代大诗人张九龄被贬到荆州以后，经常在此楼上饮酒赋诗、观赏景色，是他邀朋结友的宴饮之地。他走了以后，人们才把它更名为曲江楼。全国最知名的曲江楼有三座，其中一座是荆州的，可能现在还没有恢复。一座是西安城里的，杜甫在《丽人行》里写到的曲江楼。唐代的曲江楼已经没有了，但是新造的那座非常好。还有一座，就是成都的曲江楼，今天还在。这三座曲江楼，在唐代的时候，最有名的就是西安和荆州的曲江楼。还有一座是“雄楚楼”。雄楚楼在府城的西北角，是梁元帝建的，意在雄镇楚天。这座楼留下了很多故事，它是“帝王楼”，而曲江楼是“宰相楼”，它们并不一样。杜甫当年登临雄楚楼时，写了两首赞美雄楚楼的诗，对梁元帝的评价不错——“西北高楼雄楚都”。后来张居正也写了好几首关于曲江楼的诗。再一座是“万卷阁”，在府城的东街，是宋代咸平初年，距今一千年前朱昂和他的弟弟两人从汴京退休后回到故里建造的，里面存放着他们从多方收集和珍藏的几万卷书籍。荆州人称它为“进士楼”。这个楼里的藏书，在当时的楚地可谓第一。后来有一个藏书楼超过了它。有一个人建了一座“博古堂”，既是藏书楼，也是“将军楼”。所以说，荆州城内曾经拥有两大藏书楼。修建“博古堂”的那个人名叫田伟，是北京人。北京在北宋的时候属于辽国，但田伟是汉人，他偷偷背叛耶律王朝，投奔到北宋。宋徽宗授他为江陵县尉，相当于今天的“县人民武装部部长”，这个官比今天的官要大一点。当时荆州是“西控荆蛮”的军事重镇，控制着大巴山、武陵山这两支山脉，像四川的泸州控制着大渝山脉那片一样，是整个朝廷的军事重镇。田伟这位将军非常喜欢读书，他把自己的钱全部用在了买书和收集书籍上。他的藏书有多少呢？有三万七千卷！并且没有一本是重复的。“博古堂”的藏书超过了“万卷阁”。所以才有荆州的读书人比鲫鱼还多的说法。再就是“绛雪堂”。当时荆州有一种梨花，盛开时是红色的，不是白色的，这种梨花就像扬州的琼花一样，现在找不到了。这种红梨花，我也没找植物学家请教和论证过，但历史上就是这样记载的。“绛雪堂”是在那棵梨树前面修的，就像扬州的平山堂一样，用来赏红梨花的。欧阳修写过一首诗《千叶红梨花》来吟咏它：“风清绛雪樽前舞，日暖繁香露下闻。”意思是说：早晨的露水映衬着不胜娇羞的红梨花，煞是好看。这是文人雅居之所。再就是“章华台”。章华台一共有两个，一个在沙市，一个在监利。沙市的当时在府城外，而今天是在府城内，这些台子是登高眺望风光的地方。

再来说荆州城里的“寺”。荆州城里最早的寺，叫“承天寺”，后来又叫“能仁寺”，再后来叫“承天能仁寺”，建于西晋永和年间，在府城的西大街上。这是湖北最早的一座寺庙，早于今天的玉泉寺，也早于五祖寺、四祖寺，更早于武汉市内的几个寺，是非常古老的一座寺庙。然后就是当时道家的“玄妙观”。此外，还有个著名的“息壤庙”。息壤庙的来历，据说是当初大禹治水时，在绍兴留下了一块治水用的石头，而在荆州城里留下了一块治水的结泥，名为“息壤”，于是就建了“息壤庙”，作为大禹在这里治水的物证。万里长江，险在荆江。荆江治水，历代都是第一要务。另外，还有楚庄王庙、马援庙、关羽庙、三公庙。楚庄王庙是在城内建的，关羽庙在石码头上。我不知道这些遗址现在还有没有。现在，关羽庙全国到处都有，但中国第一个祭祀关羽的庙，是在荆州的石码头建的，就像第一个诸葛亮祠，是在汉中的定军山建的一样。所以，现在如果要恢复三国文化中对关羽的祭祀，就应该恢复最早的石码头的关羽庙。三公庙，是为纪念当时在荆州工作过的三位“主要领导”而建的：晋代的杨孤、杜玉、陶侃，这是历史上的三位名臣。唐代的荆州刺史要学习这三个人治理荆州，认为他们“德政”和“惠民”这两点做得非常好，就把这三个荆州知府供在一个庙里来祭拜。这位刺史后来也当了副宰相。元结写了篇《三公庙记》，这在元结的文集里可以找到，元结后来当了宰相。

我刚才说到的还不是荆州古城的全部建筑。我只是讲了有特点、有故事的建筑。那么，这里曾经有多少建筑形态呢？有府、宫、楼、阁、堂、台、祠、观、庙，等等。在今天恢复古建筑的大同也好，扬州也好，还没有在建筑形态上如此完备的，这就是荆州古城的历史价值。荆州的每座建筑里都充满了故事，储藏着荆州的历史。这些有故事的人，大都是中国历史中大家耳熟能详的名人。这就是独特性。因此说，荆州古城值得重新恢复。

我说了很多荆州古城里的文物风华，但还有一个没说到，那就是张居正的“大学士府”。有人说，这个大学士府是侵占了辽王府。我经过考证发现，它根本没有侵占辽王府，两府的地点完全不同。张居正的大学士府值得重建，因为张居正这位伟大的改革家值得纪念，他的改革引起了当代人的普遍关注，今天的这个城墙就是明代修的。

第三个话题，荆州大遗址保护范围之内的古迹。

我讲这个可能有点班门弄斧，但我是从文字记载、从历史的遗迹上来辨析的。我因研究北宋历史先后几次到过开封，当时北宋都城的很多地名找不到了。考古发现，北宋的都城在离今天地面有三十三米深的地层之下。黄河的河流改道，曾让开封饱受其害。但这并不妨碍它重新建筑北宋盛世的汴梁城。我每次到开封，都带着《东京梦华录》和《汴梁志》，反复地在那里勾画，在那里寻找和察看。但荆州不存在这个问题，荆州城从明代洪武年间到现在，山川地貌没有发生大的改变。我们的大遗址保护的范围，除了有些道路上的改变，有些遗迹荡然无存以外，地理形势没有任何改变。比如古人讲的"龙山"，就是八岭山的一个尾部，只是古人的记述跟我们今天的表述上有一点点差异罢了。

府城的津阳门外，就是梁元帝陵。梁元帝名萧绎，既当过绍兴太守，又当过江州刺史、荆州刺史。他是梁武帝的第七子，在荆州称帝，死后的陵就在荆州城外。唐代的刘禹锡是"唐代八司马"之一,也是一个"改革派"。他到荆州来的时候，这个陵还在。但今天看不见了，也许被遮蔽或者被盗墓者挖了，也许被深埋了，反正现在已经没有了。刘禹锡在这里写了一首《荆门道怀古》。"南国山川旧帝畿"，他称荆州是南国，是过去帝王的发迹之地。"宋台梁馆尚依稀"，他还看得见梁元帝的陵和雄楚楼。他还写道:"风吹落叶填宫井，火入荒陵化宝衣。"意思是说，来看梁元帝陵，这里却已经没有人护侍了，让他感到很忧伤。所以，这个大遗址里的梁元帝陵，我们也可以多用点力量来确定和"护侍"。这些遗迹在历史构成中也是有理由和有价值的。

再就是梁元帝之后的后梁宣帝陵和明帝陵。这两个陵不在城外，而在稷山，就是纪南城的稷山。刘禹锡头一天看了元帝陵，第二天去看宣、明二帝在稷山的陵。这两座陵还在，有他的诗为证。“玉马朝周从此辞，园陵寂寞对丰碑”，这个碑还在，是记录功绩的，只是园陵很寂寞了，很少有人迹。“千行宰树荆州道，暮雨萧萧闻子规”，只能听到杜鹃鸟在叫了。

我还要再次说到大同市领导。他们愿意把大同历史梳理出一个“大事年表”，然后按照这个大事年表，有选择地在大同一个个地去恢复。我认为，首先要恢复寺庙，因为北魏是佛教中国化的有力推动者。荆州也一样，应该有一个历史大事年表，并找出主要历史遗址加以保护或复建。这里有三个帝王陵，唐代刘禹锡的诗写得非常清楚。还有荆州的王墓，刚才说过的十一个王，有七个王埋葬的地方有明显标志。三个帝陵、七个王墓都在荆州城周围，湘献王墓、辽简王墓、松滋安惠王墓、益阳安熹王墓、麻阳悼喜王墓、应山悼恭王墓、枝江庄惠王墓，都有具体的地点。我一会儿还要去看看“熊家大冢”。明代以前对庄王墓的描述很清楚，主墓有多大，陪葬的殉葬墓有多少座，陪葬墓是什么规矩，排列是什么样的，都有记载。这里的楚平王墓、楚庄王墓，叫作“王墓”，这个“王”就比明王要大。所以，按照顺序就是楚王冢、梁帝陵、明王墓。再就是宰相墓。宰相墓在城里就有两座，分别是张居正墓、孙叔敖墓。在写了《张居正》之后，我有一次专门去谒拜了孙叔敖墓。荆州城里面的这两位宰相，都是历史上非常有名的。司马迁称孙叔敖为“天下第一循吏”，我说张居正“重用循吏，慎用清流”，就是源自孙叔敖。我写了《张居正》，拍摄成了电视剧，我还想写《孙叔敖》，写作难度要大一些，因为留下的史料太少。荆州大遗址除了陵墓，再就是楚国的都城“郢城”。郢城的研究范围与种类很多，深入进去，可以创造出一门“郢城学”，成为楚文化研究的重要分支。

第四个话题，荆州的历史文化名人。

荆州历史文化名人有很多，有些是大家耳熟能详的，也有一些可能是被大家所忽略的。我想先讲荆州历史上的宰相。首先是孙叔敖历史上对他的评价是“施政导民，上下和合”，非常符合今天的施政纲要。“吏无奸邪，盗贼不起，民皆乐其生，故三得相而不喜。”他是三起三落的大政治家，三次当令尹被罢免，最后依然当着令尹，并且在令尹任上鞠躬尽瘁。“三得相而不喜”，就是三次当了宰相（令尹相当于后来的宰相），也并不表示出特别的高兴。为什么呢？“知其才复得之也”，他知道自己的才华，所以这个宰相必须是他当。三去相而不后悔，为什么呢？因为他觉得，把他的宰相去掉的那个罪不是他的罪，所以他不后悔。司马迁在《史记》中是把他作为循吏第一来评价的。

孙叔敖之后，荆州城中又走出了几位有名的宰相。一是战国时期的伍子胥，一是三国时期的诸葛亮，再就是明代中叶的张居正。伍子胥自荆州向东，辅佐吴王夫差，让吴国强大了起来；诸葛亮自荆州向西，帮助刘备建立了蜀国；张居正自荆州向北，最终设计并推行了“万历新政”，使面临崩溃边缘的明王朝得以延缓它衰败的进程。有人问我，诸葛亮是山东人，你怎么把他列为荆州人呢？我说，诸葛亮是山东人这没错，但他十三岁时恰逢中原战乱，为了避祸，从山东来到了湖北的襄阳，跟随刘备襄赞机务时，他已经二十七岁了。“借荆州”以后，他就升任相当于今天的“中央军委参谋长”。因为那时候还没有国，是在荆州酝酿成立的蜀国。成立蜀国以后，除了留下关羽镇守，荆州的整个政权和人马都迁到了蜀国。因此可以说，诸葛亮是从荆州向西去当了宰相的。诸葛亮的成功，显然是在荆州。如果仅仅因为孙叔敖、伍子胥、诸葛亮、张居正这四个人，也还不足以称荆州为“宰相城”。翻阅历史，当过荆州刺史、荆州知府，后来当上宰相的人，大概有二十多个。新中国成立后，曾有一句话叫“荆州出干部”。在中国历史上，荆州就是一个出干部的地方，不仅仅出省里的干部，还出国家和中央的干部。

除了宰相，荆州城中走出来的名臣也很多。晋朝的陶侃在荆州刺史的位置上，留下了很多政绩。他来的第一天，就感到荆州这里物资丰富，当地人很喜欢美食，而且还喜欢喝点儿酒，几乎所有的事情都要拿到酒席上去谈。陶侃就下了个文件，叫政府人员到各地去收缴那些酒壶、酒杯、酒碗，在荆州城外举行了一个仪式，将这些东西全部丢到江里去了，借此纠正喝酒误事的风气。如果现在去打捞，说不定还能打捞到晋朝的瓷器文物呢。陶侃是个很有建树的官员，在他之后就是谢安。晋朝南渡到南京来，王、谢这两个中原望族支撑着政权的运行。谢安当过荆州刺史。当时这个地方还有个大司马，叫桓温，驻军在荆州，也留下了很多典故。“树犹如此，人何以堪”即是其一。他说，当年他在山东琅琊当刺史的时候栽下的树，等他一二十年后再回去时，已经长得很高了，他就感觉到，树都已经长成大树了，我还能不老么？如此一想，他就觉得自己一辈子没干成什么事。桓温还说过：“大丈夫不能流芳百世，也可遗臭万年。”谢安在荆州与桓温共事，他看出桓温想篡权，想自己当皇帝，就处处想办法来阻止他，但又不能太明显，他是运用了自己的政治智慧，阻止了晋朝统治层的分裂。

当时跟谢安一起的、同时属于桓温属下的好朋友里面，还有一个很关键的人物——习凿齿。他也在荆州，他在这儿也是作为桓温的智囊，跟谢安一起同朝为官。同时在荆州为官的，还有顾恺之、孟嘉，这在当时都是国内的一流人才。在晋朝，荆州是仅次于南京的文化中心。龙山有个“落帽台”，就是因习凿齿、谢安、顾恺之和桓温一起郊游时留下的故事而得名。他们游到了八岭山，也就是龙山的位置，一阵风吹来，把孟嘉的帽子吹跑了，于是大家就一起取笑他。后人依照这个小故事演绎成一个“落帽台”。李白到江陵的时候,专门写了一首《九日龙山饮》，里面说到了落帽台的故事。如果恢复这样一些故事现场作为文化旅游景点，大家就会觉得这地方还真是有点看头。李白在某一年的重阳节去看落帽台，留下了这首诗：“九日龙山饮，黄花笑逐臣，醉看风落帽，舞爱月留人。”这番景色，我认为恢复起来并不难。

荆州在唐代的时候更是江南的文化重镇。最早到这儿来当刺史，后来出去当了宰相的，是姚崇。姚崇当了四年的荆州刺史，任期结束临走时，荆州老百姓百般挽留，给皇帝写了“请愿书”，希望能把姚太守留下来。可是人家要去当宰相，也不好强留人家，那就继续升官吧。还有一个人，就是对唐代的政局起到过定海神针一样作用的崔日用。他当时在荆州知府的位置上，看到了唐玄宗有了危机，主要是太平公主干涉朝政。太平公主作为皇帝的妹妹，对朝廷的许多事情都要插手，而且培植了她自己的党羽，使得唐玄宗很难受。崔日用在荆州和长安隔得很远，可是他觉得有必要去提醒一下皇帝，就进京求见皇帝。唐玄宗问他："你有什么事情要陈述呀？"他就说："您的姑姑太平公主有谋逆之心。"皇帝一听，脸都白了，说："你怎么跟我说这个问题？"他回答："如果我不说，就是对皇上您不忠，这将危及社稷的安稳与您个人的安危。"皇上问："那怎么办？"他就问："皇上您有什么心结？"皇上说："有太上皇在。"言外之意，还有一个退休的皇帝在，我说不上话。他说："那您是听太上皇的，您当儿皇帝，还是您从太上皇那里把权收回来，您当皇帝？"皇上说："那我这样不是不忠不孝吗？"崔日用说："老百姓说的'孝'，是承颜顺色，让父母大人高兴；而天子的'孝'，是要安定国家，让社稷苍生得到幸福和安稳。您应该孝天下，而不是孝父母，皇上您看着办吧。"他就这样帮皇上下了决心，躲过太上皇，把太平公主除掉了。因此，皇上就让他去当了宰相。这也是荆州城里的人物，这可不是一般的人物。刚才说到的陶侃阻止了桓温的政变，崔日用鼓励皇帝"清君侧"，这都是非常不简单的事。还有一个韩朝宗，是在崔日用之后来的。这个人比前面的几个人能力要差一点儿，但他非常爱读书，所以李白跑到这里来找他——"生不用封万户侯，但愿一识韩荆州。""韩荆州"指的就是这个人。还有唐代文章之首、"唐宋八大家"位列第一的韩愈，当过江陵的"人武部部长"，那是个"县级干部"。韩愈在这里干了四年，他的很多著作是在江陵写出来的，就像苏东坡的前后赤壁赋是在黄州写出来的一样。如果我们想要恢复江陵县衙，韩愈在这里写了哪些文章，可以一一标出。韩愈也是在这里说过："李杜文章在，光焰万丈长"，赞颂李白和杜甫。因为当时在这个地方，他看李白和杜甫的遗迹不难。

然后就是唐宣宗时候的李德裕。这个人在吃饭的时候都在处理文件，是最忙的一个官员。他当了十七年宰相。他也是从荆州提拔上去的干部，最终因为新党旧党之争，被贬到了海南，并死在那里。李德裕是从荆州走出去的宰相中任职时间最长的一位。

还有宋代的张孝祥,他是荆南府的知府。在宋代,荆州叫荆南府。“寸金堤”就是他修的。“万盈仓”也是他修的。当时的“国家粮库”和“荆江防洪工程”大权都在他的手上。据说，每一寸大堤像金子一样坚硬牢固，不可攻破，所以当时取名为“寸金堤”。他是治理荆州有非常之功的人。再一个就是曾经跟朱熹论道的张栻。在岳麓书院，千载论道，讨论当时中国的“核心价值观”是什么的问题。张栻当过江陵县知县，他从这里出发到长沙，和朱熹两个人选定在岳麓书院，做了一次“千年雄辩”。最早的荆州城里头，还住了一个《射雕英雄传》里周伯通那样的老顽童，名叫老莱子，他是荆州土生土长的“哲学家”。他生活在春秋时期，跟老子差不多。鲁迅先生的文章中几次写到过这位老莱子。

刚才说到的名人，客籍居多。荆州本地还成长出了一批自己的“国家级名人”。项安世,这是宰相级的,宋哲宗初期的进士,留在汴京当官,相当于今天的“中央办公厅秘书局局长”，叫“秘书资政”，最终成为了“龙图阁大学士”。项安世把《易经》研究透了,写了一部《周易玩辞》。明代的杨溥，是仁宣时期的“三杨”之一，他当过内阁次辅，相当于今天的“国务院副总理”这个级别。他死的时候，朝廷给予最高礼遇，受封的谥号叫“武英殿大学士”“佐助国太史”。还有一个人，就是宗教领袖人物、“天台宗”的创始人——智顗，也是我们荆州人。他七岁时听能仁寺的和尚念《法华经》，就觉得这个经好，一天就背会了。他在南北朝时期成为“国师”，最终在天台山创立了中国佛教的“天台宗”。一直到今天，日本的天台宗寺庙几乎全部供奉着他，天台宗在日本的影响非常之大。佛教进入江陵是在唐代，史籍描述荆州是这样说的：“五里一寺，十里一庙。”到新中国成立初期，在大荆州的范围内，还有一千五百多座寺庙，荆州城内有六十多座。有如此规模的寺庙的地方，一个是河北的正定县，一个是荆州。我前年去了正定县，它已经恢复了百分之七十，建得非常好。

以上所讲，是我对荆州的历史研究过程中得到的一些看法，可能有错讹之处，观点也不一定正确。瞻望过去，大荆州有着辉煌的历史；眺望未来，荆州还会雄风再起，谱写华章。

2013 年 3 月 28 日

在湖北省荆州市委礼堂的演讲

鄂东人文高地的历史脉络

十多年前，我到浙江绍兴参加“兰亭国际书法节”。当时绍兴市委书记在开幕式上说了一句话：“我们绍兴是一个‘人文高地’，在这片土地上英才辈出，‘中华世纪坛’选出了四十位对中华文化有大贡献的杰出人物，我们绍兴独占三位，再加上一位浙江籍的，一共四位，占了将近十分之一，在全国唯此一家。”在晚宴上，我说：“书记，我想纠正一句话，在‘中华世纪坛’上，还有一个地方，跟绍兴一样占有三位，再加上一位湖北籍的，一共四位。”他问：“那是哪儿？”我说：“是我的老家湖北黄冈，黄冈的三位是毕昇、李时珍、李四光，再加上宜昌的屈原，我们也是占十分之一。”他说：“哎呀，对不起，对不起，我罚酒。”我经常因为这件事情而感到自豪。湖南的湘潭、浙江的绍兴、湖北的黄冈、四川的乐山，确实是中国近代史上的四个“人才高发区”，而黄冈和绍兴尤其引人注目。

我从故乡来，应知故乡事。鄂东的“人文高地”和人文精神的形成，其历史脉络非常清楚。我把它划分为三个阶段：第一个阶段是中唐到北宋，这是鄂东人文精神的培植期；第二个阶段是南宋至晚明，这是鄂东人文精神的发育期；第三个阶段是晚清汉口开埠以来，近一个半世纪，这是鄂东人文精神的爆发期。

一

第一个阶段，即中唐到北宋，是鄂东人文精神的培植期。在近四百年的时间里，有三位人物不得不提：杜牧、王禹偁、苏东坡。

杜牧在公元803年出生，852年去世，活了四十九岁。他的爷爷先后当过唐代德宗、顺宗、宪宗三朝的宰相。因此，他从小在蜜罐里长大，身上的名士气很足。但他是在一生最不得志的时候来到黄冈的，大约四十岁的时候。在这之前，他有一段非常辉煌的个人风流史，就是他在扬州的淮南节度使牛僧孺手下当掌书记。唐代的掌书记和现在的书记不一样，相当于机要秘书吧。那时杜牧才二十七八岁，在扬州过得非常潇洒。当官员要讲究自律,但扬州那个地方是中国第一等繁华之地,有“腰缠十万贯，骑鹤下扬州”之说。杜牧每天晚上和歌伎们喝花酒，彻夜不归，当然也不耽误白天上班、处理公文。有一天，牛僧孺升职要走，把杜牧找来说：“你很有才华和能力，但是你的生活作风要检点一下。”杜牧回答说：“我非常检点，我每天下了班就回家。”牛僧孺笑了一下，拿出一个盒子，说：“这个盒子应该还给你。”杜牧打开一看，原来里面全是他的行踪报告，记录他每天晚上出去喝花酒时，牛僧孺派人暗地里保护他的真实记录，顿时傻眼了！牛僧孺之所以要把这一箱子跟踪报告原封不动地归还给杜牧，是提醒这位才子诗人要约束自己的行为，他怕后任不能像他那样保护杜牧，所以才以这种方式劝诫。正因为如此，杜牧一辈子对牛僧孺感激涕零。事后，杜牧很有感慨地写了一首诗："落魄江湖载酒行，楚腰纤细掌中轻。十年一觉扬州梦，赢得青楼薄幸名。"他这是对自己行为的深刻反省。

唐代会昌二年（842 年），杜牧来到黄州当刺史。当时的黄州非常落后，没有扬州那样繁华，没有那么多的青楼红馆和酒肆茶楼供他丰富的夜生活。他写了一首诗《忆齐安郡》记录他初到黄州的生活："平生睡足处，云梦泽南州。一夜风欺竹，连江雨送秋。"这和他写的"青山隐隐水迢迢，秋尽江南草未凋。二十四桥明月夜，玉人何处教吹箫"完全不一样。扬州那个地方是彻夜笙歌。可是黄州这里没有夜生活，他一生的觉都是在黄州睡的。因为没有别的可干，晚上只能睡觉，只能听着风把房外的竹子吹得哗哗响。竹子成了黄州的一个标志。今天遗爱湖的生态修复工程中有"大洲竹影"一景，就是对竹影黄州的恢复。王禹偁、苏东坡和杜牧在诗中都写到黄州古城的竹子。

杜牧在黄州写了三十多首诗。他在这里很少能够像在扬州时那样风流倜傥，郁闷的时候偏多。他的祖父杜佑是历史学家，所以他从小受了家里的影响，喜欢历史，喜欢对天下山川做评判，又喜欢军事。他的《罪言》，写的是对少数民族（比如鲜卑）的镇压，这篇文章是就民族政策上书皇帝，深得当时的宰相李德裕的欣赏，说他是个有大才的人，但这些才华在黄州用不上。因此，在苦闷之中，他写了《赤壁》。这首诗是继李白之后，更加明确地说明赤壁之战就是在这里发生的。"东风不与周郎便，铜雀春深锁二乔。"估计当时是有人在赤壁的江水里捞鱼，结果捞到了赤壁之战时所用的兵器，所以有"折戟沉沙铁未销"之句，他根据这个推断黄州就是赤壁之战的发生地。

还有就是杜牧写“杏花村”的著名的《清明》这首诗。鄂东麻城的歧亭，应该是杜牧写“杏花村”真正的地方。原因有三：一是在公元842年的春节，他接到赴黄州担任刺史的任职调令。过完元宵节，他从洛阳东都出发，坐运河上的船，到了光州（现在叫光山）地界，从淮阴运河的古码头上岸，开始从光黄古道，经麻城，到黄州来上任，他到达黄州的时间是阴历四月二十一日。清明节那天，他刚好走到了麻城歧亭。当时飘着潇潇冷雨，歧亭那里正好有一个驿站，所以他写道：“清明时节雨纷纷，路上行人欲断魂。借问酒家何处有？牧童遥指杏花村。”麻城的歧亭在北纬32°。只有在这一纬度之下的清明节，才有杏花开放，不是这个纬度，在这个季节是没有杏花的。我对杜牧上任黄州刺史的日期和地点做了一点考证和分析后，才认为他写诗的地点应该就在这里。这首诗，也是他对鄂东人文的贡献。

历史上有很多争论：汉末时的赤壁之战到底是不是发生在黄州？长江湖北境内上有五处赤壁，蒲圻赤壁也有很多典实，佐证那里是大战发生地，这是不争的事实。可是好几位大文豪、大诗人都赞颂过黄冈的赤壁。如果没有杜牧的《赤壁》、苏东坡的《念奴娇·赤壁怀古》《前赤壁赋》《后赤壁赋》，黄冈赤壁的知名度不会有现在这么高。但发其端者，人们忽略李白，而是承认杜牧，这是因为杜牧的家世和他在这里住了三年的经历。重要的是他在诗中说到“折戟沉沙”，举证人们挖出了当时的兵器。所以，从某种意义上说，杜牧对黄州的文化起到了启蒙的作用。

“平生睡足处，云梦泽南州。”因为受到杜牧这首诗的影响，在他之后的王禹偁来到黄州当刺史后，特意在衙门里建了一个“睡足堂”。明代的罗贯中，在隆中为诸葛亮写了一首诗：“大梦谁先觉，平生我自知。

草堂春睡足，窗外日迟迟。”这也是受了杜牧诗的影响。这是杜牧的诗在黄州地方文学和风物上起到的作用，可谓功不可没。

公元844年9月杜牧离开黄州。154年后，即北宋咸平元年（998年），王禹偁来到黄州担任刺史，当时他四十四岁，是朝廷的翰林学士、知制诰，即专门给皇帝起草文章的“大秘”。由于修编《太祖实录》，他得罪了皇帝，被贬到黄州当刺史。他一来到这里，依然感到黄州很落后。咸平二年，他写了《黄冈竹楼记》，记叙了他被贬黄州后的生活。过去的城墙上可以修很多老屋，这个竹楼就是在黄冈古城西北角的城墙上建的。黄冈当时不像荆州那么发达，很早就有青砖的房子，它的主要建筑材料是竹子。这篇文章里就描述了他在竹楼里的生活是多么惬意，他在这里可以游戏、唱歌、喝茶，穿着鹤氅衣（用鸟羽制的披风），戴着道士所戴的头巾，很悠闲。来黄州一年多后，他给皇帝写了一封信，说：我不敢奢望能够重新回到京城，重新见到皇上，一睹天颜。皇帝看后动了恻隐之心，说王禹偁被贬了这么长时间，还是让他回来吧。可是此时，黄州出了一件大事：两只老虎进了黄州城，吃人、打架。这在今天是不可思议的事情，在古代碰到这种事情，一定要八百里加急第一时间告诉皇上。皇上一听出了这种大事，便问：这是什么兆头啊？星象大师赶紧去卜卦，说黄州这个地方有凶气、煞气，这里的官员暂时都不能升官，否则会把这种煞气带到京城里来。于是，一位文弱的书生，因为两只老虎进了城，便连回京城的机会都没有了。第二年，朝廷让他到蕲州当刺史，结果他还没到任就去世了，年仅四十八岁，只留下一篇《黄冈竹楼记》和一个“睡足堂”给了后人。今天来看，杜牧和王禹偁都是英年早逝。当时黄冈当地的人都说，在黄州当官的人都短命。历史上就有这么多奇怪的事情。

第三位来黄州的大名人就是苏东坡。元丰三年（1080 年）二月，苏东坡来黄州报到（比杜牧晚 238 年）。苏东坡和杜牧来上任时走的路一样，也是由运河水路，经麻城，到黄州。苏东坡反对王安石变法，他们可谓政敌。但他们同时又是惺惺相惜的两个大文豪。他离开黄州后，在南京见到了王安石，王安石送他走时感叹道：人间不知要过几百年才能出这样一位人物啊！苏东坡在世时，他的几位前辈都是如此赏识他。他二十岁进入官场，到四十二岁一直平步青云，却由于“乌台诗案”遭受到前所未有的打击，被贬到了黄州。历史上，杜牧、王禹偁都是对黄州文化建树有所贡献的集大成者。而苏东坡与黄州的相遇，既是历史给了黄州的一个大机缘，也是黄州给了苏东坡的一个大机缘。他与黄州相得益彰，正像辛弃疾在诗中写的，“我见青山多妩媚，料青山见我应如是”。

苏东坡初到黄州饭都吃不饱，没有热水洗澡，生活很艰苦。安国寺的住持继连和尚让苏东坡每个月到他这儿来几次洗热水澡。公元 1080 年的黄州是“长江绕郭知鱼美，好竹连山觉笋香”，鱼和竹笋都是很生态的食物，但烹饪的水平与京城和杭州的饮食是没法比的，所以，苏东坡的生活落差很大。他是在锦衣玉食中长大的。他考中进士时是在北宋的首都汴京，即今天的开封，又先后赴任杭州、密州、徐州、湖州等地，这些都是非常富庶的地方，而一到黄州来，面临这种穷困潦倒的生活，让他非常难受。在安国寺反省期间，苏东坡与当地的潘大林等几个土著文人交往，对这些文人影响很大，并通过他们影响着当地的文化。这样调整了两年，公元 1082 年夏天，苏东坡才写出了流传千古的《前赤壁赋》，

“壬戌之秋，七月既望，苏子与客泛舟游于赤壁之下……”这时他的心态比较超然。这里的“壬戌年”很巧，正是宋徽宗赵佶的诞辰。宋徽宗在苏东坡写《前赤壁赋》的时候还没有出生，他是那年阴历九月出生的，而苏东坡写《后赤壁赋》时，宋徽宗刚满月。苏东坡于公元1101年去世，此时宋徽宗十九岁，刚刚登基一年，他在位二十五年，后于公元1126年被俘，成了亡国之君。他当俘虏时才四十五岁，被囚了九年，受尽屈辱，于五十四岁时去世。

苏东坡与杜牧两人的时代相隔了两个多世纪。在这段漫长的时间里，黄州的文化由杜牧、王禹偁及苏东坡这几位名人所引领，逐渐起到了示范效应，并慢慢地培育和渗透，最终发展成后来的锦绣文章。这三位名人有一些共同特点：第一，他们都是谪官。杜牧虽不是谪官，但他是在一生最不得志、怀才不遇的时候来到黄州的，很容易和当地的老百姓及土著知识分子打成一片。如果是仕途很顺的人是没有时间和心思跟这些草根知识分子来往的，所以当时他们的心态决定了他们的行动，他们对当地的文化建设起到了很大的作用；第二，他们来黄州时，都已步入中年。他们全部是四十岁以后到黄州来的，这个阶段是人在一生中完成价值观、人生观和历史观转变的关键时期，最容易让人产生忧患意识，也容易让人产生创新的爆发力，创作出一生中最为经典的作品。事实证明，杜牧一生中的代表作是在扬州和黄州写成的，王禹偁所达到的散文最高峰便是《黄冈竹楼记》，苏东坡更不用说，一首词、两篇赋、一篇《黄州寒食诗帖》的书法，创造出了他在黄州的四个文学高峰。在中国的文化史上，谪官对于推动中国文化建设所做的贡献，黄州并不是个案，最典型的还有惠州（今广东）和儋州（今海南），这几个地方的文化发展都是由谪官推动的，并深刻地影响了当地的士人和草根阶层；第三，他们被贬前已是海内闻名的大文人，他们来到被贬地时备受关注，在当时是叫“生活”，走了之后，叫作“历史”“传说”。这三人中，文人气最重的是王禹偁，他是宋朝立国前出生的人，生来谨慎。而杜牧和苏东坡都是唐宋立国后出生的，他们对朝代没有对比。名士气非常浓。名士气的特点就是不拘小节，什么都不在乎，但是才华横溢，很容易表现，这种人对文化特别有吸附力。杜牧在这方面表现尤为突出，他什么都不在乎，因为他是宰相的孙子，父亲也是大官。他什么都不怕，因为他见过的事情太多了。这样离经叛道、不按常规出牌的名士气，特别容易为当地的文化人所接受和喜欢，也很容易改变一个地方的风气。所以说，唐宋时期是鄂东人文精神的培植期。

二

明清之际是鄂东人文精神的发育期。在明代中叶，中国的思想界有一个长约一个世纪的活跃期，这个活跃期来自王阳明的“心学”。王阳明的“心学”是在南宋陆九渊的基础上往前推进的。从武宗到嘉靖年代，中国的讲学之风非常盛行。这个时期的鄂东，跟我说的唐和北宋时的鄂东不一样，唐和北宋时的鄂东是外来人在引领这个地方，到了明清，则是鄂东“自主品牌”的文化人和外来人交相激荡，从而形成了文化大观。

鄂东从明代嘉靖元年（1522 年）开始有了一个后劲十足的爬坡，嘉靖皇帝是从湖北安陆州（即钟祥）到北京当皇帝的，他出生在湖北，对湖北人文的推动力较大。在嘉靖当皇帝之前，中国有两个“直辖市”，首都是北京的顺天府，陪都是南京的应天府。嘉靖十九岁当了皇帝，他的胆子很大，二十五岁时做了一件事：在湖北钟祥成立了第三个“直辖市”——承天府。这为当时整个湖北的发展提供了一次很大的机遇，鄂东也是在这次机遇中得到了很好的发展机会。当时黄冈出了一个道士，叫陶仲文，在陕西周至县的一个粮库当库长，管理军备物资，是一个很小的吏。但是陶仲文是黄冈的一个“另类”，没有陶仲文，李时珍的御医是当不成的。陶仲文在陕西终南山学道，“种”出了一棵有 99 片叶子的灵芝。那实际是嫁接的，是假的。但他造得很像，随后献给嘉靖皇帝，说他在终南山上找到一棵万年灵芝，“九九至尊”才能享用。嘉靖皇帝就很高兴，经过一番谈话，嘉靖皇帝感觉他很有本事，于是把他留下来继续深谈。别看陶仲文一口黄冈话，他却有本事让嘉靖皇帝见了他一次就信任他，还把他调到身边，给他在礼部安排了一个六品官职。嘉靖皇帝好道术，陶仲文就专门给他讲道术，帮他炼丹，因此深得信任，最后官居一品。陶仲文是湖北人在明代的武宗、世宗、穆宗、神宗四朝，官当得最大的两个人之一，另一个人是张居正，他们都是一品。当时很多想当官的人都要走陶仲文的路子，因为世宗皇帝信任他。李时珍是湖北蕲春人，与陶仲文是老乡，陶仲文就提了他一把，所以说他还是有点儿家乡观念的。就因为出了他这样一个人，朝廷对黄冈就有很大的照顾和提携，包括张居正，那时想要“安全”，也得跟他搞好关系。但是张居正心里是很厌恶这些旁门左道的，他认为左道惑众，当官后杀了一大批这类人，陶仲文在张居正当首辅前已死掉，但他的劣迹秽行还是遭到了批判，乃至后来黄冈人都不提他。但总的来说，陶仲文对黄冈是有贡献的，他依靠嘉靖皇帝，为黄冈做了很多政策上的扶持。

到了隆庆时期，张居正掌权了。嘉靖皇帝死之前两年，张居正在湖北乃至中国政坛的影响力已经远远超过了陶仲文。世宗皇帝的遗诏就是他起草的。借这份遗诏，大量的冤假错案得到平反，世宗皇帝都闭了眼睛了，哪有什么遗诏？没有，那是张居正写出来的。海瑞一案就是他建议当时的首辅徐阶平反的。那么,张居正对黄冈有什么贡献呢？大家都知道红安的三耿：耿定向、耿定理、耿定力。耿定向就是张居正一手栽培的，在万历时期，张居正就提拔耿定向为福建巡抚，让他到福建接替万金鹏，实行“一条鞭”法，丈量土地，所以耿定向就成了当时黄冈籍里官当得最大的。第二个是麻城人梅国祯，这一点使得张居正一直被清算，为人所诟病，说他重用老乡。比如后来当了兵部尚书的方从哲、宜昌的王篆等，这些人都是大九卿。但是耿定向由于晚一辈没有进入第一核心，第一核心基本都是张居正的同学。耿定向进入了第二核心圈，随后就被调到了福建。他的弟弟耿定理一辈子没有当官，仅是秀才毕业。耿定力是隆庆五年（1571 年）的进士，隆庆五年的主考官就是张居正，所以他是耿定力的座主（即老师）。红安那时还不是一个县,耿定向于嘉靖三十五年考取进士后,又当了三年的小官，通过各种关系给嘉靖皇帝写信，说要在湖北多设一个县，于是从麻城分出红安来，第二年朝廷批准，批准第七年才开始正式建制，这是在嘉靖皇帝手上完成的，所以红安要感谢耿定向，这个县的建制是由他推动的。

张居正在朝的时候，全中国都在讲学，张居正的前任高拱、老师徐阶都喜欢讲学。耿定向在当时受这个风气的影响建立了天台书院，也讲学。张居正在万历八年一次性把全国的“私学”扫除，他这是搞舆论大一统。因为讲学的地方很容易误导老百姓的思想，让改革增加难度。鄂东的麻城因为天台书院成了湖北讲学的一个重要地方，耿定向在福建当官，而麻城就有福建人李贽开坛讲课的龙潭书院。李贽一辈子就是个举人，没考中进士，在礼部工作，一天到晚跟人搞不好关系，所有人都觉得这个人不太好打交道，喜欢认死理。当时有两个不好打交道的人，一个是海瑞，一个是李贽，他们是官场的“不和谐因素”。当年，张居正从稳定大局、遵循官场的一种树标杆的方式，建议把海瑞从牢里放出来，然后又给他升一个很肥的官——江南八府巡按，驻在苏州最富的地方，有八个府归他管辖，结果管三年，财政赋税收入降了一半。高拱很不高兴，就去查这个事，海瑞就把富人全抓起来，让他们家里交银子来取人。于是富人纷纷告状，有的迁到浙江，有的迁往江西等地，都说在苏州没法待，资产没有安全感。海瑞就说这些人对抗朝廷，如果朝廷不支持他，他就申请辞职。高拱和张居正于是批准他辞职。

张居正上任后举行了一个民意测验，问哪个官员可以重用，结果收到了一千多份答卷，得票第一的是海瑞，而李贽一票都没有。说起李贽的官运，可谓“天上掉馅饼”。他是做学问的人，但上面故意折磨他，让他在礼部做“后勤处处长”，管吃喝拉撒睡。张居正当礼部尚书时就认识这个“疯子”，当首辅后，他认为这个疯子人品还不错，心地是坦率的，民意测验没有他，不是说明他有多坏，而是他提了相公，不善于“拉选票”。张居正决定用用他，于是委任他当姚安知府。当时很多人捏了把汗，说他不具备这个能力，怎么能当地方长官。张居正说让他试试。这两个官场怪物，一个不用，一个升官。李贽到任后，接触到实际问题，果然就烦了。据说，他后来在衙门里留下了个负责管理官印的人处理公文，自己却跑到鸡足山庙里参禅去了。按照张居正的“考成法”，李贽是要被撤官的，张居正虽然没有说，但李贽自己提出辞官。

耿定向深知张居正的态度，要保护李贽，就建议李贽到红安讲学。所以大家只知道李贽到红安，却不知道他是在什么样的情况下去的。李贽是张居正在官场树立的另外一个形象。他后来并没有在官场上发展，因为按照张居正那样严厉的人，如果给他定个渎职罪会让他下不来台。万历十二年，此时张居正已去世两年，没有了张居正这个后台，耿定向跟李贽翻脸了。但他的二弟耿定理跟李贽关系非常好，两人的学问相通，由于此时张居正正在被清算，耿定向作为朝廷的大官，认为自己不清算李贽一把，就脱不了干系，于是就把李贽赶走了。俗话说“请神容易送神难”，文人也不能太得罪，他手上有一支笔，到今天李贽留下来的著作中有九篇文章都是在骂耿定向。

李贽离开已经单独建县的红安，到了麻城。他初到麻城没有地方住，最终在离麻城县城三十里地的芝佛院找了个安身之地。李贽在麻城讲学，不仅在鄂东、湖北，乃至全国的影响都非常之大。因为李贽是一个指标性的人物，是十六世纪继王阳明之后中国文化界的思想领袖，而这个思想领袖就住在麻城。当时的“公安三袁”是大文豪，他们分别到麻城来看他，并拜他为师。类似的很多全国这种指标性的人物都纷纷到麻城来看他。这样一来，以鄂东麻城为中心的理学、心学的研究被推上了一个高峰。如果说在唐宋时期，鄂东人文精神的培养主要在文学方面，那么明清时自从李贽来了之后，这里的整个人文精神便开始侧重在哲学上了。

这样的风气一直延续到民国，鄂东一直是中国的思想库。就这一点来说，李贽和耿氏三兄弟功不可没。

李贽的几部主要著作，如《焚书》《续焚书》等，全部是在麻城整理出来的，就像苏东坡最重要的作品是在黄州写出来的一样，特别是继王阳明的“知行合一”学说之后，他提出的“童心说”，对当时中国的思想界产生了极大的冲击力。他说，人之初是婴儿，心之初是童心，童心的核心观点就是一切都是本体，都是透明的，说真话，一个人只有保持童心才能保持良心，决不相信一个假话连篇的人能够做大事，能够为天地立心、为生民立命。这是李贽针对当时官场假话连篇、虚伪横行于世这一现象的犀利批判。“童心说”今天读来依然令人感到振聋发聩。在这个阶段，整个鄂东的讲学逐步从文学转到哲学，开始由客家文化转化为本土文化与客家文化的互动。

三

第三个阶段为鸦片战争以来特别是汉口开埠之后的一个半世纪，是鄂东人文精神的爆发期，这一时期的鄂东文化对中国的文化思想界影响很大。黄冈的人才经历了将近一千年的积蓄与发展，终于像火山喷发一样，一下子大量展现出来，这一点非常不容易。而这一个半世纪，既是中国除旧布新、脱胎换骨、历史运程的大转折时期，也是黄冈人安邦济世、知行天下的灿烂季节。我认为，文化应该像生命一样，要慢慢生长，长得越慢，最后的爆发期就越猛。黄冈的文化生长了一千多年，最后才爆发出来，产生了威力。

这一时期的人才，我想讲讲从李贽的哲学繁衍到鄂东成为思想库的这几个人。中国的文人很多，但能够承担为国家思考任务与责任的文人却很少。鄂东的哲学基础源远流长，从中唐、晚唐大致与杜牧前后相当时期产生的黄梅禅宗四祖、五祖开始，到六祖，完全可以说中国佛教本土化是在鄂东黄梅这块土地上完成的。佛教那么多经典，唯有六祖《坛经》是中国的。这是中国佛教对世界文化的巨大贡献。“黄梅天下禅”这一说法，在佛教界是得到公认的。因为这里侧重讲儒学传承，故在黄梅禅这一题目上不作展开。

当时的李贽是儒家之一变，因为从孔子的哲学到董仲舒，然后到北宋的“二程”、南宋的朱熹，这一路走过来叫儒学的正统，接着从北宋的陆九渊到明代的湛若水、王阳明，然后到民国时期新儒家的两位领头人梁漱溟和熊十力，以及到二十世纪下半叶被公认的“新儒家七子”，以儒学为基础的中国思想的薪火传承一直没有间断。“新儒家七子”中，鄂东就有熊十力与徐复观两人。

熊十力生在清代，1968年去世。他在1932年时就写出了《新唯识论》。他将佛教文化借鉴过来，成为中国哲学思考方法的一种。佛家讲“不二法门”，他讲“体用不二”。这部书在中国历史和思想上的价值都非常高，所以剑桥《中国哲学史》说他和冯友兰两人是中国最杰出的哲学家。他说，“重立大本、重开大用”“保内圣，开新外王”。用“内圣”开出“王”，“内圣”就是自身思想的修养，“王”就是王道。熊十力认为，中国进入20世纪所面临的问题并不是孔子和孟子时面临的问题，而是在他们学问的基础上的伸展。他自觉要承担继王阳明、魏源之后，重新建立认识当下中国的思想体系的责任。熊十力的《新唯识论》，可谓中国新儒学的开山之作。这个人很倔强，性格上非常不合群，他是继李贽之后的又一位鄂东文人的典范。

在熊十力之后，还有黄冈团风县人殷海光。殷海光只活到五十岁，他大量的著作也是四十多岁时完成的。相比在大陆的名气，他在台湾的名气更大。李敖、柏杨、颜元叔等都是他的学生。你看看这些学生就知道这位老师是什么样的人。所以李敖说："除了思想指向以外，殷海光的政治文章光芒万丈，出色得使他的敌人和朋友都为之失色，至今无人超越。"李敖个性狂傲，桀骜不驯，骂人从不留情，唯独对他的老师如此尊重，佩服得五体投地。殷海光跟熊十力不同，他认为在中国的传统文化里开拓不了新的思想，因此他对儒家文化泛道主义的倾向和中国文化采取的从古价值取向持批判态度。他认为应该依靠西方的实证论哲学的输入来补救中国思想界，呼吁中国人认知的独立。这两个老乡尽管采取的道路路径完全不同，但想解决的问题是一样的，即中国思想的未来和中国文化的走向,他们两人都慨然以"救中国文化"为己任。

第三位思想家就是浠水的徐复观。他最初是政治圈里炙手可热的人物，1942 年曾任国民党派往延安的联络官，所以他与毛泽东、周恩来、董必武等一大批共产党的高官都很熟。蒋介石很信任他，任命他为少将参议，为蒋介石的十四位核心幕僚之一。1944 年春，徐复观到重庆的勉仁书院拜访了同乡长辈、国学大师熊十力，表明自己喜欢儒家和哲学，尊其为师。熊十力很直接地对他说：要想做学问，得先脱了身上的军装。后来，徐复观到台湾果真脱了军装，去做学问。蒋介石给了他十万大洋支持他。与熊十力的这次见面，让徐复观的人生观和世界观发生了根本的改变。他弃绝所有官场的引诱，退出了扶摇直上、春风得意的仕途，开始当一位独立的学者。20 世纪 50 年代初，徐复观与唐君毅、牟宗三等成为“现代新儒学”的代表人物。徐复观所有的思想和治学方式，如鄂东人的性格一样刚正不阿，但他与殷海光的价值观可谓南辕北辙，分属于两个不同的思想阵营。徐复观与自己的老师熊十力一样，都是要在中国文化里开掘出新的资源来滋养中国的文化，发展和壮大中国的本体文化。所以，徐复观说，中国历朝历代一直贯穿着体现人文精神的圣人之道，或曰理，与表现为无限制的君主专制的势的矛盾和冲突，这是中国历史的“死结”。这三个人身上，都体现出了“位卑未敢忘忧国”的精神。他们的忧患意识与生俱来，都希望利用他们所学的知识服务于当下的时代、民族和国家。他们的表现和当年李贽和耿定理的表现是一致的。

这期间还有一位语言文字学家黄侃，他属于“章黄学派”，四十九岁时就成为了现代训诂学的开山鼻祖。黄侃是章太炎的得意弟子，黄侃一生中在学问上最崇拜两个人，一个是章太炎，一个是刘师培。但刘师培后来被袁世凯给收买了，他要黄侃帮袁世凯写一封劝进信，愿意给他三千块大洋，结果被黄侃臭骂了一顿。黄侃的身上体现了鄂东人固有的独立自由的人格、学问的尊严。这一时期鄂东文化界的代表人物还有董必武、李四光、陈潭秋、詹大悲、田桐、居正、闻一多、胡风、汤用彤等。在这一批人身上，鄂东的人文精神从“独善其身”走向“兼济天下”。

四

鄂东的人文精神具体体现在哪些方面呢？

简言之，第一个是“知行合一”。这一点最早由明代心学集大成者王阳明提出。熊十力在《新唯识论》中提出了“体用不二，心物不二”，就是在知行合一的基础上发展而来的。鄂东的先知和先哲们，始终贯穿了“在行中知，在知中行”这样一个过程。比如辛亥革命武昌首义的爆发，就是知行合一的体现，熊十力、黄侃、李四光、田桐、居正、詹大悲等一批鄂东志士都参加了这次首义。中国共产党的成立，其一大代表中就有董必武、陈潭秋、包惠僧三人。他们都是在“行中知，知中行”。辛亥革命是当时最需要“行”的事情,鄂东人“行”了,后来发现在“行”的过程中还有新的思想、新的知识出现，鄂东人再求识，再力行。鄂东的人文精神里，第一个值得肯定的，就是在“知行合一”方面做得很好。

第二个值得肯定的是鄂东的“孤往精神”。“孤往精神”是熊十力提出来的。当年在台湾，居正先生逝世时，徐复观写了一篇纪念的文章，大意是说：湖北人敢为天下先，什么事情都敢做，经常有自己的抱负和孤独。一个人往往抱负大了就会孤独,我见过很多有抱负的人都很孤独，他会把天下看得很轻，不要说把官丢了，就是砍头也不要紧。所谓“砍头不要紧，只要主义真”。

熊十力在《十力语要》中说:“人谓我孤冷。吾以为人不孤冷到极度，不堪与世谐和。”他认为做大学问、做大事业要孤冷。这种性格在鄂东人里面，表现得非常突出，孤冷到极致，子弹都可以打穿胸膛，但就是不妥协。没有这种孤往和孤冷精神，大别山区里就不可能产生几十万的红军战士、数万名烈士。从这一点上看，苏东坡孤冷，他在安国寺收招魂魄；李贽也孤冷，在麻城讲学十六年，从不向世俗妥协；耿定理孤冷，他不求功名，只做学问，至死只是生员，人称“八先生”；黄侃孤冷，人称“黄十公子”，辛亥革命时，他的足迹遍及鄂东蕲春、黄梅、广济、浠水、英山、麻城以及皖西宿松、太湖等两省八县的广大穷乡僻壤，号召人民组织起来，以国家兴亡为己任，推翻清廷的反动统治；后来的陈潭秋、董必武、李先念也一样，都是孤冷到奋不顾身，绝不依傍任何人；闻一多孤冷，宁可饮弹而死，也决不向恶势力妥协。他们都有思想的洁癖，绝不容许世俗的东西来侵扰。

鄂东人文精神的第三个特点就是“崇文尚武”。人们都说鄂东人的特点是文武全才。美国的学者在研究鄂东时，发现井冈山、大巴山、太行山等这些革命老区基本都是文化不高的地方，唯独大别山这片老区是中国的人文高地，别的地方的人是为了生存而革命，而这个地方的人是为了理想而革命。革命需要他们拿枪的时候，他们拿枪；需要他们弄文的时候，他们也弄文。鄂东的各县市往往都有将军县、教授县、作家县、报人县之美誉，可谓一县一品，各臻特色。鄂东人都是乐于改造社会的热血人物，革命需要他们拿笔杆时就拿笔杆，需要拿枪杆时就拿枪杆，真正是文武双全。

统领鄂东人以上三个特质的思想，则是“忧患意识”。他们真正做到了范仲淹的“先天下之忧而忧，后天下之乐而乐”。但我发现这些先辈们很有意思，他们的“先天下之忧而忧”做得很好，但“天下之乐”后还不快乐，因为他们又发现了新的问题，要去思考和解决。当然，在今天，鄂东人文精神的“接力棒”，已经传到了我们这一代人手上。我相信，我们一定能够秉承先辈强烈的忧患意识，继续拓宽和延续鄂东千百年来的精神长河。

2013 年 5 月 4 日，在湖北省黄州市委礼堂的演讲

兴亡千载说昭君

一

大约是十二年前，我同自北京来的三位前辈文人一起来荆州、宜昌考察，此行一为参观建成的三峡大坝，二为参访张居正、屈原以及王昭君的故乡。同现在一样，那是一个深秋季节，庄稼已经收割，江汉平原从喧嚣走向了沉静。而秭归与兴山所处的巫山山脉中，却是从沉静走向了喧嚣。满山的红叶让我想起杜牧的“霜叶红于二月花”的诗句。秋之喧嚣是色彩的交响曲，当我第一次自香溪河畔踏上兴山的土地，我首先想到了两个最迷人的意象，一个是香溪河里的胭脂鱼，一个是纱帽山中的王昭君。大地上的水，哪怕有一分的燥热，一丝的不洁净，这胭脂鱼就无法生长；同样，如果山水有一点点的污秽，有一些些的丑陋，也不会滋养出王昭君这样的绝代佳人。胭脂鱼又叫桃花水母，我暗自思忖，胭脂与桃花，都会让人想到“美艳”这个词。在中国历代诗人的作品中，形容女人之美，都会借用胭脂与桃花这两个词。远在公元前七世纪，楚庄王的曾祖楚文王听说息国国王的夫人美艳，不惜发动战争抢回了这位息夫人，后世称这位倾国倾城的美人为桃花夫人。

我在《张居正》的创作谈中，曾说到“爱情是政治的瑜伽”，在古代，无论是中国还是外国，因为女人而发动战争的例子绝不是个案。同样，用女人去换取国家的安宁或个人的利益，这样的故事也不胜枚举。为了博取心爱的女人一个笑容，周幽王不惜点燃烽火台，以至等到敌国进攻，烽火台真正报警时，却无人相信。同样为了社稷，面对安史之乱的唐玄宗，在六军不发的危急之时，不得不让自己的最爱杨玉环投缳自尽。最后，唐玄宗的暮年只能在苦苦的思恋中备受煎熬。从“从此君王不早朝”到“迟迟钟鼓初长夜，耿耿星河欲曙天”，我们从白居易的《长恨歌》中读到了一个痴情君王的不幸。古往今来，爱情的悲剧总是让人潸然泪下。“此情可待成追忆，只是当时已惘然”，爱情的不幸总是让人同情，无论是唐玄宗与杨玉环，还是梁山伯与祝英台，将这一类爱情悲剧放在一起，总是让人心灵震颤。不幸的是，从兴山走出的王昭君，也是这悲剧中的一员。

在长江流域，大凡山环水绕的地方，会充溢着阴柔之美，这种阴柔会滋生很多才子，也会滋生很多美人。兴山与秭归在古代是一个县。这片土地上既诞生了才子屈原，也诞生了美人王昭君，两人都是悲剧的主角。历史上有一些时代值得我们歌颂，那是因为那个时代洋溢着善良与正直；有一些时代却为我们所诅咒，因为那个时代扼杀了美与真。

二

记得那次我来兴山，首先就去拜访了位于纱帽山的昭君故里。那里有一处碑林，刻了历代的名人大家写给王昭君的诗。他们的诗，在来兴山之前，我已读过一些，最有名的，莫过于杜甫《咏怀古迹》五首中的第三首《昭君》，他是这样写的：

群山万壑赴荆门，生长明妃尚有村。
一去紫台连朔漠，独留青冢向黄昏。
画图省识春风面，环佩空归月夜魂。
千载琵琶作胡语，分明怨恨曲中论。

不知为何，在昭君故里重新读到这首诗时，我却莫名地想到了巫山神女，并想到了宋玉的《高唐赋序》。楚国的大文学家宋玉在这篇赋中写到巫山神女对楚王情有独钟并自荐枕席。宋玉假神女之口说："旦为朝云，暮为行雨，朝朝暮暮，阳台之下。"将男女私情描绘为云雨之欢，这是宋玉的创造。在秦之前，王与女人的交欢，多少还有几分浪漫，但到了汉代，皇帝喜欢上了哪个女人，则被称为"宠幸"，而被宠幸的女人则自称为"承恩"。

同在三峡之中，神话中的巫山之女与楚王创造了云雨之欢，而现实中的三峡女儿王昭君却没有这么荣幸，也就是说，她始终没有"承恩"的机会，这才是她走上和亲之路远嫁匈奴的主要原因。

在中国众多的历史人物中，有些人生前赫赫有名，但死后就渐渐被人遗忘，有的人却能够穿越迢递的时空，一代一代地相传。前者之冷落，在历史中代不乏人。像我写过的张居正，曾被梁启超评价"明只一帝，朱洪武是也；明只一相，张江陵是也"，但在民间，老百姓对他却知之甚少。还有一种人则是死后声名不衰，像荆轲、项羽、关羽、诸葛亮、曹操、蔡文姬、岳飞、柳如是、李叔同、蔡锷等，毫无疑问，王昭君属于这类人，她死后甚至比生前更有名。

观诸历史，凡是死后有名的人，莫不都与文学有关系，那些一再被诗人、戏剧家、小说家、词曲家所青睐的人物，总会从远古走到现代，从历史走向民间。

昭君的经历其实很简单，一个乡村长大的美女经过层层选拔，成为皇帝名义上的女人。因为得不到皇帝的宠幸而最终被选为汉廷和亲的女人，被送到塞外，和一个陌生的匈奴王结婚。最终，她还是王的女人。

似乎从一开始，昭君和亲就被文学家与历史学家定义为一个悲剧。比较可信的最早描写昭君的诗歌，是西晋的石崇。他在《王昭君辞并序》中写道："昔为匣中玉，今为粪上英。朝华不足欢，甘为秋草并。传语后世人，远嫁难为情。"石崇在西晋可不是一个普通人物，他曾担任过散骑常侍、荆州刺史等重要官职。他生活奢华，据《世说新语》记载，他家中的厕所修建得异常华美，里面设有绛帐、褥子、枕垫等用品，还准备了各种香水、香膏，通常还有十几个美女伺候，客人上完厕所，这些美女们就会上前帮客人脱下衣服，沐浴更衣。石崇认为，上过了厕所，衣服就得扔掉，不能再穿了。

石崇既是高官，又是大富豪，富可敌国，他的美艳妻妾侍女达数百人之多。就这样一个人，居然为王昭君写了一首诗，并以他自己的生活环境与人生阅历为出发点，想象王昭君嫁给匈奴王的种种不堪。从此，后世的文学家们，很少有人能够跳离石崇的基调来描写王昭君。王昭君哀哀戚戚，似乎是以千金玉体去侍奉虎狼之身。文学家们都哀叹昭君命运悲惨，倒是唐代的诗人王叡，写了一首《解昭君怨》，可谓别出蹊径：

莫怨工人丑画身，莫嫌明主遣和亲。
当时若不嫁胡虏，只是宫中一舞人。

历代诗人为王昭君写的诗词不下数百首，大家如沈约、卢照邻、骆宾王、孟浩然、李白、杜甫、白居易、李商隐、欧阳修、司马光、王安石、苏东坡、黄庭坚、陆游、元好问、耶律楚材、戚继光、曹雪芹等，都各呈才情，写了许多好诗，但遗憾的是都没有跳出石崇的窠臼。但王叡却不一样，他认为昭君和亲并不是悲剧，如果她留在汉宫皇帝身边，充其量只不过是宫廷众多舞女中的一位。在王叡看来，昭君留在汉宫才是悲剧。

这里面就有一个问题值得探讨，即一位汉族的姑娘嫁给匈奴，是否就一定是屈辱和羞耻？石崇说昭君由“匣中玉”变为“粪上英”，以他的眼光，匈奴是尚未开化的人类。比西汉晚了一千多年的岳飞，在其词作《满江红》中依然说“壮志饥餐胡虏肉，笑谈渴饮匈奴血”，胡虏是对以匈奴为代表的西北少数民族的蔑称。探讨昭君是否是悲剧人物，首先我们来回顾一下匈奴的历史。

三

远在战国时期，长久在草原游牧的少数民族就一直影响着中原政权的安全。这也就是秦始皇修筑长城的原因。刘邦取得政权建立汉朝之后，不少少数民族融进了汉人的队伍，应该说，中华民族的大融合远在汉朝初期就已开始。但是，以匈奴为代表的少数民族在北方广袤的区域活动，依旧对汉族政权构成了极大的威胁。

公元前 200 年，刘邦为了歼灭逃往匈奴地盘的韩王信，也想借机解除北边的威胁，于是率领三十二万大军前往平城（即今天的大同）。刘邦一心想深入匈奴腹地打一场歼灭战，却没想到被匈奴冒顿单于率四十万大军围困于平城东南十几里地的白登山，七天七夜，粮草皆绝，又无援军，其时正在隆冬季节，许多战士手指头都冻掉了。如果不是陈平的奇计，匈奴松开了包围圈的一角，刘邦在勇士们的护卫下逃出生天，那么，汉朝的历史又将重写了。

大约十年前的初冬季节，我到了山西大同白登山和内蒙古的和林格尔。那里十月飞雪，我记得大约是十月底我去的白登山，已是零下十摄氏度左右。我当时就想，这么寒冷的天气，在中原或江南长大的汉军将士们，怎么能打仗呢？游牧民族大都生活在高寒地区，马背是他们的家乡，风雪是他们的故人。所以，汉人与匈奴的作战，若是在极寒天气，几乎没有战胜的可能。狼狈回到长安的刘邦，开始认识到对匈奴的作战不可能一蹴而就，加之政权始建，经历了多年战争的人民需要休养生息，于是审时度势，听从大臣娄敬的建议，对匈奴和亲。

高帝九年（前 198 年），刘邦以同宗刘姓的女儿为公主，出嫁匈奴单于，这是和亲之始。从高帝到景帝，汉廷进行了多次和亲。从历史记载中得知，和亲不仅是选择一个漂亮的公主或宫女出嫁单于，还要随新娘带去大批的物资和财富。以美色和财富换取和平以及国家的发展时间，应该说，执政的皇帝是采取了明智之举，民间也因为和亲之举得到了休养生息的机会。

汉武帝刘彻于公元前 141 年 3 月登基，斯时国内矛盾逐渐平息，国家财力得到空前发展，有着雄才大略的汉武帝再也不肯对匈奴采取忍让甚至是屈从的态度。建元六年（前 135 年），相当于摄政王角色的窦太后去世，二十岁的汉武帝开始柄政，在做了一年多的准备后，他于公元前 133 年开始了对匈奴的战争。从此在他柄政期间，对匈奴大的战争进行了二十余次。我们现在耳熟能详的那些将军，如卫青、霍去病、李广、李陵等，都是抗击匈奴的名将。大约在元狩二年（前 121 年），在骠骑将军霍去病的进击中，匈奴昆邪王杀了休屠王，带领四万部众投降汉朝。汉武帝在他们的领地设武威郡和酒泉郡。后来，又从酒泉郡分出敦煌郡、武威郡分出张掖郡，这就是有名的河西走廊四郡，也就是从那一年起，这本属于匈奴的故地永久并入了中华的版图。

汉武帝死后，因为连年的征战，国力再次疲弱，他的继任者是昭帝，昭帝的继任者宣帝再次采取了休兵息战、调养生息的政策。这时候，远遁朔方的匈奴再次连年侵扰汉朝的边境，但宣帝并不因此而轻易开战，而是采取怀柔政策缓和与匈奴的矛盾。宣帝死后，他的儿子刘奭即位，这是公元前 49 年的十二月。第二年，匈奴呼韩邪单于上书元帝，称民众缺粮，希望汉朝救济。尽管国内因干旱歉收，元帝还是满足了呼韩邪单于的要求，从云中、五原两郡转运粮食两万斛供给匈奴。

在匈奴内乱之后，呼韩邪单于于公元前 33 年主动到长安觐见元帝，并提出愿意当汉朝的女婿。元帝感受到呼韩邪单于亲近汉朝的诚意，于是欣然答应。在以往的和亲中，都是找一个刘姓的女子以当朝皇帝的公主的身份嫁给匈奴单于，这表明匈奴王与汉朝皇帝的关系是翁婿关系，双方并不平等，匈奴王低了一格。元帝为了表示与呼韩邪的亲密关系，决定不再以公主的名义下嫁呼韩邪，而是在自己的后宫中挑选一位自己尚未亲幸的女子赐给呼韩邪为妻，表明呼韩邪与他元帝身份平等，是兄弟关系。这样，选入汉宫不久、身份处在最低一等家人子的王昭君，才有可能成为呼韩邪的妻子。

四

关于昭君出嫁呼韩邪，历史上一直争论的是元帝钦点还是昭君自请。我觉得这一点并不重要。关于昭君出塞的具体时间和所走的路线，史家也一直争论，我认为这争论也不重要。因为今天的读者，对过于专业的考证并没有兴趣，但昭君和亲是否是悲剧，对于当代人来说，恐怕是一个有兴趣的话题。

大约八年前，我去呼和浩特，顺便去了一趟青冢。这青冢是王昭君的坟墓，那规模格局，无异于中原一座帝王的陵寝。王昭君嫁了呼韩邪之后，汉廷给了她一个封号“宁胡阏氏”，阏氏读“焉支”，是匈奴语，即皇后的意思。当然，这阏氏并不等同于汉朝的皇后，汉朝皇帝只有一个皇后，而匈奴王通常都有几十个阏氏。不论如何，远嫁的王昭君成了宁胡阏氏，如果留在汉宫，她只能是一个舞女，年老色衰，舞也跳不动了，就只能在寂寞中等死。

当年匈奴活动的地区，我基本上都去过，如内蒙古的阴山地区、呼伦贝尔草原以及甘肃的河西走廊，以及额济纳旗的居延城，从祁连山流向阿拉善草原的黑河等。当我从武威出发，翻越焉支山，看到一望无际的绿洲时，我非常感慨，两千年前匈奴的故乡，其实都是风景绝佳之地。以上区域，都是今天的旅游者十分向往的地方。历代文学家们所精心塑造的王昭君的悲剧，除了为她未能得幸于元帝而抱屈，还有一个重要的原因，就是认为她进入了触眼尽是荒漠沙碛的胡地。由于长城边界的阻碍，古代的文学家们很少有人能够进入以上地区，因此他们想当然地描写胡地风沙的凄厉，他们出于同情而人为地放大了昭君的悲剧。

在写昭君的众多诗词中，亦有一些女性诗人的作品，如明代女诗人黄幼藻的诗：

天外边风掩面沙，举头何处是中华？
早知身被丹青误，但嫁巫山百姓家。

诗中的面沙，疑为面纱之误。这位黄幼藻的丈夫是一位当官的人，她自己也出身于官宦世家。虽然她生活优雅，不似昭君是农家女，但女人对感情的认识许是相同的。在她看来，昭君远嫁匈奴，背井离乡，亲人不得相见，这是何等悲惨的事情，早知如此，昭君也不要去当什么后宫皇眷，就在当地找一个百姓人家的男儿嫁了，举案齐眉，白头偕老，这样的结局多好。黄女士对昭君的同情，仍是文化上的纠结。古代文人骚客过分渲染昭君的哀怨与悲伤，乃是当时的价值观与生活观在起作用，若在今天还持这种观点，则有点不合时宜了。

2015 年 11 月，在王昭君故里兴山县的演讲

文化是长江的灵魂

中国的地形像一个烟云弥漫的扇面，它自西向东倾斜，西面有被称为“世界屋脊”的青藏高原，东面则是碧波浩渺的太平洋。高山与海洋之间是我们华夏的广袤国土，两条伟大的河流自巍峨的雪山流下，它们是黄河与长江。

如果说黄河像一个安静的智者，那么长江更像一位激情澎湃的诗人。“黄河之水天上来，奔流到海不复回。”这是李白歌颂黄河的诗句，我常常思忖，同样来自天上的长江，为什么不能得到这种排山倒海的诗句呢？后来我明白了，李白眼中的黄河，更是一种景象，可以观赏但不能亲近，他献给长江的诗句是“孤帆远影碧空尽，唯见长江天际流”。李白从未在黄河上航行，但他却一次又一次踏上长江的行舟。无论是李白的“两岸猿声啼不住，轻舟已过万重山”，还是杜甫的“无边落木萧萧下，不尽长江滚滚来”，我们都可以从中看到，长江不仅是瑰丽的景象，更是一种生活。它不仅仅拥有万里流域，更拥有万里画廊。

在中国，有两个地理的概念是如此深入人心，一个是因黄河而产生的中原，一个是因长江而产生的江南。远古的政治家就说过，得中原者得天下，中古的政治家补上了一句，得江南者得中原。

从真正的地理概念上来说，江南应是长江之南，即今日的湖南、江西以及岭南地区，但在中国人的人文地理中，江南指的是长江的下游，即江苏与浙江。乾隆皇帝下江南，便是下的长江的下游，即地理上的江东地区。在这个区域内，近一千年的历史中，一直流传“上有天堂，下有苏杭”的美誉。在唐代，说到天下名城，有“扬一益二荆三”的说法，“扬”指的是江苏的扬州，“益”指的是益州，即今天的成都，“荆”指的是湖北的荆州。这三座城市都在北纬三十度区域内，也都在长江边上，成都离长江稍远，但这天府之国的中心，依然是得到长江水系的滋养。

天佑中华，首先是赐给了中国两条完整的河流。黄河养育的北方产生了中原，中华文明的曙光在那里升起；长江养育的南方，让中华民族拥有了江南，岂只江南，成都、重庆、宜昌、荆州、武汉、岳阳、长沙、南昌、安庆、芜湖、扬州、镇江、南京、苏州、上海、杭州、宁波……这一座又一座城市，一个又一个城市群，犹如历史天幕上一颗又一颗璀璨的明星。远在隋朝，隋炀帝就开凿了贯通南北的大运河，这是人类史上前所未有的巨大的水利工程，修建它的目的只有一个，即将江南的财富通过这条运河源源不断地输送到北方，先是送到中原的洛阳，尔后送到秦岭以北的长安，最后是送到了燕山脚下的北京。几乎从唐代开始，一代又一代的国家统治者都承认这样一个事实：国家财富，多半仰仗东南。明朝中期，朝廷三分之二的财政收入来自东南数省的赋税。但恰恰在此期间，国家的财富积聚有了一个明显的转折点，即长江中部成了继长江下游之后的又一个经济增长点。南宋盛行的口号是“苏湖熟，天下足”，到了明朝中期，口号便变成了“湖广熟，天下足”。这个湖广，并不包含广东，而是湖北、湖南。

“湖广熟，天下足”口号的提出，乃是因为湖广境内荆江水患的治理得到了根本的改善，变水患为水利，使江汉平原成为继杭嘉湖、苏锡常等环太湖平原之后中国最好的粮仓。

现在，长江经济带与长江中游城市群的建设上升为国家战略，这是长江中部的福音。随着长江经济带的再度发育与茁壮成长，我们会看到，这项战略既是回应历史，也是面向未来；既是发掘一座财富的金矿，更是开采一座人文精神的富矿。

自古以来，长江与世界的沟通、与时代的联系，除了强大的经济，还有它灿烂的文化。如果通过长江中部的诗人们来了解他们的故乡，我们会看到一处又一处令人迷恋的乡村，一曲又一曲令人陶醉的牧歌。在盛唐时期，著名的乡村诗人孟浩然在他的家乡湖北襄阳的鹿门山中，接受朋友的邀请前往做客，写出了这样一首诗歌：

故人具鸡黍，邀我至田家。
绿树村边合，青山郭外斜。
开轩面场圃，把酒话桑麻。
待到重阳日，还来就菊花。

孟浩然的诗朴实无华，但诗中描写的淳朴的乡村风光与民俗，在今天还到处能看到。隐隐的青山，灿烂的林叶，朋友在秋收之后的家中招饮，宾主在丰收的喜悦中微醺，这就是文化，这就是生活，这就是传统。

与孟浩然同时期的诗人李白，自峨眉山下的青衣江买舟东下，穿过三峡，来到湖北安陆定居，历史记载他“酒隐安陆，蹉跎十年”。一生好作名山游的李白，为何能在位于湖北中部的大洪山中一住就是十年呢？他在《山中问答》诗中这样写他眼中的安陆：

问余何意栖碧山，笑而不答心自闲。
桃花流水窅然去，别有天地非人间。

其实，在长江的中部，安陆的山水并不是最佳的，但它们在李白的诗句中，仍展现出令人迷恋的幽境。中国古代没有生态这个词，但有一个词叫天籁。在我看来，天籁比生态更富有纯自然的不假人工的诗意。其实，在孟浩然与李白之前，在比他们早了三百年的东晋，在今天的江西九江，那时被称为柴桑的地方，诞生了一位名叫陶渊明的诗人，曾当过一个小小的彭泽县令。他厌弃官场回到家乡隐居，后世称他为“隐逸诗人之宗”，在描摹自然上，他显得超凡脱俗。他对自然的钟爱以及对恬淡生活的眷念，促使他写了一篇美文《桃花源记》，他勾画的桃花源是一个既有人间烟火又绝无市尘嚣杂的地方。自这篇美文问世之后，桃花源便成为人间乐土的代名词，它的名声穿越迢递的时空传到当代，连我们新中国的缔造者毛泽东主席，也在一首诗中写道“陶令不知何处去，桃花源里可耕田”。这个桃花源，既指引孟浩然写出了“开轩面场圃，把酒话桑麻”的丽句，也促使李白发出了“别有天地非人间”的赞叹。毫无疑问，这个桃花源，是陶渊明根据家乡的山水塑造的。在我们有着六十多万平方公里的长江中部，几乎到处都存在着桃花源式的乡村。犹如西方人不远万里来到中国寻找他们梦想中的香格里拉，中国一代又一代的士人，都在寻找他们心中的桃花源。像中原、江南这些概念一样，桃花源也成为我们精神故乡的地理标志。如果说经济创造了价值，文化则创造了价值观。

法国人艾黎·福尔在他所著的《世界艺术史》中，这样来评判中国："中国人经历了我们没有经历过的演变。中国人构成人类发展之树的又一个分支，第二个分支与第一个分支分道扬镳，我们无从知晓这两个分支是否能汇合到一起。"艾黎·福尔先生是一位严谨且睿智的美学家。他显然对中国的文化传统既存在强烈的好奇又有着相当的陌生感。我们从他对中国艺术的描述中，仍可以看出，他对长江流域的艺术特征似乎更感兴趣，他说："……各种木器、象牙器、玉器、铜器遍布楼台亭阁，堆积在店铺的货摊上，货摊沿着熙熙攘攘的街道一字摆弄，挂着彩绘的招牌，街道两旁堆满垃圾。但是，从这些工艺品中散发出奇特的温馨。的确，在这个富有哲理的民族心灵深处，哲学家已经完全熄灭了折磨人的忧虑。"在今天的长江流域，艾黎·福尔先生描述的这样的小镇，以及各种各样的工艺品，几乎是随处可见。

我们是文化的享受者，同时，我们更是文化的创造者。文化不是什么高深莫测的东西，而是我们生活的习惯、行为的准则、价值的判断、心灵的依皈，在民间称为风俗，在庙堂称为风尚。背着行囊到处游走的诗人，用几片水墨来传递中国意境的画师，制订乡规民俗的优雅的乡绅，敲着木鱼诵读经文的和尚，他们无一不是文明的守护者，文化的传播者。我们在座的每一个人，既包括我，也包括你，无一不是中华传统文化的受惠者，同时也是传承者。我们守住这个精神家园，同时，我们也创造它、发展它、更新它。回望过去，我们有乡愁，乡愁给了我们守护传统的信心；展望未来，我们有责任，文化长江的建设，是在继承中创新，是在传统的回归中开拓文明的新边疆。

文化的普遍性使其无远弗届，文化的差异性又使其魅力四射。从亚洲来讲，印度人是从具象走向抽象，中国人是从抽象走向具象。在西方，概念衍生出世态；在中国，象征支配着生活。在黄河，庄重与严谨是文化的内涵；在长江，浪漫与飘逸是文化的风骨。即便是长江，它上游的巴蜀文化、中游的荆楚文化、下游的吴越文化也是如此的不同。但不管文化的形态有着多么大的差别，有一点是相同的，唯有将文化作为纽带，人类的命运共同体才能真正建成。如果说，经济是长江的命脉，生态是长江的血液，那么，文化则是长江的灵魂。

因为文化，在长江的中部，神农发现了茶叶，陆羽创立了茶道；屈原创作了《离骚》，陶渊明发现了桃花源；毕昇发明了活字印刷术，李时珍写出了《本草纲目》……

长江中部历来都是文化的沃土，它不仅盛产英雄，同时也盛产书生。在这片土地上，政治家可以发现创世的激情，企业家可以找到财富的钥匙，科学家可以获得智慧的密码，而文学艺术家们可以在这里写出崭新的史诗。庄子在《大宗师》一文中说："相濡以沫，不如相忘于江湖。"他讲述了一个寓言，两条鱼离开了水，只能在干涸的泥地用口中的唾沫延续对方的生命，如此这般痛苦，它们应该回到宽阔的江湖。在今年元月份的第一届长江文化论坛上，我曾说佛家的行脚僧将湖南、湖北、江西等长江中部地区喻为江湖。如今，我们就在这江湖之内。为了寻找乡愁，创造未来，在长江经济带中缔造我们的命运共同体，所有的创造者，无论是政治家、企业家，还是科学家、文艺家，我们既要保持相濡以沫的人间真情，也要有相忘于江湖的博大胸襟和利乐众生的文化风范。

2015 年 11 月，在第二届“长江文化论坛”上的演讲

神农与神农架

一

2013年春天，我受四川省文联的邀请，前往岷江流域考察四川汶川大地震后灾区文化重建的情况。在茂县，我看到了一座正在复建的神农庙。这神庙的建筑样式，绝非中原传统的歇山檐风格的大屋顶，而是峭拔的，类似于欧洲的哥特式建筑。当地人告诉我，这里是羌人聚居地，羌人认为他们的祖先是炎帝神农氏。这座神农殿也被称作太阳殿。羌人认为他们的祖先是太阳神。在长江流域，我们会看到各种不同的神农祠。但是，在长江流域乃至广大的中国的南方，却很少能看到黄帝祠。由此我想到，为什么中国的南方原居民都会祭祀炎帝神农氏而很少祭祀黄帝有熊氏呢？

炎帝神农究竟是出生在中国的南方还是北方，从古到今一直存在争论。持北方说者，首先见于《左传》昭公二十九年记载，晋国的太史蔡墨云："有烈山氏之子曰柱，为稷，自夏以上祠之。"《礼记·祭法》中也说:“厉山氏之有天下也,其子曰农,能殖百谷。”西汉学者都说“烈山,炎帝之号”。“烈”与“厉”是通假字，称烈山或厉山并无分别。炎帝神农氏出生在烈山，也无异议。后世争论的焦点是这个烈山究竟是在哪里。此前《水经注》的作者郦道元也认为随州的厉乡为烈山氏即神农的出生地。这个德安府的随州，即今天湖北的随州。对炎帝神农的出生地在湖北，历史学家钱穆不同意这个说法，他在《古史地理论丛》一书中说:“今考古帝传说，皆在冀州，姜氏诸族，其后可考者，亦多在冀，而稼穑故事，亦多在冀，何以烈山氏生于随州之厉乡？盖晋亦有随。《左传》隐公五年，翼侯奔随,《一统志》:‘随城在汾州府介休县东，后为士会食邑。’此晋地有随也。”

钱穆先生是一个治学严谨的历史大家，他考证炎帝神农生于山西古随城，不能说没有道理。但是，他的考评所依据的材料，也都是周朝之后的，用中国伟大的历史学家司马迁的话说“其文不雅驯，荐绅先生难言之”。钱穆先生的伯乐顾颉刚先生是同意司马迁观点的,他在《上古·国史讲话》中说:“任何民族的古代史都不免杂有传说在内,这原不足为怪,因为一个民族的历史也正如一个人的历史一样，一个人年纪大了，若单凭自己的片断的回忆，或零星的用物，去记述他幼年的生活，那自然是难得真确的。我们的古史也像这样，在东周以前，简直渺茫极了，我们只知道那几个朝代和若干个人名地名,但都是零零碎碎的,连贯不起来。从前固然也有人提到这些，但不是黏附着许多神话，使我们不敢相信，就是支离矛盾，使我们没法相信。更有些人则是有意地去妄造古史，那就弄得更混乱了。”

顾颉刚是了不起的历史学家，是他发现并提携了钱穆，顾先生是不会把传说当成历史的。以他的观点来看，关于神农故里的争执是没有什么意义的。他说东周以前的历史渺茫极了。既然是东周以前，那么西周及三皇五帝的记载，都不太可信。因此虽然他赞同司马迁所说的“其文不雅驯，荐绅先生难言之”，但他却用司马迁的这个观点来批驳《史记》中的《五帝本记》，认为这一部分的记述也有好些“不雅驯”的地方。不过，顾先生的批评还是留有余地，他说“这笔糊涂账现在还没法清算，只有待新史料的发现了”。

的确，在顾先生与钱先生之后，一些新的考古发现推翻了过往一些历史的定论。如小麦这种农作物，甚至连研究中国科技史的西方权威学者李约瑟都认为是从中东传入中国的，但是在二十世纪六十年代末，美国芝加哥大学的华裔学者何炳棣在其著作《黄土与中国农业的起源》一书中，以大量无可辩驳的历史事实推翻了这一论断，并明确指出中国农业的起源具有自己的区域性和独立性。在河北省徐水县南庄头遗址中发现了距今一万年左右的谷物加工工具，如石磨盘、石磨棒等。

这种考古发现对于中国农业的起源意义重大，也证明了钱穆先生“而稼穑故事，亦多在冀”的说法。如果没有更新的发现，则可以推断炎帝神农诞生在山西了。但是，更加令人振奋的考古发现，又对这个推断打了一个问号。

历史学家樊树志在《国史十六讲》中对长江流域在新石器时代的农业考古成果做了一个梳理，书中指出：

1992 年，中国和美国的科学家联合研究中国江西的稻作起源问题。美方专家于 1996 年、1998 年两次发表研究报告，证实长江中游是世界栽培稻及稻作农业的摇篮，江西省万年县仙人洞等遗址的居民，在距今一万六千年以前以采集野生稻为主要粮食，至晚在距今九千年前定居的稻作农业已经开始。这项研究成果，更加彻底地批驳了此前西方盛行的观点——旧大陆农业都源自西亚的两河流域。

长江中游的农业考古发现不但推翻了中国农业的起源来自西亚两河流域，同时也证明，长江流域的稻作农业也早于黄河流域。此后的 2004 年 12 月 17 日，《科技日报》报道，湖南省道县玉蟾岩出土了一万二千年前的五粒炭化稻谷，被誉为世界上最早的稻谷。这一发现，诚如樊树志先生所说“于是有的学者感到迷惘，稻作起源，究竟何处是摇篮”。

在文字没有出现的时候，人类早期的传说虽不能当作信史来肯定，但也并非虚构。关于炎帝神农的出生地，究竟是在山西还是湖北，历史上争论从未停止。在二十世纪前的考古成果中，一些农作物遗址在黄河流域的发现，为炎帝神农诞生于山西提供了有力的证据，但随着长江流域的农作物遗址在半个多世纪的发掘，又为神农生于湖北随州增添了说服力。

二

现在，通常的说法是炎帝神农氏的活动区域主要在长江流域，而黄帝的活动区域主要在黄河流域。当然，还有一种说法也得到了学术界的普遍认同，即炎帝与黄帝并不是单指某一个人，而是一个部落，一个族群。这两个部落最先从采集狩猎为生进化到农作畜牧为生。炎帝早于黄帝，从科学技术的角度讲，炎帝是中国农耕文明的创始人，黄帝是中国农业社会的奠基人,他们共同成为中国的“人文初祖”。这一点,《易经·系辞下》说得很清楚：“包牺氏没，神农氏作，斫木为耜，揉木为耒……耒耨之利，以教天下。”接着又说：“神农氏没，黄帝、尧、舜氏作，通其变，使民不倦，神而化之，使民宜之。”这里说的包牺氏，即伏羲氏。中国远古神话与传说的三皇五帝，尽管各种版本说法不一，但多数版本都将神农列为三皇之一，而黄帝则名列五帝之中。

大凡历史悠久的国家，无不保持了对祖宗足够的敬畏，在国家礼制中，对炎黄二帝的祭祀可谓达到了国家的最高级别。在漫长的世纪中，对黄帝的公祭，无论是规模与规格，都超过了对炎帝的祭祀。我认为，这里面的原因是此后的中国的王朝，无论是夏商周还是秦一统天下后以汉唐为代表的历代帝国，均产生于黄河流域，他们对于黄帝的认同远高于对主要在长江流域繁衍发展的炎帝。尽管循例我们仍称自己为炎黄子孙，但是，尊黄抑炎的现象一直存在。这乃是因为，黄帝的子孙创立周朝之后，中国历史上的君王多半含有黄帝的血统，就像楚国，其国君也是黄帝的后裔，楚国国君是熊姓，是黄帝有熊氏的后代，熊姓分出了十六姓，屈原就是从熊姓分出来的，所以他在《离骚》中开篇就是“帝高阳之苗裔兮,朕皇考曰伯庸”。中国的封建帝王中,凡是汉人当了皇帝,没有一个宣称自己是炎帝的后裔，这大概就是尊黄抑炎的真正原因。这里面还有一个有趣的问题顺便可以提一下，后代人对炎黄二帝的称呼也有差别，称黄帝很少会称他为有熊氏，称炎帝，则一定会称神农氏，甚至神农的名气比炎帝还大。由此亦可看出国人的心理，黄帝在后人的心目中，是真正的皇帝，而炎帝之所以被后人直呼为神农，则是因为他更像一位科学家，而不是一名政治家。

2006 年，我第一次到随州，这是历史记载中炎帝神农的诞生地之一。我此行是应随州市委宣传部的邀请，前来考察神农遗址，同行的还有几位历史学家。当我们来到随州烈山，当地的领导同志将我们领到山中一处大约有十多平米的山洞中，告诉我们说这里是神农诞生地，因此当地人称这座山洞为神农洞。在洞的不远处，还有一道明代隆庆五年立的碑，说此地即神农诞生地。明代隆庆五年即公元 1571 年，距今也有 445 年了，那时候的中国，旅游还没有成为一个产业，因此，各地的政府官员与企业家们也没有把名人当作稀缺的文化资源加以发掘利用，更没有为一个名人的出生地争得面红耳赤。445 年前的这一块碑石，是当时的州官所竖立，以当时的社会环境，他绝没有借名人发展经济的念头。他立碑的目的只有一个，那就是他本人相信随州真的是神农故里。

虽然我们并不相信神农真的在这个山洞里诞生，但那一次的随州考察之旅，还是诞生了两句好诗，即历史学家王春瑜先生写的“悠悠华夏文明水，烈山脚下是源头”。烈山不必在山西，也不必在湖北，但它肯定存在于中国的山河大地上，我们也不会幼稚地用乡情代替历史，但我们都承认自己是炎黄子孙。从现存的远古传说以及人类学的常识来判断，黄帝与炎帝均绝非指的是某一个具体的人，而应该是最先告别旧石器时代跨入新石器时代的两个部落。无论是代表北方的黄河流域，还是代表南方的长江流域，它们也并不是相互隔绝而是相互交流的。神农部落某一时期在北方发展，某一时期在南方发展，而各自留下了传说，这都是可以理解而不需要争论的。从国家角度来看，有两个词常常被我们提起，第一是炎黄，第二是华夏。前者是身份，后者是故乡。华夏这个词，最早见于《左传》襄公二十六年（前 547 年），书中有一条记载“楚失华夏”，指的是楚国的失误而丧失了中原。唐代经学家孔颖达对《左传》提及的“华夏”进行注释，他说“华夏为中国也”。在中国这片土地上繁衍生息的人们，都认为自己是炎黄的子孙，这应该是无可置疑的。

三

在湖北省委、省政府的支持下，随州市人民政府与一些专家共同努力，终于在 2009 年春获得国务院办公厅批文，将随州的炎帝祭祀列为国家唯一的公祭地。当年，首届炎帝寻根节在阴历四月二十八（即传说中的炎帝诞辰）在随州举行。我应邀撰写祭文。祭文中有这样一段：

天地以风霜雨雪，化育万物；圣人以礼乐文明，塑造华夏。以人补天，惟炎既黄；以道启德，大爱无疆。厉山共群山而逶迤，姜水引众水而浩荡。文明发展，风驰电掣；薪火传承，凤舞龙翔。

祭我祖兮，问大魂何在，尽在华夏儿女眼中闪亮；颂我祖兮，问大德何归，尽在亿万族裔心中珍藏。湖北乃九省通衢，荆楚为始祖故乡。敬天法祖，乃中华传统美德；继往开来，促我辈奋发图强。学习炎帝创新以为先，实施弯道超越，虎踞龙蟠今胜昔；效法神农开拓以为尚，致力中部崛起，天翻地覆慨而慷！倾满腔热血，铸时代精神；用忧患之笔，写改革篇章。学以明之，诚以行之。以和为贵，隆家兴邦！浩浩乎惟始祖一脉，于此衍生千秋功德，万世辉煌；巍巍乎仅炎黄二字，足可抵御千重灾难，万种风霜。

那一次的炎帝寻根节暨祭祀大典，由中央电视台国际频道与凤凰卫视直播，在海内外产生了广泛而热烈的影响。这篇祭文也得到社会各界的认同。我当时撰写这篇祭文的指导思想是：该如何在文化的层面肯定炎帝神农的功绩？今天的中华民族以及炎黄子孙要从炎帝与黄帝这两位老祖宗那里学习什么？神农是中国农业的创始人。从兽类中驯化家畜，从野生的植物中培植五谷，种与养是农耕社会的主要特点，人类从此由被动的生活变为主动的生活。但是，无论是驯化兽类还是发现五谷，都充满了危险。所以说，神农尝百草与驯化野猪、野牛、野羊等，无一不是生命的冒险。为了部落的生存和发展，担任部落首领的人，必须具有伟大的献身精神与创新意识。所谓创新，不是花前月下的卿卿我我，也不是月白风清的玄思冥想，而是必须有敢为天下先、为民身先死的巨大勇气。神农正是具有这种勇气的超人。

四

我猜想，神农尝百草，可能就是在神农架。我知道，传说不是历史，但对于人类的史前文明，在文字产生之前，口头传说是我们不容忽视的一个走进远古的途径。我的猜想除源自神农搭架采药的传说之外，还有一些依据：第一，神农架物种丰富，无论是动物还是植物，种类之多，应为中华群山之首。一直到今天，它都是科技史上闻名的动植物基因库。这一点符合神农尝百草的自然条件。第二，自十堰到湖北宜昌、恩施和重庆峡江一带，以神农架为中轴线，诞生了很多神话传说，如女娲、伏羲、盘古、神女等，我称之为“神话故事长廊”。为何如此多的神话人物与故事都在这一带山区流传呢？是否可以认为这里是古人类繁衍生息之地呢？第三，二十世纪八十年代，神农架发现了长诗《黑暗传》。此前，东西方学者都认为，汉族无史诗。《黑暗传》的发现，否定了这一论断。这里面有一个问题值得我们探讨，为何汉族的史诗没出现在黄河流域而诞生在长江流域的神农架呢？当然，要想弄清这个问题还得假以时日，或者等待新的史料的发现。

在《黑暗传》中，关于神农，是这样表述的：

圣人诞生自天工，首出称帝草昧中，
制作文明开千古，补天溶日亘苍穹……
神农出世多灾难，磨难之中长成人，
做了南方一帝君，当了帝君爱黎民……
他今教民耕嫁事，女子采桑蚕吐丝。
当时天下瘟疫广，村村户户死无人，
神农治病尝百草，劳心费力进山林。
神农尝草遇毒药，腹中疼痛不安宁，
急速尝服解毒药，识破七十二毒神……
神农判出众姓名，三十六毒逃了生，
七十二变还阳草，神农采回救黎民……

关于神农的这一节，并没有夸饰他作为“帝”的威权，而是强调他的艰苦和服务民众的大无畏精神，说“神农出世多灾难，磨难之中长成人”，并说“神农治病尝百草，劳心费力进山林”。这段韵文突出神农尝百草九死一生。可见《黑暗传》的作者是熟悉这种药农的生活，而且，这首汉族史诗的韵文形式是采用鄂西民歌赶五句的形式，可以断定是神农架地区的原创作品。现在，没有任何史料可以佐证神农架一定是神农尝百草的地方，但通过以上的一些边缘材料，我们至少可以推断神农极有可能来过神农架并在这里进行过他的九死一生的“尝百草”之旅。

我第一次来神农架的时候，看到这一片莽莽的群山以及郁郁葱葱的森林，看到逶迤奔腾的山泉以及一簇簇迎风摇曳的山花，看到可爱的金丝猴、飞鼠以及联想到野人与独角兽的故事，看到俗称“文王一支笔”的蛇菰以及地球的孑遗鸽子树，听到土家人的山歌与梆鼓，心里头就想，如果我是神农，来到这里我就不想走了。当我来到神农顶景区，看到巨大的长了一双牛角的神农塑像，矗立在林木青翠的高山之上，我才意识到，神农从未离开过这片土地。这山路上走的每一个人，都是他的子孙。子孙们的血管里，还流淌着他的血；子孙们的胸腔里，还奔腾着他创世的激情。

说到这里，借用我在随州第三届炎帝寻根节上写的《辛卯年颂炎帝文》中的一段作为结束语：

察以往矣，始祖佑我民族，是人间之大爱；瞻未来兮，我辈心连始祖，续薪火之绵长。

当今之世，五洲犹如一芥；神农故里，荆楚情联万方。

恭颂始祖，我们继承美德；既为赤子，我们永不彷徨。

建造中华，我们焚膏继晷；建设家乡，我们奋发图强。

2016年10月20日

在“中国长江论坛·2016——涵养文化长江论坛”的演讲

我本楚狂人

——荆楚文化的探讨

湖北这个地方的人，好像一个个都挺要强的，但又有些保守，能坚持做完一件事情的能力不算太强，但把事情做得轰轰烈烈的能力绰绰有余。荆楚文化是我们独有的一种文化，也是在长江流域中不可替代的。相对于黄河文化，它又是一个“异族文化”。“崇文尚武”这四个字，是荆楚文化的显著特征。

荆楚文化，如果说在湖北这里算是“原教旨”的荆楚文化，那么在湖南那里，就是革新以后的荆楚文化。任何一类文化，任何一门宗教，只要是原教旨的，就都是不大愿意革新的，或者说，革新的系统是不健全的。荆楚文化的内核，最早产生的时候，是很“革命化”的，是属于“前沿文化”。盛唐时期，李白写了一首诗：“我本楚狂人，凤歌笑孔丘。”什么意思呢？他是在说：我本是楚国的一个狂人，你孔夫子算不了什么。直接在蔑视儒家，蔑视中原文化。李白那个时候是湖北的女婿，在安陆白兆山住了十年，那时他已经被荆楚文化“洗脑”了，同化了。那时候安陆估计也没有热干面，要有的话，他肯定也喜欢吃；辣椒也没有，那时候还没有传入中国，所以，湖北的两大特色美食，他都没有尝到。但是湖北的高亢，行事泼辣、直言快语的文化气质，却传递给李白了。

李白说自己是“楚狂人”，这当中有个历史典故。孔子当年从鲁国到楚国来，碰到了两个人，一个是驼背老头，另一个叫陆通，字接舆，人称接舆先生。这个驼背老头，本事在哪呢？只要他的竹竿子一伸出去，一次也不会失手，就把知了给套下来了。孔子看着很奇怪，说这老头怎么这么有本事，不用目、不识蝉，就能一次成功。孔子问他，你是怎么做到的。老头说，我一辈子就做这一件事，所以我能够成功。孔子大受启发，说：“厉害了，湖北人！”那个时候，孔子就已经觉得“九头鸟”厉害了。一生就做这一件事，所以才能“百发百中”。后来孔子又在门口碰到一个人在唱歌：“凤兮凤兮……”一边唱歌一边嘲笑孔子说，孔夫子你到处游历，不就是想当个官吗？官有什么好当的！还是快点回去认真做点学问吧。孔子问，你是谁啊？这个人就是陆通，接舆先生。当年，楚昭王觉得接舆先生很有水平，要他去当官，他硬是不肯当。他觉得，所有想当官的人都活得不自在，孔夫子到处游说君王，就是想当官，治理天下。他笑孔子愚蠢，所以后人称陆通为“楚狂人”。

到了唐代，李白又说：“我本楚狂人，凤歌笑孔丘。”凤歌就是当时陆通唱的歌的名字。李白认为，我也一生好作名山游，五岳归来不辞远，与大地为亲，与山水为伍，这是何乐不为的生活。

到了宋代，苏东坡被贬到黄州当团练副使，他写道：“大江东去，浪淘尽，千古风流人物。”一样的目空一切。来湖北之前，大家都知道他叫苏轼，离开湖北的时候，人人都称他苏东坡了。所以说，湖北这个地方，是一块能把“人才”改造成“天才”的地方。

楚人还有一个特点。楚国的国君姓熊，《离骚》第一句话说：“帝高阳之苗裔兮，朕皇考曰伯庸。”我很骄傲，“高阳氏”就是我们熊家最早的祖先，屈原认为第一代是“伯庸”。所以，屈原是姓熊，不是姓屈，屈是他的封地所在。分封的时候，熊家被周王朝封到了最差的地方。为什么会这样呢？原来，伯庸非常喜欢酒，结果就封他到荆山去。这个荆，就是荆楚的荆。荆山那里生长一种包茅，是滤酒的最好的植物，你就到荆山那里去收购这种植物吧。伯庸最早就是这么一个小人物，相当于今天一个酒厂的“董事长”吧，负责给皇帝提供“国酒”。我小时候就很喜欢喝酒，后来明白了，原来我的祖先就是一位“茅台司令”，这是有家族遗传基因的。伯庸到了荆山，可谓官员里面的真正的“草根”。在这里，喝酒的人都喜好幻想，都有艺术气质。楚国人都有这样的艺术气质。

楚国强大之后，楚成王开疆拓土，想称雄中原。在公元前632年之前，他已经先后灭掉十几个诸侯国成为南方的霸主。他有铜绿山的铜，有那么多的战车，他决定打过淮河去。当时，周王朝已经式微了，诸侯互相征伐。公元前632年，北上的楚国与晋国展开了争夺中原霸权的大战。这一仗是在卫国城濮交战的，叫城濮之战。今天这个地方在山东鄄城西南。这一仗，楚人要是赢了，楚也许就能统一全中国，而没有后来的秦始皇了。但是，楚昭王有点趾高气扬，有了轻敌意识，最后楚人输了。所以，重耳就成了春秋五霸的北方霸主。北有晋，南有楚，而当时的吴还没有成长起来，北方的秦也还在晋之下，这才阻挡了楚国问鼎中原的野心。又过了几百年，秦灭了楚，楚的辉煌戛然而止。

城濮之战，在中国古代战争史上很有名，对楚国的意义也很大。楚国用武力征服天下的雄心受阻，只能等以后“重续前缘”了。所以我说，荆楚是尚武崇文的。这个“武”，就是败了一次又开始，再败了一次再开始。陈胜、吴广起义，大家都知道。陈胜、吴广都是楚人。他们揭竿而起，反抗暴秦。项羽是楚国的贵族，起于危世，扫荡三军。战胜他的刘邦，也是楚人，最终用汉取代了秦，楚国转了八百个弯，最终还是楚人得了天下，这就是伟大的汉朝。

我们今天讲，我们是“汉人”，其实，汉人的骨血就是楚人的骨血。在以后的历史长河中，大凡在改朝换代之时打响第一枪的，许多都是荆楚之地的人。比如说，反抗王莽新朝而起义的绿林军，在整个湖北七支起义队伍中，来自枣阳的刘秀夺取了天下，建立了后汉。像这样的例子还有很多。一直到辛亥革命，推翻清朝政府，打响第一枪的首义之地就在武汉。一下子，清朝完蛋了。

湖南的大学者王闿运先生到江浙一带讲学，江浙人见他身材矮小，就有点轻看他，言语间带有耻笑之意。王闿运就作了一副对联：“吾道南来，原是濂溪一脉；大江东去，无非湘水余波。”此联一出，据说甚为骄傲的江浙士人们都不敢再小看王闿运了。这副对联多么有气魄！什么长江东去呀，无非是我湘水流下来的一点支流而已嘛！你说这个地方的人是不是狂人？依我看，不是狂人，就是准备去当狂人。

以上是我要讲的第一点，讲荆楚文化的缘起和发展，讲的是荆楚文化里的“尚武”。下面我要讲的是荆楚文化里的“崇文”，讲一讲荆楚文化的地域性，以及对中华文化的影响。

大家也许没有关注到，经孔子亲自删定的《诗经》里，竟然没有一首楚国民歌。诗三百,一言以蔽之，曰思无邪。孔子可能吃过楚人的亏，很是瞧不起荆楚人。今天大家经常唱“妹娃儿要过河，哪个来推我嘛？”多美的楚歌！可是孔子当时连一首都选不上。那好，后人论到楚国诗歌，就别有源头。我们常说的“风骚”，风，指中原的民歌，骚，就是我们楚国这里的民歌。从屈原的《离骚》开始的楚国诗歌，叫“骚”。楚国不入中原的“法眼”，楚国却还想取代中原呢！这番雄心壮志，在春秋战国时期也表现得非常明显。

楚文化显然与中原文化有差别。中原是“儒”，我们这里是“巫”，“巫山云雨”的那个巫。楚人的“巫”，最终发展成“道”，就是庄子的“道”。巫和道，相对儒和法，形成旗帜鲜明的两大文化。很多人只知道屈原是一个诗人，并不知道屈原实际上是干啥的。屈原的本职工作是个“大巫师”，用现在的话说，是个“跳大神”的，所以他喜欢穿绚烂的服饰，还要戴着缀满香草的花冠。他每天要告天告地，是天地之间的“代言人”，所以才能写出《天问》这样的诗篇。中原的礼制，对屈原没有起到太大的作用。周礼，是有一整套严整的规制的。我们说这个人“失礼”了，“僭越”了，就是违背了礼数。楚国人就经常“僭越”周礼。这样一来，楚国的文化呈现出来的艺术感就特别强烈。如果大家去看历史博物馆，会看到楚国比较典型的“虎座鸟架鼓”，底下是虎，虎上面一只凤。虎是山林之王，凤是九天之灵。楚人认为，凤鸟在天地之间唯我独尊。虎座鸟架鼓，以及所有的凤蟠，都在湖北出土，为什么呢？长江流域以楚人为代表的崇凤文化，与黄河尧舜禹时期崇拜龙的文化上，有很大的区别。这一点，也可以告诉我们，楚人是富有创新意识的。创新首先是不讲道理，你满脑子都是仁义道德，满脑子都是这个法那个法，你创不了新的，创新的人唯我天下独尊，他才能创新。

所以那次在北大演讲时，我把长江流域的文化分成三部分，上游是巴蜀文化，中游是荆楚文化，下游是吴越文化，各自呈现出了不同的特点。巴蜀出鬼才，荆楚出天才，吴越出人才。荆楚出天才，能够创造强国。刘秀也好，朱元璋也好，一直到毛泽东，就是代表荆楚的。巴蜀出鬼才，像苏东坡、张大千、郭沫若等，巴蜀人喜欢奇思妙想，近乎鬼神。下游水气之鲜，人心非常活；上游的地气之深，所以根脉发达；中游嗜战之地，都是单打独斗的英雄。无论是搞艺术、搞政治都是如此。

你们想一下，中国的地形，从西到东是一个巨大的扇面。从喜马拉雅开始海拔八千多米一直往东到崇明岛的入海口。中国的等高线就从西扇面下来。你说你守在巴蜀这里地气有多厚？你在入海的地方水气有多重？中游这个地方，上不靠村下不着店，你必须有盖世的英雄之才，才能在这个地方立足生存。这是地形决定的。所以我在荆楚这片土地上生活，深深地感到，我们这一片土地，很儒雅，也很有“匪气”，英雄辈出。毛主席回到韶山家乡，在诗中写道：“喜看稻菽千重浪，遍地英雄下夕烟。”毛主席的诗歌多么豪迈，在他老人家眼里，我们荆楚大地上到处都是英雄人物、风流人物。

这种感觉我好像也有过。我从很小的时候就感觉到，怎么长着长着就发现，我身边的一个人成了大英雄；长着长着就发现，一个人成了市委书记、省委书记；当然，也有的长着长着就成了“江洋大盗”。我发现，自己身边的许多人都不甘寂寞，总要想一个办法出头成名。

当年，燕王朱棣在北京的时候，想去夺取侄儿的天下。但他最担心的是人才不足。传说有一天，他的军师姚广孝找了宁波人袁珙过来说：“你来看看北京的气象如何？”袁珙去了，可是一连几天都找不到人。后来找到了他，问他去哪儿了，袁珙说：“没去哪，就在街上逛了三天，现在可以去见殿下了。”进了燕王府，袁珙见两排卫士守在旁边，王位上坐着一个人。袁珙看了看，也没说话，径直走到了一个长得很凶的人面前，围着他转了三圈，然后说道：“三年后，你可以晋升为陛下。”他为什么敢这样断定呢？他说：“我在街上逛了三天，看到那些摊大饼的、扫街的、担水的，个个都有王侯之相，此地的人都会跟着你光宗耀祖。”原来，袁珙是要先在京城里到处转转，看看有没有“人才”。

大别山是我的老家，我平常看我周围这些人，觉得好像不过是一些“歪瓜裂枣”，时运不济。但是你不能这样小看他们。我们常说“时势造英雄”，但时势也不可能随便跑到一个不相干的地方去造英雄，一定是这个地方有英雄辈出的土壤，才能造就英雄出来。我十一岁在学校里就说，我要当文学家。同学和老师都耻笑我。结果我真的成了作家。为什么呢？也许就因为我遭遇过别人的耻笑。我告诉你们，耻笑是最好的良药，激励你发奋和进步，让你顶着一股劲儿向前奋斗。

第三点，我讲讲荆楚文化在传统文化中的地位。

习近平总书记来湖北视察，到过省博物馆，看完后他评价了几句话。

他说，荆楚文化是悠久的中华文明的重要组成部分，在中华文明发展史上地位举足轻重。

今天大家从各地来相聚在武汉，显而易见，武汉是中国的新兴之城，发展这么快！退回去一千年，有武汉吗？五百年之前有武汉吗？没有。公元前 600 多年的时候，到汉朝之前，湖北的“代言人”，最美的城市是荆州。荆州博物馆馆藏的文物，比很多省一级的博物馆都好，毕竟是 400 多年的楚国首都。继荆州之后，湖北的另一个“代言人”是襄阳，到近代以后才是武汉。江山代有城市出，各领风骚数百年。武汉成为湖北代表的时候，已经是新世纪、新文化之下的产物。因为一个地方的发展和发达，是有历史的大机缘的。“楚虽三户，亡秦必楚。”这是大家耳熟能详的一句话。秦最后果然是被楚人亡的。今天我们所传承的中华文化，其中有一个重要组成部分正是楚文化。

我有一年到长沙，去看岳麓书院。著名作家，长篇历史小说《曾国藩》的作者唐浩明先生陪着我。一走进岳麓书院，看到“惟楚有才，于斯为盛”这副对联，浩明先生说：“召政啊，湖南人不太谦虚，话说过头了。”我说：“浩明兄，没有啊！不过，这副对联怎么只有半截呀？还有下半截呢？这个对联应该是九字联，现在成了四字联，不完整啊。”他连忙问：“那完整的是什么啊？”我说：“上联‘惟楚有才’后面还有五个字，‘才满江汉间’；下联‘于斯为盛’后面的五个字是‘盛于明清后’。”我的意思是说，你们湖南人是明清之后才开始出头的，之前都是江汉之间的人才，是湖北人。当然啦，我这是跟唐浩明先生开了个玩笑。

湖北、湖南不必互争高低。为什么呢？就因为我们同为楚人。今天巴蜀文化的代表城市是成都、重庆，吴越文化的代表城市是上海，荆楚文化的代表城市是武汉。相信这四座城市会向世人展现出长江流域三种文化在新时代的光辉色彩！

2019 年 11 月 22 日于武汉某酒店

一整条长江都装在你的心里

一 家住长江边

2007 年 11 月 5 日，第八届中国艺术节在武汉开幕，湖北省的艺术家为本届艺术节奉献了一台精美酣畅的大型舞蹈诗《家住长江边》，博得了观众及莅临盛会的艺术家们的赞赏。这台舞蹈诗也获得了本届艺术节的金奖。两年后，这台节目到台湾地区演出，更是收获了海峡对岸观众的激赏，谢幕半小时还不能结束，台上台下，观众与演员一起跳动，一起歌唱。这让我高兴，也让我欣慰。因为我是《家住长江边》的主创者之一，负责五场歌舞的串词及主题歌词的创作。

让我记忆犹新的是这首主题歌词的创作。那是 2007 年 8 月的盛夏。我的母亲去世了，我回老家奔丧。《家住长江边》的总策划打电话给我，说有急事要沟通。我说：“我最少要为母亲守孝七天才能返回武汉。”他说：“我等你。”第七天的上午十一点我回到家中，刚要收拾行李，电话就来了："你回来了吗？"我说："回来了。"没过三分钟，总策划就出现在我家门口，我随他下了楼，乘他的车子到了水果湖，一边午餐，一边聊他所说的急事儿。他说，《家住长江边》主题歌的歌词现在还没有着落，总导演与音乐总监都很着急。我问："他们二位，还有你，对歌词有什么要求？"他说："不要空洞地赞美长江，要把长江与老百姓的生活联系起来，长江与老百姓，应该是母亲与儿女的关系。"我点点头，接受了这个任务。第二天，我完成了歌词，总策划表示满意。总导演与音乐总监也都很满意，《家住长江边》这首歌就这样诞生了。

接受任务那天下午，回到家中，我几乎不假思索写下来开头的一段：

家住长江边，
一天又一天；
家住长江边，
一年又一年。
父亲手中的橹啊，
摇起了太阳红；
母亲手中的篮啊，
采下了月儿弯。

写这几句时，我眼前晃动着我的父亲和母亲的影子。那一刻，长江母亲的形象，就是我刚刚离世的母亲的形象。后来，虽然歌词中的父亲与母亲改成了哥哥与妹妹，但引发我创作灵感的，依然是父亲与母亲。

永久的离别才会有深沉的伤痛，深深的伤痛才能酿出浓浓的感情。在母亲的遗像前，我才能理解，什么叫“提起泪水洒江湖”；在铁血男儿面前，你才能知道，什么叫“扛着长江走大山”。

这首《家住长江边》由徐千惠首次演唱，获得好评。后面的两段歌词是：

家住长江边，
一天又一天；
家住长江边，
一年又一年。
女人跟着太阳走，
太阳前面又是那月儿圆。
一波波流水一代代的爱，
洗尽了酷暑冲走了严寒。
男人的笑啊女人的歌，
都是醉人的好春天。

家住长江边，
一天又一天；
家住长江边，
一年又一年。
女人挽着那岁月走，

男人扛着长江走大山。
一波波流水一代代的爱，
洗尽了酷暑冲走了严寒。
男人的笑啊女人的歌，
都是醉人的好春天。

二　自然与文明

当热爱成为一种时尚，用来标榜自己高贵的时候，你会从所有人口中，都听到热爱这个词，甚至越是灵魂丑陋的人，越是叫得响亮。

我不敢说我对长江的爱无处不在，如影随形，但至少我不是功利的。我可能不执着，但我单纯。一个年近古稀的人还说自己单纯，你们可能觉得可笑。我不是一个世故的人，不世故就是单纯。我不是那种半路出家的单纯，而是把少年的单纯保持到今天。

大家都知道李白在当涂采石矶醉酒后跳江捉月的故事。其实，李白是病死在当涂。但后人不肯接受旷代大诗人郁郁而终的结局，天纵英才，让坐在唐诗艺术峰巅上的李白，飞身跃下长江，与波光同在，与月光同在。跳江捉月的故事，让我想到 17 世纪法国数理科学家、思想家布莱兹·帕斯卡尔的话："即使宇宙毁灭人时，人仍比它的毁灭者高贵，因为他知道自己正在死亡，而宇宙对它的胜利浑然不觉。"

自然与人，也就是长江与我们的关系。把所有的语言、所有的感情用于长江，它都不会回应。长江不是文化，但它孕育着文化；长江不是哲学，但它昭示着哲学；长江不是诗歌，但它是诗歌的温床；长江不是生命，但它是生命的源头。

热爱长江，不是说给长江听的，而是单个的人向人类这个群体作出的表白。有的人会给长江一个狂野的拥抱，有的人会把长江当成自己的图腾。有的人是理性的，有的人是知性的，但更多的人是感性的。诗人笔下的长江更多是多姿多彩，回味无穷。

李白的长江是："两岸猿声啼不住，轻舟已过万重山。"

杜甫的长江是："无边落木萧萧下，不尽长江滚滚来。"

白居易的长江是："日出江花红胜火，春来江水绿如蓝。"

刘禹锡的长江是："人世几回伤往事，山川依旧枕寒流。"

苏东坡的长江是："大江东去，浪淘尽，千古风流人物。"

毛泽东的长江是："万里长江横渡，极目楚天舒。不管风吹浪打，胜似闲庭信步。"

无论是在长江，还是在长江众多支流诞生、成长、衰老与死亡的人们，无论是政治家、哲学家、文学家、艺术家还是科学家、教育学家、史学家、企业家，无论是千古风流人物还是默默无闻的平民，毋庸讳言，他们（当然也包括我们）都是长江的过客。长江是无穷无尽的时空中诞生的一个奇迹。一代又一代的我们，并没有能力创造这个奇迹。我们的责任是守护这个奇迹，记录这个奇迹。守护就是敬重自然，记录就是传承文化。

相比长江本身，人类记载它的历史是短暂的。无论是东方还是西方，人类开始有意识地记录自己的事件与轨迹，不会超过三千年。更可悲的是，人开始珍重自己的经历时，却想当然地将自然作为历史的配角。通常认为，文字的产生就是文明的产生。西方的历史学之父希罗多德记录历史来源于宗族与战争的考察，中国历史学之父司马迁撰述历史来源于他对王朝与君主的研究，这导致了东西方历史学的分野。但有一点是共同的，希罗多德与司马迁都没有超越人的范围来探讨历史，他们引导人类进入信史时代，但这个信史的客观性，依然让人怀疑。在浩瀚的时空中，地球只是一粒微尘。而地球有无数生物以及山脉、河流、丛林与沙漠，更有着比陆地更为辽阔的海洋，它们构成了自然，人类构成了文明。文明相比于自然，其智慧与科技的空间显得非常狭小。中国远古的圣贤，提出“天人合一”的概念，天即自然，人即文明。自然与文明的和谐相处，这才是历史的真谛。

如果我们从“天人合一”的观念出发，就能理解长江对于我们自身生命的意义。自然是一片净土，人出现了，净土就消失了；我们一方面呼唤净土，另一方面，我们又“加入”破坏净土的行列。自然与文明的冲突时时都在发生，“天人合一”的智慧，还远远没有成为人类的共识。

三　关于长江文化

基于以上的认识，我认为“长江文明”这个提法值得商榷。同样，黄河文明也值得探讨。文明是人类的行为，长江与黄河是自然的一部分。中华文明这个论断是准确的，因为中华是族群的概念。在长江流域居住发展、繁衍生息的人们，与黄河流域的人们相比，其语言表述、生活习惯、心理特征并没有明显的不同，使用同样的文字，过着同样的春节，都用筷子吃饭，男人都喜欢喝高度的白酒，女人都希望找一个顾家的丈夫，如此等。这些都是中华文明的特质，而非长江与黄河独有的特点。

但“长江文化”这个提法是可以的。文明是一个更加广大的概念，一个大的文明中，有各种各样不同的文化，在某一种文明的框架内碰撞、交流、融合与发展。甚至可以说，文明是形而上的，因而它是抽象的，是一种规律的发现与总结；而文化则是形而下的，是具象的，是我们生活的表现，是一种欲望的满足与发展。打个比方，人类需要住房，这是文明；但蒙古人住帐篷，陕北人住窑洞，南方人则住瓦房，这是文化。如果我们说文明自信，那是对规律发现与把握的自信；我们说文化自信，则是对我们生存方式与生存能力的自信。

从哲学层面上探讨，长江文明与黄河文明都属于同一种文明，即中华文明。两条河流同样都是中华民族的母亲河。她们平等而独立地创造了不同的地域文化，但却共同孕育并创造了中华文明。所以，两条河流在文化的呈现上，是同质不同表。

排名世界第五，总长度约 5464 公里的黄河，排名世界第三，总长度为世界第三的长江，都发源于青藏高原，自西向东注入海洋。中国的伟大首先在于山川的伟大。被称为世界屋脊的青藏高原，长江与黄河就诞生在它的怀抱里。

根据中医的理念，人体内有奇经八脉，最重要的是任脉与督脉。任脉行于人的前腹的正中线，其脉多次与手足三阴及阴维脉交会，总任一身之阴经，故称“阴脉之海”；督脉行于背部正中，其脉多次与手足三阳与阳维脉交会，总督一身之阳经，故称为“阳脉之海”。

套用这个中医理论，长江与黄河便是中国的“任督二脉”，前腹任脉是长江，后背督脉是黄河。腹为阴，背为阳；阴为柔，阳为刚。阴阳平衡，刚柔相济，这是中国的大风水，大风水中的大格局。我们祖先中的圣贤说：一阴一阳谓之道。充满阳刚之气的黄河与弥漫着阴柔之美的长江，合起来就是道。这是道理的道，也是道路的道。我们赞美这个道，就是赞美中华文明；我们守护这个道，就是守护长江与黄河。

四 一整条长江都装在你的心里

2007年，我应邀在北大讲堂作了一场题为“荆楚文化精神”的学术报告。在报告中，我提出一个观点，长江的上游、中游与下游，分别呈现出三种不同的文化形态，上游是巴蜀文化，中游是荆楚文化，下游是吴越文化，三种文化培养的人才也不尽相同，巴蜀出鬼才，荆楚出天才，吴越出人才。我国的地形西高东低，两条长河的落差都在四千米以上，这就导致两条长河的源头天荒地老，中流万壑奔雷，下游澄波千里。在上游，生存的法则是感悟，在感悟中敬畏，顺其自然；在中游，生存的法则是竞争，在竞争中选择，开拓未来；在下游，生存的法则是发现，在发现中行动，创造时代。黄河的下游是圣贤之乡，先秦诸子百家多半在那里诞生。长江下游是财富之乡，巨商大贾很多人都说着吴侬软语。

在冥想中寻找生命真谛的人，是鬼才；在奋斗中万死不辞的人，是天才；在生活中励精图治的人，是人才。长江与黄河有多么的曲折，我们的历史就有多么的艰辛；而创造历史的人们，无论是鬼才、天才与人才，他们自觉或不自觉地吸吮着母亲河的乳汁，积蓄力量与智慧，建造中华文明不朽的圣殿。

我爱长江。我家门口的一条小河，是长江支流的支流，这条支流既是我的欢乐之水，也是我的悲伤之源。平常的时候，这条河流是温顺的，水流是平缓的、清澈的。我常常随着母亲来到河边，她濯洗衣服，我在水中玩耍。我喜欢听母亲用棒槌捶打衣服的声音，我喜欢荇草中惊慌逃窜的小鱼。但是，每年的春汛、夏汛与秋汛，小河山洪暴发，常常冲毁堤坝，我的小伙伴也偶尔会被浑浊的波浪卷走。第二天，或者更长的时间，会在下游的某个地方找到他们的尸体。这条小河让我懂得了对死亡的恐惧。母亲不会溺毙自己的孩子，但母亲河往往会做这种绝情的事情。我们与母亲河相生相克，她孕育着我们，有时也会加害于我们。学会和她相处是一种感恩，也是一种智慧。在这种相爱相杀的境遇中，我们走过了世世代代。世，是一个又一个的王朝；代，是我们永在繁衍的家族。生活在长江流域的人们，应该永远铭记，正是这一条大河，培植了我们无比宽阔的家国情怀。

六年前，玉树发生地震之后，我带着我的家人去了那里。我们参观了三江源（即黄河、长江、澜沧江）纪念碑。尔后，我们到了长江的上游通天河。

在河边，我的六岁的小孙子捡到了一块心形的鹅卵石，他用河水洗净了石头，问我：“爷爷，这是谁掉的石头呢？”我说：“是雪山女神。”他瞪着澄澈的眼睛，看着周围晶莹的雪山说：“没看到女神呀！”我说：“雪山就是女神。”他问：“她为什么扔下这块心形的石头呢？”我说：“她知道会有一个武汉的小朋友来，就事先把这一份小礼物放在这里，希望你带回武汉。”小孙子可能知道我在骗他，但他很愿意享受这一个童话故事。他问我：“这通天河会流到武汉吗？”我说：“肯定的，这里是长江的上游，武汉在长江的中游。”小孙子又瞪大了眼睛，朝着水流的方向眺望，我知道，他想看到自己的家乡。

又过了四年，新冠疫情在武汉暴发。因为旅行的原因，我们不在武汉，而是在江苏的昆山小城住了两个半月。有一天，在一位朋友的帮助下，我们离开隔离区，乘他的车到了寂静的浏河镇，街上空无一人，长江的大堤伫立在江南二月的冻雨中，我们是它唯一的访客。浏河镇与上海的崇明岛隔江相望，这里是长江拥抱太平洋的地方，宽度超过四十里的江面，让我灰暗的心情骤然明亮。

迎着风雨，小孙子站在我的旁边，他问我：“爷爷，这是从上游通天河流下来的水吗？”我点点头。他又问我：“它从武汉流到这里，要几天时间？”我回答：“大约一个星期吧。”小孙子说着，又跑到大堤旁的沙滩上寻找鹅卵石。我知道，他还想再找一块心形的石头。

回来的路上，我对孙子说：“你已走过了万里长江，你比很多人幸运。”小孙子有点沮丧：“没找到心形的石头。”我说：“一整条长江都装在你的心里，你还不满足吗？”

2022 年 2 月 11 日，写于闲庐

图书在版编目（CIP）数据

家住长江边 / 熊召政著. -- 武汉 : 湖北教育出版社，2023.8
ISBN 978-7-5564-4534-9

Ⅰ. ①家… Ⅱ. ①熊… Ⅲ. ①散文集－中国－当代 Ⅳ. ①I267

中国国家版本馆CIP数据核字(2023)第116217号

家住长江边
JIA ZHU CHANGJIANG BIAN

出品人	方　平
策　划	方　平
责任编辑	卢　欢　许　梅
营销编辑	徐汉晴
责任校对	李庆华
封面设计	荆棘设计
版式设计	李　枫　何亦明
责任督印	刘牧原

出版发行	长江出版传媒	430070　武汉市雄楚大道 268 号
	湖北教育出版社	430070　武汉市雄楚大道 268 号
经　销	新　华　书　店	
网　址	http://www.hbedup.com	
排　版	武汉鑫伟创图文设计有限公司	
印　刷	武汉中远印务有限公司	
地　址	武汉市黄陂区横店街货场路粮库院内	
开　本	710mm×1000mm　1/16	
印　张	18.5	
字　数	180 千字	
版　次	2023 年 8 月第 1 版	
印　次	2023 年 8 月第 1 次印刷	
书　号	ISBN 978-7-5564-4534-9	
定　价	68.00 元	